飞鸥不下

回南雀 ⊛

抓到你了，我的鸥鸟。

飞鸥不下

①

回南雀 著

广东旅游出版社
GUANGDONG TRAVEL & TOURISM PRESS
中国·广州

鸥鸟感知到渔民的心思，舞而不下。

盛珉鸥也感知到我的心思，从此以后再也不亲近我。

目录

一

视如草芥

| 第一章 |

自由到底是什么？

十六岁之前，自由对我来说是空中飞鸟，水中游鱼；是裴多菲口中可以为之抛弃生命与爱情的可贵存在，抽象又笼统。

十六岁之后，自由有了更准确的定义。它成了遥不可及，成了高墙之外，成了让楚襄王魂牵梦绕的神女。

我整整花了十年，才再次将它拥有。

犹记出狱那天，我带着简单的行李站在缓缓打开的铁门后，只是一墙之隔，天都仿佛更蓝一些，空气也更清甜几分。

我贪婪地深吸一口气，准备迎接久违的新生。

"陆枫……"身后狱警老黄叫住我，口中吐出的不再是冷冰冰的一串编号，而是我的名字。

我十六岁因故意杀人罪入狱，整整十年，除了头两年待在少管所，之后的八年一直在清湾市第一监狱服刑。老黄那时候就已经五十几岁了，算算年纪，送完我他也差不多该退休了。

"别回头。"见我有转身的苗头，老黄及时制止我，"一直往前走，再也别回来了。"

说来奇怪，重获自由的喜悦都没让我热泪盈眶，老黄这一句平淡无奇的话却让我鼻头发酸，伤感起来。

眨去眼底热潮，我背对着他挥挥手，大步往铁门外走去。

"咱俩就此别过，再也不见了老黄。"

背后的老黄什么表情我不知道，反正我自个儿笑得挺开心，十年来从未有过的雀跃兴奋，走着都能蹦跶起来。

"嘀嘀嘀……嘀嘀嘀……"

一阵阵嘈杂的嗡鸣将我从睡梦中唤醒，甫睁开眼看到昏暗光线下斑驳残破的天花板，我还有些回不过神，好半天才回忆起自己早已不在第一监狱。

没有67号房震天的呼噜声，也没有难闻的脚臭，不需要清早起来劳作，更不用按部就班度过每一天。

哪怕已经出狱三个月，有时候睡迷糊了我还会当自己仍被困在那座铁桶一样的建筑里。那个阳光都照不到、死气沉沉的地方。

拍掉闹钟，揉了揉鼻根，在床上又赖了几分钟，我才坐起身掀被下床。

继下了半个月的连绵细雨后，今天难得老天给力，天空蔚蓝，白云朵朵，阳光灿烂得叫人睁不开眼，是个难得的好天气。

匆匆洗漱完，我披了个牛仔外套就出了门。在楼下买了两套煎饼馃子、一杯豆浆，步行到一百米外的公交车站，等了大概五分钟就等来了我要坐的车。

周六早上车上没什么人，晃晃悠悠一个小时，到倒数第三站时，车上就剩下我一个人了。

司机问我是不是终点站下，说要是接下来一站没人的话，他就不停了。

"欸，我在民优护理院下。"

司机透过后视镜看了我一眼："看病人啊？"

我吸着快见底的豆浆，随意点了点头："我妈。"

司机顷刻间露出有点惋惜的表情，嘴里发出一声长长的叹息。

"可怜啊。"

我垂下眼，咬着嘴里的吸管，一点点地将塑料杯捏扁，没有接话。

司机这条线路不知开了多久，自然知道"民优护理院"是什么地方。说得好听些是倡导姑息治疗的专业护理医院，说白了不过是收容恶性肿瘤病患等死的临终关怀医院。

我妈得的是淋巴癌，一年前体检发现的，检查出来就是晚期。

那时我还有一年就要出狱，她原本来得很勤，而且每次都要跟我畅想出狱后的美好生活半天，连以后我结婚一、三、五她带孩子，二、四、六女方家带这种没影的事都想好了。突然不来了，我就觉得不对。

后来我妈一个朋友来看我，起先还瞒着，只说我妈盲肠炎住院了，短时间内来不了。

坐了那么多年牢，别的没学会，看人脸色我却拿手，她那表情我一看就知道盲肠炎什么的都是瞎扯淡。果然，再三追问下她说了实话。

面对陌生的癌症名，我愣了好半天，连我妈那个朋友什么时候走的都不知道。

当天傍晚，我趁着自由活动的间隙去图书馆借了两本医学方面的书，花了一周生生啃完，最终遗憾地发现——我妈得的是绝症，除非传说中的天神降临这片大地给我妈打个金手指补丁，不然她该是没救了。

了解情况后，我倒也没有多大的悲痛，只是很麻木，整日浑浑噩噩，好像无时无刻不在做梦。

那之后没几天，我一直打不通的电话终于打通了，我妈开口第一句话就说她没事，让我不要担心她。

"你得的是癌，你以为你说没事就能没事吗？"至亲生病我却不能陪伴左右，这一点让我十分懊恼。

我妈沉默片刻，再开口时语气已截然不同，不再故作轻松。

"我这边几张银行卡密码都改成了你的生日，万一我出事，你别忘了把钱转出来。这个病基本没有治愈可能，虽然接受了医生保守治疗的方案，但我知道这只是尽可能延长我的生命而已。"

不久前她还在与我畅想未来，如今却留起了遗言。她絮絮叨叨说了许多，存折的摆放位置、家里房本的所在，甚至她死后落葬的一些基本程序步骤。

最后她说："儿子，我会努力撑到你出狱，到时候我们一起回家。"

那时的心情我已忘得差不多了，也不愿再回想，只记得麻木过后……就是惊人的剧痛。

我妈说到做到，果然硬气地撑到我出狱，连预言她只有半年好活的医生都觉得稀奇。但她终究没能和我一起回家，她身体状况太差，在我出狱前不久便被送进了民优护理院。

用医生的话来说，那里条件好、设施佳，可以让病人更有尊严、更舒适地离开这个世界。

护理院地处郊区，环境优美，今天又是大晴天，住院楼显得格外窗明几净，浅色的大理石地砖上光可鉴人，干净得简直可以在上面打滚。

拎着给我妈带的煎饼馃子进到病房时，里面一个人也没有。被子叠得整整齐齐，好像没人睡过。我疑惑地看了一眼病床上写的名字——林湘萍，是我妈没错。

心中升起浓浓不安，怕我妈是不是出了什么事，我正想去找人，病房门口传来声音：

"阿枫啊，来啦……"

一转身，见我妈好好地被护工搀着正往里走，跳到嗓子眼的心这才回到原位。

"一大早这是去哪儿了？"我忙过去帮着一起将我妈扶到了床上。

"看天气好，出去走走。"

她现在病气缠身，皮肤不好，人也瘦了，任谁看到都不会觉得她好看，但照顾她的护工却总是跟我说，林老师是她遇见过的最有气质的临终病人。

其实叫我说，只是要强而已。

我妈要了一辈子的强，最怕人看到她落魄狼狈的一面，就算是身为她儿子的我，也很少看到她失态的样子。

唯一一次，是我当年案件宣判，法官报出"十年"这个数字时，她骤然起身，呼吸急促，脸色阴沉得恐怖。

我以为她会大骂我丢尽她的脸，或者干脆朝我头上狠狠掷来一只鞋。

可她什么也没说，两腮紧绷着，只是反手给了坐在她身旁的盛珉鸥一记响亮的耳光。

那耳光响到甚至法官都被吓得不受控制地颤抖了一下，鲜红的巴掌印停留在盛珉鸥英俊的面孔上，好似柔腻仙美的白瓷瓶子被无端画上了一道丑陋的红痕，突兀刺目。

法警将我带离法庭，我一路注视着我妈，也忍不住去看盛珉鸥。

他垂着眼，不言不语，没有在意我妈给他的那记耳光，也没有回应我的目光。

人群各自起身，有序离场。我妈红着眼圈逆着人流走向我，哪怕被法警拦住也想多看我一眼。

盛珉鸥仍旧坐在那里一动不动，那时我以为他是不敢面对我，自责于自己在这件事里的疏忽，后来发现我真是太单纯了。

能同时除掉两个讨厌的对象，他那时坐在旁听席上该是多么痛快愉悦，又怎么会在意我妈那不痛不痒的一记耳光？

他不看我，不是被我妈打得魂魄离体，只是怕看我一眼，就忍不住泄露出眼底的快意罢了。

　　"上次你不是说要吃煎饼馃子吗？我今天给你带来了，不过路上有点久，稍微有些凉了，我去给你热一热。"
　　我让护工陪着我妈，自己去走廊那里的茶水间热煎饼馃子。
　　时间尚早，走廊里除了偶尔从各间病房传出的咳嗽声和轻声交谈声外，没有什么别的声音，茶水间更是空无一人。
　　将煎饼馃子扔进微波炉热了半分钟，差不多有些温热我便拿了出来。
　　虽然是特意说了想吃的，但以我妈现在的身体状况，她其实很难有胃口吃东西，至多尝个味儿，两口就放下了。
　　我拎着袋子往回走，快到我妈病房门口时，"当"的一声，不远处的电梯在这一楼层停靠下来。
　　我并没有停下脚步，照常往前走着，直到从电梯内跨出一抹西装笔挺的身影，挡住了我的去路。
　　哪怕十年没见，我还是在一瞬间认出了盛珉鸥。
　　他左手拎着一个品种丰富的果篮，右手还在打电话。
　　"我没有忘记今晚的约会，我会准时到的。"说话时，他语气克制，眉宇间却含着浓浓不耐。
　　我这么大个人戳在他身边，他怎么也不可能忽略过去。
　　拿眼尾瞥了我一眼，他一开始并没有在意，和电话那头的人又说了两个字后，猛地停住，缓缓地，像是白日见鬼一样看过来。
　　他终于认出了我。
　　"我现在有些事，过会儿再打给你。"他挂了电话，将手插进裤兜里，这才正眼看我。
　　他打量着我，似乎在评估我是不是越狱出逃的囚犯，那只插在裤兜里的手要不要报个警什么的。

"什么时候出来的？"

在他评估我的时候，我也评估了一下他。

十年过去了，我长个了，他没长，但我竟然还是没他高，差了快半个头。

"有三个月了。"虽然我不会抽烟，但我这会儿真的很想来根烟。点燃了按他脸上，看他还怎么摆出这副高高在上的嘴脸。

他淡淡"哦"了一声，将果篮递给我："那还是你送进去吧，我怕林女士看到我又大喊大叫，太激动对她的身体不好。"

我看了一眼那个奢华精美的果篮，接过向他道了声谢。

"以后有什么困难可以给我打电话，护士那里应该有我的联系方式。"

他的手机就在他右手裤兜里，我也不是没手机的野人，互留个电话一分钟都嫌磨叽，他却让我有困难找护士要他的联系方式。

他表面无懈可击的礼数，与内心恨不得同我老死不相往来的真实想法之间，只隔着一张惺惺作态的纸，只要一根手指头、一句话就可以捅破，但我还是什么也没说。

我笑着应下："好的。"

十年前的我一定会毫不犹豫地揭穿他，可现在我已长大。成年人的世界就是这样，哪怕是一张薄得透光的纸，聊胜于无地遮着，也总比直面丑陋的真相强。

他转身按下电梯下行键，不是很走心地跟我道别："我还有事，就先走了。"

动作间刮起微弱的气流，一道冷冽的香气扑面而来，皮革混合着檀木的气息，瞬间霸道地占满我整个鼻腔。

"你就没什么话和我说吗？"

他偏过脸，视线轻慢地落到我脸上，又轻慢地挪开，停留不过两秒。电梯来了，他一言不发迈进去，好似将我的问话自动忽略了。

我错愕片刻明白过来，这应该就是"没有"的意思吧。

注视着他走进电梯，在这一方狭小无人的空间内，他像是终于不用再维持人前的假面，露出了些许本性。

紧蹙的眉眼舒展开来，他半垂着眸，显出一副傲慢至极的样子。任何人在他眼里都不过是会说话的物件，只是漫不经心的一句交谈，都已是最大的恩赐。

刚才天知道他是怎么忍着作呕和我说话的，那对他一定很难。

一只手提着果篮，另一只手拿着煎饼馃子，我晃荡着回到病房。

"你就去热了个早饭，怎么还拎了个果篮回来？"我妈停下与护工的交流，皱着眉略带疑惑地问我。

我将那果篮放到床头柜上，拣了看起来十分可口的香梨出来，打算洗洗尝一尝。

"盛珉鸥刚刚来过……"

我话还没说完，除了我手上那个香梨，果篮里其余水果无一幸免，被我妈一把掀到地上，动作快到都能用"迅猛"来形容。

她喘着气，鬓发散乱："叫他滚！"

我妈少有失态的时候，如今却不管不顾大吵大闹，对着曾经的养子骂出了"滚"字。

第二章

弯腰将滚落一地的水果一一捡回篮子里，我劝着她道："别生气，别生气，他已经走了。不想吃水果，吃我给你买的煎饼馃子吧，那个好吃。"

她紧紧攥着手下的被子，眼珠因愤怒微微突出，显得一双眼大到有些可怖。

"他就是个扫把星！吸人血的臭虫！恩将仇报的白眼狼！"

果篮放在地上，我坐到床边，充当完美听众，听她竭尽所能地用一切恶毒的词汇咒骂盛珉鸥，没有插话。

我从不知道她这样会骂人，骂得还都不重样。看来这些年没少骂，都已经是熟练工了。

护工在我妈声嘶力竭的诅咒中露出来不及掩饰的震惊神色，她以后怕都不会再说林老师是她遇见过的最有气质的临终病人了。这会儿的林老师实在没啥气质可言。

回去的路上，公交车上仍然没什么人。我怀里抱着一篮水果，骗我妈说要拿去扔了，其实是要拿回家自己吃。

这一篮少说几百块，扔了多可惜。

望着窗外飞速掠过的风景，我的思绪不禁飘荡开来，从我妈飘到未来，又逐渐落到今日久别重逢的那个男人身上。

盛珉鸥被我家收养时才三岁，收养原因不外乎那一个——我父母生不出。

但就和许多生育困难的家庭一样，好不容易做足思想准备，决心领养一个别人的孩子回来养了，偏偏自己就能生了。

还没来得及给盛珉鸥改名字，户口手续才刚办妥，我妈就检查出来怀了孕。

当时她就想退养，但我爸不同意。他心疼盛珉鸥，不忍对方小小年纪受二次伤害，并且固执地认为，是盛珉鸥这个"送子童子"的到来才让老陆家得以开枝散叶，若不好好待人家，就要遭逢不幸。

我妈虽然不是老师，但也在小学做了那么多年财务，同事邻居见了都要客气地叫声"林老师"，多年深受现代科学教育熏陶，根本不信我爸那套封建迷信理论，两人吵得不可开交，差点儿还闹了离婚。

可说到底两人感情并没有问题，只是彼此少级台阶下而已。眼看无法收场，其中也不知两人是怎么沟通的，反正最后我妈退了一步，将盛珉鸥留了下来。

但也就此，他成了一个多余的人。

与其说他是我们家的一分子，不如说他是个寄人篱下的暂住客。我爸还好，我妈态度尤其明显，根本没把他当儿子，至多是一团有名有姓的空气。

小时候不懂事，我还曾为了母亲无限偏宠自己得意扬扬，拿她只给我买的蛋糕玩具在盛珉鸥面前耀武扬威，问他想不想要。

盛珉鸥总会面无表情地看着我，墨黑的瞳仁格外深、格外冷。看到我屁，自己献上"孝敬"，他又会毫不犹豫地告诉我他并不喜欢，然后头也不回地转身离去。

长大了才觉察那会儿自己多傻，盛珉鸥看我，必定也跟看傻子差不多。

他讨厌我，我感觉得到。

每次我同他撒娇，和他说话，我都能感觉到他隐藏良好的排斥，久了就有些怕他。

他并非对我没有笑脸，只是他的笑永远无法渗进眼里，像是戴着一张故作和蔼的面具。对我所有的友善亲厚，不过是为了讨好这个家的大人，让他有个栖身之所。

这份"讨厌"在小时候或许还模模糊糊分辨不清，但在长大后，在这十年，已被我逐渐参悟明了。

十岁那年，我家里出了件大事。

我爸在下班回家的路上遭遇车祸，被一辆集卡连人带电瓶车卷进车轮下，被救护车送到医院的时候，人已经不行了。伤口太深，失血量太大，神仙难救。

弥留之际，我爸拉着我妈的手，让她发誓一定会好好抚养我们长大，特别是盛珉鸥，要供他上高中、上大学。十几年夫妻，他实在很清楚我妈的德行。

我妈虽然心里不愿意，可面对一个将死之人，那个时候也只能点头答应。

自此她带着一个拖油瓶，对盛珉鸥更是漠视嫌恶。

盛珉鸥高中寄宿后就很少回家了，只有过年和我爸忌日才回来，寒假、暑假都会在外面打工。

高三那年开始他就不怎么问我妈要钱了，靠着打零工赚取生活费和学费，大学还申请了奖学金。而我和他本就不怎么亲近的关系，也在他搬离家里后变得更为淡薄。

我高一时，他已经大二，在清湾市最好的大学读法律专业。他回来得更少，往往只是马虎地吃顿饭便匆匆离去。

我不得不使出浑身解数，拿各种早已烂熟于胸的题目出来向他请教，好叫他在家里多待上片刻。

他为我讲题时，我总喜欢注视着他的侧脸，看阳光洒下来落在他浓密的睫毛上，自眼底投下浅淡的阴影。

每每我都要叹服他的好相貌，纳罕他的亲生父母是不是傻子，不然正常人哪里会将一个如此漂亮健康的孩子丢弃！

那时我以为自己心中浓郁得化不开的情绪，不过是自己曾经恶劣行径的愧疚。

后来，齐阳出现了。

他缠着盛珉鸥，仿佛他才是盛珉鸥的兄弟。

那一刻我才恍然明白过来。我不愿被盛珉鸥忽视，我打心底里在意着这位没有血缘关系的兄长。

这十年我想了很多，其实本质上我和齐阳是一样的人，不甘被盛珉鸥无视。只是他更过火一些，越了我的线。

在牢里时，犯人大多冷漠，但时间久了，也总会处出几个关系不错的来。

67 号监室里，我与三个人关系最好——三哥、猴子、沈小石。

这几个人比我晚进来，却都比我早出去。

三哥真名魏狮，为人豪爽，瞧着五大三粗，却很有经济头脑，进来时手下已有数家按摩店。

我闲来无事问过他进来的原因，他一拍光头，把那害他判了五年徒刑的家伙骂到了祖宗十八代。

这件事说来颇为戏剧化。他那按摩店逐日扩大，三教九流都要拉拢应酬，有一位颇有人脉的大哥，若是搭上这条线，按摩店的生意便能高枕无忧，睁着眼也可日进斗金。

那位大哥有个不良嗜好，喜欢赌博。他当时也没多想，与他那好兄弟兼生意伙伴一合计，想出个馊主意，请大哥去赌一场，赌到尽兴。赢了全是大哥的,输了就他和生意伙伴对半承担。大哥开心了,他们的生意也好做。

去时说得好好的,一伙人兴致高昂,不想大哥是个千年难遇的大霉手,越输越多,最后输去了几千万元。

几千万元对于魏狮来说也是不小的一笔,手上现金全部掏出来,还要赔进去几家店。但大哥这条线稳了,再赚回来也不是难事。

坏就坏在他那位好兄弟,翻脸不认账,不肯兑现去时的口头承诺不说,还将此行全都怪罪在魏狮头上。

魏狮一个人付了全款,忍着脾气回了国,越想越气,几天后的半夜突然跑到他那兄弟家,将人绑了塞进车里运出了城,载到个荒无人烟的地方狠揍一顿,之后又将车开走变卖。

警察找到他的时候,他还没意识到问题的严重性。非法拘禁加侵占他人财物,最后他被判了五年。

"你说我倒不倒霉,遇到的都是什么东西!"他英武的长眉倒竖着,胳膊上慈眉善目的观音像因他绷紧的肌肉而呈现出几分扭曲,脸部陡然变得阴森起来。

我拍拍他的肩,无以安慰,唯有将自己的事说出来,让他乐和乐和。

他听完了震惊地看着我,半晌冲我竖起大拇指:

"一山更比一山高,你遇到的更不是东西。"

我莞尔:"谁说不是呢,所以你也不是最倒霉的。"

那之后,我俩之间似乎产生了某种同病相怜的"病友情",在牢里互相关照,出狱了也彼此照应。

重获自由那天,是他和沈小石两个一起来接的我,不仅为我接风洗尘,还让我去他新开的一家典当做经理。

我一听"经理"这官挺大啊,就问他管几个人。

他灌了一大口冰啤，伸出两根手指道："两个，一个财务，一个伙计。"他一指旁边的沈小石，"这是你伙计，财务明天你上工就能看到，是个美女。"

有生意经的人，怎么都能东山再起。魏狮出狱这几年，不开按摩店，开了两家典当，经营得风生水起。要我管理的是连锁的第三家，规模不大，正缺个信得过的人照看。

"我什么也不懂，你一下子让我管一家店，我管不来。"我直言自己没这本事，想要推辞。

除了嘴上说的这一原因，还有就是我妈的病。最后的日子里，我想多陪陪她。

"你什么也不懂，没学历没经验，过了我这村，你哪里再去找合心意的工作？我知道你是放心不下你妈，这样，我给你先报个班，你去学一下怎样鉴别那些珠宝首饰。上完这些课少说要一两个月，之后你再决定要不要来我这边上工也不迟。"

魏狮看着粗糙，说话却是滴水不漏，做事也贴心。我再拒绝，倒显得不识好歹。

还好我没拒绝，外面的物价远超我想象，连煎饼馃子都涨了价。

我妈知道我这么快就找到工作后十分高兴，还笑称可以不用担心我以后挂饼而亡了。

她要是看到我叠被子那利索劲儿，怕是早就能打消忧虑。

所谓的鉴宝课程并不难，至少比高中课程简单多了。主要是教人如何快速鉴别那些名表名包、真金白银，偶尔老师兴致上来了，也会讲讲国际上的奢侈品潮流。

总的来说，潮流就像人来疯，来得汹涌激烈，退得默默无声。

课程在三周前全部结束，学校像模像样给了毕业证，老师还为每个学生写了未来寄语。

我的那张上写着："陆枫同学，你的未来有无限可能，你的努力终将得到回报。万望你珍重，一切顺利。"

承他吉言，要是我发财了，一定回去给他包个大红包。

抱着一篮水果回到家，才刚给自己倒好一杯水，魏狮来了电话，要我去吃火锅。

那边人声嘈杂，还挺热闹。

我只好拿着钥匙再次出门，走到门口低头嗅了嗅身上的牛仔外套，淡淡的皮革与木头的香气，已经散得差不多了。

踌躇片刻，我转身进屋，将身上衣服脱下，换上衣橱里另一件外套，这才赶赴邀约。

| 第三章 |

魏狮的典当叫"兴旺典当"，有生意兴旺之意。

真到上工时，我发现自己管的人要比魏狮说的多那么一点，有三个——财务柳悦，伙计沈小石，还有个专门给我们做饭、打扫的老婶——姓王。

典当这行当，听着好像怪吓人的，总感觉进去了就要失去点什么。上到你妈给你的金项链，下到一生限量的俩宝肾，没有它不要的。

其实这是妖魔化典当了。

典当也不过是线下以钱易物、公平交易的平台，只要要得起的，其余的半点不会碰。

电子女声机械地吐出"欢迎光临"四个字，我从正看得津津有味的《知音》上抬起头，见一打扮入时、长相英俊的花衬衫男推门而入，知道是生意来了。

魏狮这选址很讲究，店面就在一家大型购物商场的附近。一些人收到了礼物，可以来这边快速套现；逛腻了商场的游人，也可以进来看一眼稀奇。

眼前这人一脸风流，衬衫扣子恨不得开到肚脐眼，墨镜一摘，首先就给柳悦飞眼，显然是前者之列。

"老板，给估一下这块表多少钱。"他将手中的红色皮盒通过当口递给我。

"哎哟，名表啊。"沈小石本在门口沙发上当门神刷手机，见有生意上门，也过来凑个热闹。

我将手里杂志丢到一边，戴上白手套，取过高倍镜开始工作。

金属表盘和表带没有明显划痕，logo清晰，指针漆面颜色正常，针尖尖锐，翻到反面，大小齿轮严丝合缝地运转着，工艺完美。

"这表成色很新啊。"像这样的一块全新男表，少说也要二十万元。

花衬衫脸上浮现一抹得意："最近新认识的一位美女送的，我一次都没戴过，全新的。"

我将表放回盒子里，向他说了这边的估价："你要是死当就是十二万元，活当一个月十万元，三个月八万元。"

花衬衫笑脸凝滞，难以置信地瞪我："你砍得也太厉害了吧，这块表是全新的，我一次都没戴过。二十万元你不愿出，好歹给个十五万元吧？"

我扣上盖子将皮盒推回去，不紧不慢地跟他讨价还价。

"十三万元，办妥手续可以立刻到账。"

他低头纠结地思索片刻，一咬牙，终于心疼地将那只红色皮盒推给了我。

"成交。"

沈小石暗暗给我比了比大拇指，我给花衬衫写单据时，他过来拍了好几张高清照，又悄悄问我出价多少。

兴旺典当有个微信号，好友足有三四千人，沈小石是皮下运营兼客服兼销售，一有死当的新货，他会第一时间拍下标明价格发到朋友圈。

"十五万元。"我冲他小声报了个数。

典当赚的都是快钱，以尽快脱手为佳，价格开得过高会让人望而却步，是下下策。我们一直秉持"赚得少也比东西烂手上强"的原则，情愿少赚，也不能赔钱。

魏狮总说我做这行有天赋，是棵好苗子，我知道他这大多是场面话。要是会杀价也算天赋，那我妈一定是骨骼清奇的天纵奇才。

"萨沙？"我看着单据上潇洒的花体签名，直接揉皱了又给了花衬衫一张，"要填真名。"

他撇撇嘴，这次接过老实地写上"方磊"两个字。

"美女，有空找我玩啊，酒水给你打八折。"

收好单据，检查了银行进账，花衬衫与柳悦搭了几句话，递给她一张香喷喷的名片。

柳悦笑笑接过了，将那块十三万元的表锁进了保险箱。

花衬衫走后，沈小石重新躺到那张舒适柔软的皮沙发上，高举着手机，嘴里发出一声感慨的叹息。

"长得帅真好啊，什么都不做就能得十三万元。十三万元呢，我两年的底薪。"

柳悦将电脑桌面切回之前看的狗血韩剧，随意地接着话："长得也不算很帅，没我爱豆耐看，就是身材挺好的，那胸肌贼大……"她低头看了一眼自己胸口，遗憾地摇了摇头，"反正要是我有二十万元，绝对不会买表送他。那块表他一次都没戴，转手就当了，显然没有几分真心。哎，恋爱不如追星。"

"有二十万元买表送人的美女会只有二十万元吗？九牛一毛罢了。"我拿起桌上的杂志，翻到之前正看的那篇《堕落少女的救赎》，十分自然地加入了他们的对话。

"这倒也是。我每天下班都要路过那个'金色年华'，六点门口就开始来客人了，开的都是好车，宾利、法拉利、兰博基尼，跟大型车展会一样。"柳悦道，"之前经常来的那个珍妮和珠珠就是里面的员工，每隔一段时间都要把客人送的包拿过来当，一当都是七八个名牌包一起，看得我目瞪口呆的。"

"你怎么知道她们是里面的人？"那两个人我倒是记得，的确每次来都有很多包，但因为来的时候都是素颜，皮肤糟糕，脸色憔悴，活似打了三天三夜的通宵麻将，我只以为她们是开二手店的。

"我加了她们好友呀。"柳悦摆了摆手机，"她们每天真的，不是在感谢这个老板送的钻，就是在感谢那个老板送的包，看得我都要仇富了。"

沈小石忽然从沙发上跳起来："哇，有人要了！"

我同柳悦被他吓了一跳，齐齐看向他。

他吹了声口哨："十五万元的表，脱手了。"

花衬衫的表刚上朋友圈展示不足半个小时就有人吃下。鉴于是精密的贵重物品，容不得磕磕碰碰，又问明客户正在清湾市出差，住在市中心一家五星级酒店内，我回家正好顺路，便约定晚上亲自给他送去。

到底揣着十几万元的宝贝，我也不敢坐地铁，怕有闪失，就叫了辆出租车直达酒店，打算回头再找魏狮报销。

酒店是座高耸的摩天大楼，外墙玻璃尽显夜晚的璀璨霓虹，大堂通透典雅，熏着沁人的香气。

许是今天有什么酒会活动，不少人自门口下车，穿着正装晚礼服步入酒店，衣香鬓影，一派高端气象。

只是等我一进去，大概我这一身邋遢的穿着实在不像这里的客人，便有门童问我需不需要帮助。

"我找人。"

与客户说了我已到达，客户回得很快，让我等等，说他马上下来。我冲门童笑笑，走去一旁的沙发会客区。

还没等我落座，门口停下一辆线条流畅的银色跑车，让我不由得多看了两眼。

从副驾驶座下来一位身材婀娜的年轻女性，紧裹的红裙将她的腰肢收得极细，微凉的天气下，她在肩头披了条黑色羽毛的披肩，鬓发红唇，十分美艳。

扭臀绕到驾驶座，等到驾车的男人开门下车，她便娴熟地挽住对方的臂弯，如女王一般踩着高跟进入酒店的旋转门。

我站在那里，目光一错不错落在她身旁的男人身上。

几天而已，想不到咱们又见面了。

他与之前大多数男士一样，穿着正式的礼服三件套，戴着黑色领结，胸口露出一角雪白的帕巾。

不一样的是，他身材很好，扣了腰间的一粒扣子，更显猿臂蜂腰，身高腿长。

他们要进电梯，就要经过我。经过我，盛珉鸥便不可能对我视而不见。而这时盛珉鸥也的确看到了我，并且下意识地停下了脚步。

他眼里一刹那涌现出让人胆怯的寒意与狠毒，仿佛一位无人敢忤逆的暴君，骤然发现自己床上竟然躺着一只肮脏的虱子。

拂去就好？不，虱子纵然渺小不值一提，也不意味着它能随意被冒犯。透过眼神，我便明了他有多想将我这只"虱子"处以极刑，踩死在当下。

但只是一刹那，眨眼工夫，裹着冰霜的恶意退去，他又人模人样起来。

"这是……"红唇美女的视线在我和盛珉鸥间来回移动，目露疑惑。

盛珉鸥垂首朝她勾起一抹得体的微笑，启唇正要说什么，我先一步截住了他的话头。

"哥，这是谁？"我笑着问他，"不会是你女朋友吧？"

盛珉鸥唇边的笑意一僵，斜睨过来的眼眸，冰冷比方才更甚。

他缓缓开口："他是我弟弟。"

美女有些错愕："你还有弟弟？怎么没听你提过？"

我无畏地直面他刀锋一样的目光，又是一笑："因为我这十年都在坐牢。"

美女脸色一白，惊疑地打量我。

盛珉鸥彻底沉下脸，扯出被美女挽住的胳膊，道："沫雨，你先上去，我和……我弟说两句话就去。"

那美女似乎还想问什么，但此时外面又来了几位盛装打扮的男女，她像是怕被人注意到，一下闭了嘴，整理好表情，朝盛珉鸥微一颔首，刮着香风离去。

美女走后，盛珉鸥看也不看我，没有说一个字便往外走去，似乎笃定我会跟上他。

我扯了扯嘴角，等他走出一段，拖着脚步跟了过去。

盛珉鸥倚靠着酒店外墙，眉眼显得有几分颓然。

我走向他，试图活跃气氛："怎么，真的是你女朋友吗？"

"陆枫……"他低沉的嗓音透过夜风传来，叫我微微愣神。

十年了，这还是我第一次听他叫我的名字。

他盯住我，再不掩饰自己的凉薄凶狠：

"离我远点。"

| 第四章 |

心头无序地重重一跳，仿佛其中藏着个不安分的小人，看准我毫无防备，往我最痛、最酸楚的地方狠狠端了一脚。

鼻端是烟草与男士香水混合的杂乱气息，无比辛辣。仿如盛珉鸥这个人，包裹在华服与斯文外表下的，是如野兽般狰狞的灵魂。

"我没有要接近你。"我将手里的纸袋往他眼前递了递，解释道，"不过正巧给客户送东西而已。"

他连个余光都没给那个纸袋，眼里冷锐不减："最好是这样。"

哦，他这话的意思，是觉得我跟踪他？

我心里感到好笑，也真笑了："不是还让我有事联系你吗？这么快就忘了自己说过的话了？"我将手插进外套口袋，语气忍不住变得尖锐起来，"还是说，怕自己有个杀人犯弟弟的事让别人知道了，影响你的精英形象？"

盛珉鸥露出满是嘲讽的表情，看我就像在看一个不那么好笑的笑话。

"陆枫，你已经二十六岁了，不再是十六岁的孩子，别那么幼稚了。就算旁人知道你和我的关系，人又不是我让你杀的，与我有什么关系呢？况且，我们也并非亲兄弟。"

插进口袋里的双手逐渐攥紧，他实在很明白哪些话能刺痛我。

我或许真的已经和外面的世界脱节太久，久到都要忘了盛珉鸥是怎样一只将人心玩弄于股掌的"怪物"。

是啊,他就是一只披着画皮的怪物,人前的鲜亮得体,不过是为了粉饰他人后那张异于常人的真实面孔罢了。

我又向他走近一步,压低声音问:"你女朋友知道你的真面目吗?"

因为他站立的姿势,我们的身高差得以缩减,让我可以平视他。我身体微微前倾靠过去,他只是看着我,没有动弹。

我冲他笑了笑,动作迅速地一把抓住他指间夹的烟。灼热的烫感沿着掌心一路蹿到大脑,有了心理准备,倒也没想象中的那么痛。

短暂的剧痛过后,我松开已经被我揉灭的烟蒂,将手心那枚圆形的、泛着血丝的烫伤展示给他。

"喜欢吗?"

盛珉鸥的瞳孔在灯光掩映下剧烈地收缩了一瞬,他抓住我的胳膊,将我用力拉扯到他眼前。漆黑的眼眸深不见底,已是动了真怒。

"哦,我当是什么。怎么,以为这样就抓住了我的把柄?"他冷笑着扯动双唇,露出一口白牙,"信不信我可以神不知鬼不觉地让你从这个世界消失?"

有那么个瞬间,我仿佛预见躲在画皮下的那只怪物就要挣破束缚,磨牙凿齿,一口咬上我的颈动脉。被他握住的胳膊传来碎裂一般的剧痛,我痛嘶了一声,轻轻挣扎起来。

"这不是你先开始的吗?"我有些佩服自己这会儿还笑得出来,并且急转直下地就服了软,"哥,别这样,很痛啊。"

他眼里厌恶一闪而过,松开我的手,又将我往后推了一把。

"记住我的话。"他整了整并不凌乱的西装,从口袋里抽出丝帕,细致地一根根擦着手指,仿佛刚才碰了多肮脏的垃圾,"不要靠近我。"

揉搓着疼痛的胳膊,我做了个"投降"的手势,表示自己完全无害。

"OK,明白。"

盛珉鸥将那条崭新洁净的丝帕重重丢进垃圾桶,擦着我往酒店大门走去。

我在原地站了片刻，盯着那条丝帕良久，直到口袋里手机铃声响起。客户已经到达大堂，找不到人，发信息又不回，只好打来电话。

我急匆匆再次进到酒店，跟客户不好意思地打了好几声招呼，这才坐下让他验货。

"真是块好表。"对方将表从盒子中取出，迫不及待地戴到腕上。

客户四十多岁的年纪，头上抹了发胶仍不能掩盖稀疏的发顶，穿着一套铁灰色高级西服，胸前领结笔挺，与盛珉鸥一样，似乎也是来赴宴的。

"今晚这里是要举办什么活动吗？"我问。

客户左右看着腕上手表，随口应道："哦，是我们总公司年会，我说是出差，其实是作为分公司代表被派过来参加晚宴的。因为走得匆忙，忘了戴自己常戴的那块表，便只能赶紧买一块充数。"他放下胳膊，"刚刚我找你的时候看到你在外面跟盛顾问说话，还以为你也是来参加年会的呢。"

他语气平淡，但话里话外都是在打探我和盛珉鸥的关系。

"顾问？"

"法律顾问，美腾制药的首席法律顾问。"

我点点头，合拢表盒，将它放进纸袋里："很久不见的朋友而已，碰巧遇上了就多聊了两句。"

"我直接戴手上就好，盒子你帮我扔了吧。"他整理了一下袖口，意味深长地道，"盛顾问可是我们老总眼前的红人，未来的乘龙快婿，多少人想搭上他都愁没有门路呢。帅哥，你要是跟他熟，可要帮我引荐引荐，说两句好话。"

他一块十几万元的腕表跟买白菜似的说买就买，还用得着我帮他说话吗？他也太看得起我了。

我要是将他引荐给盛珉鸥，盛珉鸥转头就能把他拉进黑名单，不是我吓他。

"一定一定，有机会给你们拉个局。"但场面话总要说，盛珉鸥说我的话有一点错了，我并不幼稚，成年人的世故，我学得很透，"还请您今后多关照我们的生意。"

客人笑容灿烂，拍了拍我的肩，和我道别后起身离去。

拎着纸袋走出酒店，本想找个垃圾桶扔了它，结果不知怎么又走回之前那个垃圾桶。垃圾桶上铺满白色石子的烟灰缸上，还可怜兮兮支棱着那条被无情遗弃的白色帕巾。

"跟了盛珉鸥也算你倒霉。"将纸袋塞进垃圾桶，我插着兜往地铁站走去。

走出一百米，心中的烦躁呈每步递增的趋势上涨。心里总有个声音，让我回头，回头，回头……

脚掌再也落不下去，心中暗骂一声，我终究掉转方向，快步回到酒店前，抓起垃圾桶上的那条丝帕塞进兜里，再做贼一样地快速跑离。

知道盛珉鸥的秘密，是个意外。

或者说那时候我其实也不甚明了他上佳的皮囊下藏着怎样的一个灵魂，只是觉得……他有些怪。

高中升学压力大，我妈对我几乎有着偏执的掌控欲，除了吃饭睡觉，我没有任何可以放松的时候。

压抑之下，我逃离了家里，没地方去，只好去找盛珉鸥。结果找到他们学校才知道他早就退宿，搬到了外面。

他的同学告诉我，他下午有课，让我去教室那边找他。

寻到上课的教室，却不见盛珉鸥身影。我只能倚在走廊里等他，心里忐忑不已。

等了一刻钟左右，盛珉鸥从走廊另一头缓缓走来。身后跟着个戴眼镜的年轻人，比他矮上些许，脸上挂着热切又夸张的笑容，一直在和他说着什么。

盛珉鸥表情冷漠，眉间已形成了深深的褶皱。他手上拿着两本书，脚步很大，目光不偏不倚，似乎根本没听对方说话。哪怕那人十分吃力才能追上他，他也没有停下来等一等的意思。

然后，他一个抬头看见了我。

脚步在瞬间顿住，他眉间褶皱更深，好一会儿才向我走来。

"怎么回事？"他开门见山地问我。

我眼神游移着，因为有第三人的关注，不太好意思说自己是离家出走。

"就……想来看看你。"

那戴眼镜的男人眯着眼打量我片刻，用着十分轻柔的声音问盛珉鸥我是谁。

"你现在应该在上课。"盛珉鸥置若罔闻，轻易揭穿我的谎言。

我咬了咬唇，低头不再说话。

耳边听到他似乎不耐地轻轻"啧"了一声，我心里一阵难受，以为他也不欢迎我，正打算要走，又听他道："在外面等我。"

心情大起大落，我知道他这是要我等他下课的意思，扬起脸不自觉露出傻气笑容，点头应下。

"好，我就在外面等你，哪儿都不去。"

盛珉鸥越过我进入教室，那个年轻的男人还在看我。

"你是谁？和盛珉鸥什么关系？"

他这话实在很不客气，失礼又冒犯。

我在盛珉鸥面前尚能维持"乖巧听话"的形象，在陌生人面前却很难不露出自己扎人的刺。

我沉下脸，同样毫不吝啬自己的敌意。

"关你什么事？"

只是须臾间，我和齐阳的必然因果便深深缔结上了。

小说里总喜欢用"宿命的敌手"这种设定，如果我和齐阳是小说里的人物，那一定就是作者笔下"有你没我，有我你就得死"的宿命天敌。

我记得自己在教室外等了盛珉鸥快一个小时，等得脚下那块大理石地板都快被我磨得锃亮，他才随着人流姗姗来迟。

"走吧，我在外面租了房子，我带你去那儿待一会儿，然后让你妈来接你。"

听到他准许我进入他的领地，我满心欢喜，但一听他要让我妈来接我，我又垮下了脸。

"不能……让我在你那儿住几天吗？"

他表情不变，夹着书径自往前，毫无转圜余地地丢给我两个字：

"不能。"

我撇嘴，只觉得对我妈的撒泼耍赖，对他全没作用。这狗皮膏药碰到钢筋铁骨，威力再大也是枉然。

跟着盛珉鸥往学校外走，后脖颈没来由地刺痛，我贴掌揉了揉，转身扫向身后人群。

在人头攒动的下课潮中，我一眼看到了透过人流沉默望着我的年轻男人。

他的目光让我很不舒服，似乎满是怨恨。

我抚着后脖颈立起的一大片鸡皮疙瘩，骂了一句"神经病"，之后不再管他，追着盛珉鸥而去。

那时随口一骂，不想一语成谶，齐阳还真是个神经病。

| 第五章 |

到了盛珉鸥的出租屋，他让我先坐一下。屋里信号可能不好，他只能穿过狭小的房间去阳台上给我妈打电话。

盛珉鸥的房子租在离学校两公里外的老式小区内，二十几平方米的面积，除了床，占地最大的就是书柜。

数量可观的书籍除了见缝插针地塞进书架中，还有不少堆到了地上，被按照大小厚薄分门别类垒成几摞。

干净、整洁，还有一点……我嗅了嗅，消毒水的味道。

打量着一眼就能望尽的出租屋，我在室内唯一的一张办公椅上坐下。

盛珉鸥的书桌也颇为整洁，一台不是很新的笔记本电脑，一个没有笔的笔筒，还有几本摆放规整的外文书。

我瞟了一眼屋外仍在打电话的盛珉鸥，觉得无聊，随意翻了翻放在桌上的书，不小心将一本厚实的精装厚壳书碰落在地，里面的东西撒了出来。

我赶紧去拾，怕晚一秒盛珉鸥看到了又要生气。

他生气倒是不会骂我，但恐怕下次就再也不会让我进门了。

拾起那几张照片时，我本该将它们塞回书里就好，却不小心多看了一眼。

直到现在我仍然后悔多看了那一眼。

照片的血腥程度让我脊背不自觉冒出冷汗，胃都有些抽搐。

畏惧的同时，更多的是震惊。

盛珉鸥为什么会看这些东西？课程需要吗？他是学法律的，应该要查许多案例，这些照片……或许是有什么用处的？

阳台方向传来开门声，我立马将照片塞进书里，装模作样放回桌上，把有些乱的书都理成了一摞。

"你做什么？"盛珉鸥一眼看到我的动作，走过来，伸手探向我。

盯着那不断靠近的细长手指，我心跳急促起来，忍不住屏住呼吸。他却只是越过我，去拿身后那几本放在书桌上的书。

"就，帮你理一下书桌……"我尴尬地冲他讨好一笑。

他手里拿着书，垂眼看我："别乱动我的东西。"

我背上汗毛一竖，讷讷点头。

盛珉鸥将书塞进了最高那层的书架上，我难以够到的高度。之后他随手拿了一本书，靠坐在床头翻看。

我反身扒着椅背问："哥，你怎么搬出宿舍了？在外面租房多贵啊，不如搬回家住啊。"

他翻过一页纸，注意力全在书上，不紧不慢地回我："宿舍不方便，家里太远，这里很好。"

"你有钱吗？"

"嗯。"

"你哪儿来的钱啊？"

我就是随口一问，并没有追根究底探他隐私的打算，可他显然误会了我的意图。

盛珉鸥抬起头，眼含讽刺："放心，不是你妈给的。"

我爸妈过去针对他吵架，其中至关一点就是争论以后财产继承的问题。我妈总怕他抢我的家产，我的房子，我的一切，活像我们家有几个亿要继承。

两人的争吵透过薄薄墙壁传到我和盛珉鸥的耳里，盛珉鸥总是显得很淡然，我却每次比他还要紧张。现在看来，他那时云淡风轻，看似毫不在意，其实句句都记在心里。

"不说就不说，谁稀罕？"我被他挖苦惯了，脸皮也厚，见他不答，背对他撑起下巴，望着书桌靠着的那面墙发起呆。

我始终没有问他那些照片的用处，为什么会有，是不是课程需要。可能潜意识里，我自己也觉得这不是好问题。

我放弃了窥探真相的机会，而齐阳没有。

他要比我更早地看透盛珉鸥。

"欢迎光临。"

身体微微一震，脸上的杂志掉到地上，我从浅眠中缓缓苏醒。

抹了把脸看向来人，等看清对方的长相，我心中微微有些吃惊。

方磊又来了，这已经是他这个月的第三次惠顾。

这次他带来了一枚满钻的星月胸针，等待估价时，大谈那位送他礼物的朋友。

"她真是彻底迷上我了，让我有些苦恼，毕竟我也不可能同她真的谈恋爱。"他轻咬着墨镜腿，近看才发现，他眉眼上着淡淡的妆，"她那个未婚夫，好像是她爸爸看中了硬撮合的。用她的话来说，除了学历和长相他一无是处，出生低微就算了，对她也很不上心，还有些……冷淡。"说到最后，他自顾"嘿嘿"一笑。

这时代还能用"出身低微"形容一个人的，想必也是位心高气傲的主，怎么就看上这么只花蝴蝶了呢？

"哥，这些都是她一个人送你的？"沈小石人乖嘴甜，见谁都是哥。

他趴在柜台上，一脸兴趣盎然地盯着方磊，脸上满满的八卦欲。

方磊勾唇一笑，毫不吝啬释放着自己的男性荷尔蒙。

"对，都是她送的，过两天还说要送我一辆车。你们这儿收车吗？"

"乖乖，这些加一起得小一百万元了吧。"沈小石咋舌，"车有点难脱手，看你当多少吧。"

经过高倍镜与热导仪相辅相成的精密检测，确认碎钻都是真钻后，我又查询了两颗主钻的宝石编码。

两颗钻都在两克拉以上，净度颜色也很好，是难得一见的好货色。

"二十万元。"我打断两人谈话，报了估价。

方磊已经有些适应我的报价方式，"咝"了一声后，让我再加一点。

"这两颗钻单卖都要十几万元，整个加起来你就给二十万元也太抠了吧？"他同我讲价，"架子可是白金的，怎么也值得加一万元吧。"

我皱眉沉思，做足样子，来回扯皮数回，加了八千元。

柳悦将胸针放入保险柜，之后给方磊做了转账。

"说真的，来我店里坐坐吧，我们那儿帅哥美女一大把，要什么有什么，还没有隐形消费。"

我看柳悦被他烦得笑容都僵了，只好过去救场。

"那性价比还真蛮高的，有空一定去。"

"那说好了。"方磊戴上墨镜，帅气地道了别，出门时差点儿与进门的三个高壮人影撞上。

他吓了一跳，惊疑注视三人，边回头边往外走去。

那三个人进到典当，为首一人什么话也没说，另两人转身就把门关了。

天已经很凉，他们却仍然穿着 T 恤和汗衫，露出胳膊上夸张的文身，一脸来者不善。

"做什么啊？咱们打开门做生意的，又不是黑店，关什么门呀？"

沈小石要上去开门，被其中一个板寸男一把推到了墙上。

"别动，让你们动了吗？"

我从椅子上站起，给柳悦使了个眼色，她意会，悄悄躲到了柜台下。

"几位怎么个说法？"我看向那个为首的大光头。

光头冲我一笑，露出颗金灿灿的牙齿，介绍自己江湖人称"虎哥"，一直在这片混，知道我店开得不错，便来参观参观，顺便借点钱用。作为回报，以后有事尽可找他。

简单来说，就是地头蛇来收保护费了。

他明确说了意愿，这事倒也好办了。

沈小石嗤笑："我们都开了小半年了，之前也没人上门'借钱'啊。你们不要乱来，我们这边和警局联网的。"

虎哥格外不屑："来来，你让警察来，最多也就关我们两天。出来了我就往你们这儿一坐，坐满八个小时，谁进来都打个招呼，我看你们怎么做生意。"

他这都能算明抢了，话说到这个份儿上，我也别无选择。

"行，你过来，我拿现金给你。"我走到铁栅栏前，招手让虎哥靠近。

对方不疑有他，大摇大摆走近，伸手问我要钱。

"你……"他只来得及说出一个字，便被我一把抓住胳膊猛力往里拉拽，整个人都撞到了铁栅栏上。

须臾间，我折过他胳膊，扯住T恤衣领将他脑袋往坚实的铁栏上迅速连撞三下，撞得他嘴里不住发出痛叫。

这一变故直接惊呆那两个小弟，他们怒吼着上前，想要从我手里救回虎哥。可他们忘了外面还有沈小石。

沈小石这人，瞧着白白净净，乖得不行，但本人并没有表面上那么斯文，之前他也是因为莫名卷入到一起群架中，才被关了五年。

他抓住倚在墙角的折凳，眼一眨也不眨地往板寸身后砸去，一个砸倒了，便迅速去砸另一个。

那两人被他这样突然袭击，吃了闷棍，战力直线下降。

板寸直接就倒了，另一个脸上有疤的身板厚实，比较抗打，转身龇着牙一头血地朝沈小石扑去。

我认识沈小石的时候，他才十几岁，瘦瘦弱弱的一小孩，长得颇为清秀，很容易便叫有心人盯上。

他正巧和我还有魏狮一个监室，但一开始我们并没有什么交流。

开始有交集，是因为有次在澡堂，我无意中撞破了别人对他的欺凌。在哪里都一样，恃强凌弱的事情很常见。

当时我看他年纪小心有不忍，就多管闲事地出手帮了他，事后虽然受了惩罚，但也算做了件好事。

松开虎哥衣领，我麻利地开了锁，一脚踹在铁门上，将虎哥夹在了墙与门之间。

"你……你敢动手？走着瞧！"虎哥口齿不清地威胁着，拳头已经伸到我眼前。

轻松闪过，我快一步，拳头重重落在他肋骨下胃的地方。

要比心狠手辣，这些人实在还差了点儿。

柳悦按了警报，等警察快速出警赶来撞开大门时，我和沈小石两个虽不能说毫发无损，但也算是大获全胜了。

民警将倒在地上的人一一送进警车，完了让我们一起去派出所做笔录。

虎哥可能也没想到自己踢到了铁板，在派出所一直用杀人般的目光盯着我，见我无动于衷，突然撒起泼，坚持说自己鼻梁断了，要做伤情鉴定，要告我故意伤人。

给我们做笔录的民警一瞪眼，用笔指着他："老实点，这是你能撒泼的地方吗？"

"哎哟，我肝疼……"

"我头好疼，感觉要裂了！"

虎哥那两个跟班不知是不是收到了什么信号，忽然也躺到地上，捂着身体各处开始叫唤。

"你们这是碰瓷啊，刚才还骂骂咧咧生龙活虎呢，这会儿说倒就倒，骗谁呢？"柳悦惊叹于他们的厚颜无耻，叉着腰骂起来。

这时，从门外进来一个高大的身影，柳悦一见对方，皱着旳眉瞬间便展开了。

"三哥来了！"

魏狮风风火火赶来，一进门便朝见到的所有穿着制服的人打招呼。

"不好意思、不好意思，我们家员工给各位添麻烦了……真是不好意思。"

他转过身，面向这边，视线在我们脸上一一扫过，见到那虎哥后，浓黑的眉微微一挑，有些惊诧。

"王胖子，怎么是你啊？"他冷声说着，脸上已经彻底没了表情。

虎哥方才还威风凛凛，这会儿跟只淋了雨的鹌鹑一样，脸也白了，身子还瑟瑟发抖。

"三、三哥？"

| 第六章 |

闹来闹去，一群人竟是老相识。

魏狮从前开按摩店时，虎哥就在他手下做事，做了好几年，算是老交情了。后来魏狮进去了，按摩店也关了，虎哥这才改换门庭另谋出路。

一别经年，曾经的王胖子成了"虎哥"，魏狮也早已成为江湖传说，消失在众人记忆中。

谁能想到这么巧，大水冲了龙王庙，没人比虎哥更尴尬。

三人立马收了无处发泄的演技，主动承认一切都是误会，随即与我、沈小石、柳悦面对面排成两排，在派出所握手言和。

几个人出了派出所已是晚上八点多，魏狮做东，请大伙儿涮了顿火锅，吃完了觉得没尽兴，又要去附近的金色年华唱歌。

除了柳悦姑娘家不好太晚回家，被魏狮叫了辆出租车打发走，其余人浩浩荡荡就往 KTV 去了。

如柳悦所说，门口果真有许多豪车。

魏狮点了个气派的大包，包厢内灯光闪烁，鬼哭狼嚎，吵得我头疼。

"帅哥，抽烟吗？"化着厚厚浓妆的女孩亲昵地靠向我。

我摇摇头，婉拒了。

我就说我听他们唱歌就好，魏狮偏不肯，给我叫了个伴唱，说是这里的规矩，人人都要有个伴唱。

"帅哥，咱俩喝一杯吧？"胸口别着"丽丽"名牌的女孩见我不抽烟，又倒了杯酒给我。

我抵住那杯子，再次婉拒："酒精过敏。"

其实都是借口，我就是不会喝而已。十四五岁时我倒是偷偷学着大人的样抽过烟、喝过酒，只是没等熟练就被我妈撞破，之后便是歇斯底里的打骂，让我再不敢轻易学坏。

丽丽可能觉得我有点没意思，噘了噘嘴，自己默默把那杯酒喝完了。

我也觉得没意思。

沈小石站在小舞台上，握着落地麦撕心裂肺吼着我欣赏不来的流行歌曲；魏狮与虎哥交头接耳叙着旧，两人笼罩在闪烁的灯光中，脸上表情有些不真切；虎哥的两个小弟与女人们谈笑风生，吹着牛皮嬉笑不断。

都挺没意思的。

我与魏狮打了声招呼，说自己尿急，起身就往外走。

我在门口的小超市买了瓶水，坐在金色年华大门外停车场的花坛边。

穿着奢华的男男女女络绎不绝地从金色年华那扇金碧辉煌的大门里进出，我无聊地望着那扇门，忽然看到个眼熟的身影。

方磊亲密地环抱住一具歪倒的人体，歪歪斜斜往停车场走来。

"我还要喝……"女人鬈发红唇，媚眼如丝，像一条蛇紧缠着方磊。

"好了好了，别喝了，你都喝一天了，我送你回去吧，不然你未婚夫该着急了。"方磊温柔地安慰对方，手掌轻轻拍抚着她的脊背。

我视线落在那女人身上，眯了眯眼。

"他才不会担心我……他根本没有心！"女人忽地语气激烈起来，

"你知道吗……我到现在……都、都还没有去过他家……他是家里藏了什么见不得人的东西吗？还是你好，我喜欢你……"

我坐在阴影里，当中又隔了一辆车，他们并没有发现我。

方磊将女人扶进一辆电光紫的跑车内，细心替她调了座椅靠背的高度，随后绕到驾驶位坐进了车。

不一会儿，跑车发出兽吼一样的轰鸣，倒车，踩油门，风一样消失在停车场。

直到再也看不到那车的影子，我才重新走进金色年华。

包厢里依然热闹，唱歌的人已换成魏狮。

一首荡气回肠的《从头再来》，唱得被揍成猪头的三个人热泪盈眶，不住鼓掌。

我坐到丽丽身旁，主动搭话："你认识方磊吗？他也在你们这里。"

"方磊？"丽丽一脸茫然。

我想了想，换了个称呼："他在这里叫萨沙。"

"哦，沙哥啊。"丽丽看我的眼神有些微妙的变化，"您是他朋友，还是……客人？"

"算不上朋友。街那头的兴旺典当知道吗？我是那边的经理。他最近经常去我那儿当东西，一来二去就认识了。"我笑说，"我刚在外面吹风，看到他扶着一个美女开车走了，那美女你认识吗？"

"那应该是他最近新认识的富二代，听说是制药公司老板的女儿，可有钱了。"丽丽满脸艳羡。

我一听制药公司老板的女儿，本来还有两分怀疑，现在已是百分之百确定了。方才那位黏在方磊身上的，正是我之前在盛珉鸥身边见过的，他的白富美女朋友。

"我听说她有未婚夫？"

丽丽满不在意地一笑："来这里的有几个是正正经经单身的呀，

就是花钱买点乐子罢了，又不会玩真的。"

那可未必。又送表又送钻的，显然正在痴迷，保不齐就是动了真心。

盛珉鸥啊盛珉鸥，你也有今天。

我笑起来，丽丽不明所以地看着我。

我举起矿泉水杯朝她敬了敬，道："替萨沙感到高兴，祝他们长长久久。"

她脸上迷惑更重，我不再理她，起身夺过魏狮的话筒，切了首《千年等一回》，获得嘘声一片。

周六就是我爸忌日，我十年没给他上过坟，我妈今年是去不了了，就让我连她的份儿一块去祭拜。

去之前她特意嘱咐我下午去，我问她为什么，她顿了顿，板着脸说上午盛珉鸥会去。

其实我早就猜到，凡是我爸忌日，他从不缺席。

到了忌日那天，我起了个大早，去菜市场买了花和酒菜，登上公交车赶往墓园。

我以为自己去得已经够早，想不到盛珉鸥比我还早。

我爸的墓在室内，是壁葬。四方的厅中，凹陷的壁龛铺满整整三面墙，高度直达天花板。每座龛中都会点两支电子蜡烛，供奉一束苍白的塑料花。

家属要祭拜，便把东西摆放在壁龛底下的位置，晚些自会有人收走。方厅正中还砌了两把长椅，供亲友追思之用。

我到时，正见盛珉鸥背对着我，坐在其中一把长椅上。

他身前地面上，正对我爸的那列壁龛下，摆着一束白绿相间的小雏菊。

我一下止住脚步，没有再上前，甚至往墙后躲了躲，怕被他发现。

盛珉鸥坐在那里半天没有动静，要不是那姿势打瞌睡实在有点难，我都要以为他是起太早在犯困。

　　晨风寒凉，嘴里呼一口气，眼前便凝出了白雾。可等到阳光透过树影落到身上，又会升起短暂的暖意。

　　泛黄的树叶随风而舞，地上的影子也跟着斑驳起来。

　　枝叶簌簌轻颤，终于，盛珉鸥也像是被风吹动，开始有了动作。他从风衣口袋掏出烟盒，点燃一支烟，放到了地上的那束花旁。

　　白烟袅袅升腾，他等了片刻，站起身，似乎是准备走了。

　　我不再躲藏，从转角走出。

　　他正好转身，与我迎面相对。

　　"哥，你来啦。"我弯了弯眼，冲他微笑道。

　　他双手插在风衣里，视线丝毫没有在我身上停留，大步流星擦着我就要离去。

　　经过我身边时，我一把抓住了他的胳膊。

　　他猛一抬手挣脱，仿佛与生俱来的本能，没有容我碰触他超过三秒。

　　一瞬间，我们都有点愣怔。

　　我蜷了蜷手指，握成拳收进兜里，同时往后跨了一大步，以保持与他的安全距离。

　　"我就是想问你，这些年，你有收到过我寄给你的信吗？"

　　十年来，我给他写过许多信，却没有一封有回应。

　　从希冀，到愤怒，到哀求，到死心，头三个步骤花了我五年，之后的五年，是漫长的死心过程。我仍然每三个月寄出一封信，却不再寄希望于回信。

　　最后一年，当我知道母亲身患绝症命不久矣时，我不再写任何信。

　　如今问他，不是责怪，不为其他，不过是想了却心中多年的执念。

　　"信？"他理了理袖口，"收到过。"

我眼睫一颤："那你……"

那你有没有看过？

他似乎早已看穿我要问什么，答得十分爽快："没看，都扔了。"

鼓动到喧嚣的心跳再次归于平静，面对这个意料中的回答，我以为自己不会失望。

我高估自己了。

"我想也是这样。"我垂下眼帘，盯着他锃亮的鞋面，笑容有些苦涩。

风衣下摆轻轻晃动，他抬脚欲走。

"哥……"我叫住他。

他这次没有再停下，头也不回地往墓园大门走去。

望着他的背影，我不由得叹了口气，似乎我从来都叫不住他。

"对你女朋友好一点！"我扬声冲他喊道。

直到盛珉鸥身影消失在尽头，我才拎着东西转身去看我爸。

将花束与酒菜在地上摆好，我朝壁龛拜了三拜，随后在长椅上坐下。

"爸，好久不见。"十指在身前交叉相握，拇指不断做着画圈的重复动作，"我不是个好儿子，你要骂我要打我，以后见了面随你出气。我对不起你们，我辜负了你和我妈的期待，我知道，我都知道……"

我闭上眼，陷在一片黑暗里。

"但我就是不甘心。"

| 第七章 |

弗洛伊德认为，梦是欲望的载体，意义在于愿望的满足。

当我第一次梦到盛珉鸥离开时，我惊惧地醒来，发现自己出了一身汗。我为梦中发生的一切感到力不从心，巨大的恐慌吞噬我的身心，叫我只想将这个梦牢牢锁进心底，再不去碰触。

可事与愿违，你越想压制，它越是不容忽视。

上课时，吃饭时，洗澡时，大脑任何的一个放空，都有可能让其乘虚而入。世上若真有恶魔，这种恐惧便是诱我堕落的饵料。

而齐阳，则是那支将我射向深渊的箭。

我弄不清心中所想，迷惑于对盛珉鸥的复杂情绪，这份不确定使我日夜煎熬。终于在某日，我决定自己求解，彻底将此事了断。

我翘了学校晚自习跑去找盛珉鸥，当进到那座老旧的筒子楼时，心中的紧张，又或者说冥冥中的预感，让我放轻了脚步。

上到盛珉鸥租住的楼层，走道里传来微弱的灯光，我听到了两个男人的争执声。

"齐阳，别再来烦我。"

耳尖微动，这声音我绝不会认错，是盛珉鸥。

"别赶我走……我知道你是什么样的人……"

另一个声音也很熟悉，特别是那种故作温柔的语气，让我胃部一阵不适。是那个神经病。

我很快也认出了齐阳，两人的谈话内容引起了我的好奇，我没有出声，选择偷偷探出头，于黑暗中观察那两人。

盛珉鸥立在半开的房门前，齐阳离他很近。他们头上亮着一盏昏暗的感应灯，除此之外的走廊都隐在黑暗中。

齐阳缓缓跪了下来，掀开自己的衣服下摆。

我不知道那里有什么，但盛珉鸥看后半天没有移开眼，似乎是愣住了。

齐阳脸上露出得逞的笑："我知道你是什么样的人……"

我睁大眼，手指紧紧抠住掌下的安全门门板，脑海里忽然涌现无数个声音，前赴后继地尖叫，让我过去踹开齐阳那个神经病，让他离盛珉鸥远一点。

眼前都像是覆上一层血色，我正准备施展身手，那边盛珉鸥却先我一步，一脚将他踹飞出去。

齐阳撞在对面的墙上，捂着肚子蜷缩起来，嘴里发出难耐的呻吟，似乎颇为痛苦。

但他还笑得出来："对，就是这样……不要压抑你自己，喀喀……"

盛珉鸥眸色阴沉，冷笑道："你以为你很了解我？"他站在那里，薄唇轻吐，"滚！"

他转身进屋，门关得十分用力，连那盏微弱的灯都轻轻摇晃了两下。

我无声勾起唇角，心里痛快不已。

齐阳看起来短时间内不会离开，而盛珉鸥也不像是有心情和我好好说话的样子，权衡了一下利弊，我最后还是决定先回去再说。

走到楼下，我又回头看了一眼盛珉鸥出租屋的位置。那里亮着灯，一盏普普通通的白炽灯，却像是有着某种魔力，让我一直看向它。

齐阳和盛珉鸥打的哑谜让我有些焦躁，那就像有个世界，只有他们能进，我却必须被挡在门外。

同齐阳一样，我曾经也以为自己很了解盛珉鸥，但看来事实并非如此。我也不过是一个只配被盛珉鸥唾一句"你以为你很了解我"的人罢了。

回到家后，由于班主任如实向我妈报告了我逃课的行为，直接导致她在我耳边对我施行了半个小时惨无人道的狂轰滥炸。

她说，她那么苦都是为了我，我为什么不能懂点事？又说我爸死了倒也轻松，不用累死累活管教我。

为了逃避她的念叨，我躲进了卫生间。

"你要是有盛珉鸥读书那么好，我倒也省心了！"她的声音隔着门板传进来。

我泼着冷水洗了把脸，脑海里梦境与现实交相辉映，一会儿是梦里盛珉鸥的呓语，一会儿又是走廊里齐阳贪得无厌的眼。

水滴自发梢滴落，我撑着洗手台抬起脸，一下有些愣神。要不是脸还是我自己的脸，看了十几年早已熟悉，我都要以为齐阳跟着我回了家。

镜子如实映照出我的模样，脸色苍白，眼眶泛红，嘴唇紧抿着，显得眉宇间更加阴鸷。

我和齐阳的眼睛是那样相似，有嫉妒，有怨恨，也有渴望被重视……这双眼里包含着对盛珉鸥所有的复杂情感。

这个认知让我颇受刺激，心绪起伏下，一拳砸在了镜子上。

血丝顺着蛛网一样的裂纹缓缓流下，我妈听到动静一下子开门闯进来，见我所作所为，惊恐地尖叫起来。

"血……血！你这孩子怎么这么冲动呢……妈妈瞎说的，妈妈以后再也不说了。"

她以为是她的话刺痛了我敏感的内心，此后再不敢随意拿我和盛珉鸥比较。

自从知道方磊是来回游走于盛珉鸥头顶那片青青草原的"老王"，我就格外关注他。每次他来兴旺典当，我都要和他多说两句。久了连沈小石都觉得奇怪，问我是不是也臣服于"沙哥"的魅力，不然为什么他一来我就显得特别高兴。

这他就在睁眼瞎说了，我最多有些兴奋，高兴还不至于。

"他要走，老板不放人，就这样僵持着。要我说就待在自家公司有什么不好？自己创业多难啊！"

方磊眉飞色舞地说着他和他那白富美朋友的二三事，说到盛珉鸥的部分，洋洋洒洒一大段，简而言之，就是盛珉鸥想跳出美腾单干，白富美她爸不允许。

盛珉鸥能有今天都是靠这位大老板，也不好闹得太难看，所以暂且就这样僵持着。

"又不是所有人都像你一样喜欢吃软饭。"沈小石开着玩笑，"那白富美真的爱上你了吗？"

"她昨天还说要和我一起私奔去欧洲呢。"方磊笑说，"我都有点心疼她未婚夫了，老子把他当随意拿捏的称手工具，女儿背着他要和别人私奔，除了工作没有任何爱好，他这人生是有多失败啊，哈哈……"

我盯着他的笑脸，向后靠到椅背上，不由得也跟着轻笑出声。

"是挺失败的。"

在牢里十年，我一共与三人交情最好——魏狮、沈小石、猴子。

我出狱那天，魏狮和沈小石一起来接我，猴子由于当上了娱记，身处另一座城市，没来得及赶回来。

猴子并非他真名，只是他体格瘦小，体毛又浓密，活似猕猴，这才叫他"猴子"。

猴子不喜欢别人叫他真名，因为他真名叫易大壮，与他个人形象可以说极为不符，每次别人叫他"大壮"，他都觉得对方是在嘲讽他。

猴子进去前是做私家侦探的，一次调查时，他不小心和别墅保安发生冲突，往人脸上打了一拳。他的富太太客户在他事迹败露时便与他划清界限，他被控故意伤人和非法入侵，最后赔了钱还坐了一年半的牢。

由于职业关系，他那里狗屁倒灶的故事特别多，他又很有表现欲，久而久之，便成了67号监室公认的相声大师。

茶余饭后，闲暇时间，哪里有他，哪里就有听不完的段子。以至于他离开之后，我、魏狮和沈小石都颇为想念他。

猴子出狱后，不再干老本行，转而做了娱记。

我觉得也挺好，不算完全埋没自己的手艺。

出狱后，我与他虽然彼此加了好友，但除了平时互相给朋友圈点个赞，节日问个好，很少有闲聊的时候。

所以当我主动打电话给他，约他出来谈一笔买卖时，他有些惊诧。

| 第八章 |

虽然我不信教，但我还挺喜欢教堂，那里总是很安静，能让人静下心来想事情。

阳光从玻璃彩窗外透进来，在褐色的桌椅上投下斑斓的点。

不知是谁在桌肚里遗留下了一本《圣经》，被翻过无数回的纸页已经有些残缺翻卷。

我随意翻了两页，停下时，入目便得一句："心中和平，是肉体的生命；嫉妒是骨中的朽烂。"

好有道理。

我盯着那行字久久，一字一句品味。

这时身下长椅微动，边上又来一人。

"枫哥，你怎么约我来这边谈事情？"易大壮脸上戴着黑框眼镜，穿着简单的卫衣牛仔裤，脚踩一双有些脏污的白球鞋，因为周围十分安静，他声音压得也很低。

"电影里间谍卧底和上峰接头，都是选这种地方的。"我将《圣经》塞回桌肚，道明来意，"我想请你帮我一个忙。"

把这个"忙"的前因后果和他说了，想要的结果也说了，最后我问他怎么收费。

易大壮一下没压住嗓门，震惊道："你要我调查美腾制药老板的女儿？"

我食指抵在唇上："嘘。"

他连忙看了看周遭，见不少人已对他投来关注的视线，点头致歉的同时，尴尬地捂住了嘴。

"枫哥，你知道我已经不做私家侦探很久了。"他悄声道，"不过你开口，这个忙我一定是要帮的，更何况事关你哥。你放心，不要钱，我保准把对方底裤都给扒出来！"

我深受感动，拍了拍他肩膀道："那就麻烦你了。"

"客气、客气。"易大壮一摆手，起身就走。

我还打算再坐一会儿，就没动，想不到没多会儿易大壮又折返，面色颇为严肃。

"枫哥，下次别选这儿了，选个天台也比这儿强啊。"

易大壮的能力毋庸置疑，只花三天便出了一份初步的调查报告。

美腾制药的老总叫萧随光，只有一个女儿，名为萧沫雨，国外名校毕业，长得美艳不可方物，同许多富二代一样，骄奢淫逸是作风，挥金如土是日常。

这样一位典型白富美，从不缺男人追捧的真凤凰，一年前却和盛珉鸥订了婚。

"萧随光没有儿子，女儿又整日只知道玩乐，他很早便在物色未来接班人了，你哥是他的第一人选。"易大壮的声音透过电话传过来，"从你哥大学开始，他就在资助你哥了。当然，你哥只是萧随光众多资助对象中的一个，但从他毕业进入美腾制药开始，出色的个人能力很快引起了萧随光的注意，萧随光大力栽培你哥，甚至在女儿回国后，做了月老，撮合了两人。"

这老丈人还挺上道，怪不得方磊说盛珉鸥能有今天全靠对方。

"不过……"易大壮拖长音调停顿了一下，"他们的感情明显出现了问题，萧沫雨在三个月前认识了金色年华的萨沙，也就是方磊，两人近来打得火热，每周都要去酒店开房两次以上。前两天萧沫雨一掷千金，还买了辆超跑给方磊。"

都说"英雄难过美人关"，其实高看了英雄，也低看了美人。美色当头，谁也躲不过。英雄躲不过，白富美也躲不过。

"盛珉鸥要脱离美腾自己单干的事是真的吗？"我问。

"是真的。说到这个我也觉得神奇，他好好的驸马爷不当，非要另起炉灶到底是为什么？好日子过腻了，要挑战一下自我？"

"很奇怪吗？"我拉动鼠标，翻阅着电脑上易大壮传给我的档案，一目十行快速看完，"该说……他能为一家公司服务这么多年，这件事反而让我感到惊叹。"

"反正据我了解，萧随光现在拒绝谈论这件事，上周借口有个重要会议躲到国外去了，要下周才回来。盛珉鸥暂时按兵不动，但并不像是会轻易让步的样子。"

三天就能查出这么多东西，真是了不得。以前我还不觉得，现在再看易大壮的狗仔职业，倒觉得有些屈才了。

让易大壮再接再厉，挂了电话，我摩挲着屏幕犹豫良久，最终还是拨通了那个一直存着，却从未有机会拨出的号码。

铃响三声被接起，一片静默，没有习惯性的"喂"，也没有任何问话。要不是从对面传来了轻浅的呼吸声，我会以为是线路出了问题。

果然是很"盛珉鸥"的接电话方式。

我好笑地想着，与他无声对峙起来，就这样静静听着对面的呼吸，悠闲地把易大壮发我的文档又看了一遍。

不过我也不敢晾他太久，差不多就表明了身份。

"是我。"

他似乎一点也不意外："是你。"

我正待继续往下说，电话那头忽地响起频率相同的"嘟嘟"声。

他挂断了电话。

我看了一眼已回到拨号界面的手机屏幕，唇角的笑一点点扯平，翻到通信录，又一次拨通了他的号码。

一次，两次，三次，他始终没有接。

我一口气连着打了二十几次，他才终于再次将电话接起。

"我给你一分钟，有话快说。"

他低沉的嗓音穿透话筒直达我的鼓膜，我舔了舔唇，将手机按向耳朵，想将他的话听得更清楚一些。

一分钟虽然有点短，但我打电话给他的目的，其实简单一句话就可表述。

"我可以帮你脱离美腾。"

那头盛珉鸥静了静，声音陡然危险起来："陆枫，你调查我。"

要是这会儿我们面对面站着，他或许已经扯着我的衣领把我的头往墙上撞了。

"说出来你可能不信，但一切真的都是巧合。我调查的不是你，你只是……顺带而已。"我找易大壮调查的的确不是他，而是萧沫雨。

"你要玩什么花样？"

我将文档关闭，转着电脑椅问："我帮你，你怎么报答我？"

那头短暂地静默后，传来一声看穿一切、鄙薄至极的轻嗤。

"那就赏你……同我一起兄友弟恭地吃顿饭怎么样？"

电脑椅瞬间静止下来，我愣怔地握着手机，还没来得及对这一提议发表评论，对面男人忽然恶劣地笑起来。

"你以为我会这么回答你吗？别做梦了。陆枫，我的事不用你操心，管好你自己吧。"

预感他就要挂断电话，我将语句尽量精简，快速说道："我有办法让你既不得罪萧随光又能脱离美腾。你也觉得受人支配看人脸色很烦吧，萧沫……"

我话还没说完，那头就传来了挂断声。我看了一眼电脑上的时间，竟真的不多不少正好一分钟。

将手机丢到桌上,我有些恼火地抓了抓头发。

"只要盛珉鸥电话挂得够快,陆枫的语速就追不上他。"我冲手机扯了扯嘴角,露出一抹不屑的笑,"头顶都绿成这样了,你还有什么可骄傲的啊?你都要成绿茵小子了,你知道吗!"

气归气,冷静片刻,我还是抓过手机给易大壮发了条短信,让他留意一下萧沫雨跟方磊开房的酒店,最好能摸到规律提前伏击。

"枫哥,你要干吗啊?"

手机屏幕蓝色的荧光映在我脸上,我想了想,打下两个字:

"抓奸。"

一周后,萧随光回国,和盛珉鸥的谈话依然不尽如人意。萧随光以盛珉鸥工作太过劳累为由放了他一个月的假,想要打消盛珉鸥离职的念头,但这显然不是盛珉鸥想要的。

"萧随光说:'你现在翅膀长硬了,就想到处飞了。'盛珉鸥说:'您知道我不是这个意思。'萧随光让他出去,盛珉鸥就出了办公室。"易大壮如数家珍,"这就是今天发生的美腾大事记。"

我叹为观止:"你怎么连这个都知道?"

"我盯准了美腾几个爱喝酒,喝了酒嘴巴没把门的,专门在居酒屋跟酒吧和他们搭话,一来二去他们就什么都说了。欸,这个不是重点,重点是你让我找的萧沫雨和她那老王的开房规律我找着了。周三下午两点,他们会在市中心艾斯丽尔酒店开房,顶楼总统间。"易大壮服务到家,后续一系列操作已经熟练地帮我规划好,"我会先问里面服务生买套制服,到时咱俩一起上去,你跟在我后面,我来敲门,门开了你就举着手机往里冲。"

然后他问我:"明白了吗?"

"明白明白明白。"我忙不迭地点头,对这种训练有素的专业人才佩服不已。

｜第九章｜

　　周三下午两点过五分，我坐车来到艾斯丽尔酒店，要进门时，掏出手机给盛珉鸥打了个电话。

　　这么重要的事，总要通知他一下。

　　他照旧没有接电话，不知道是手机不在身边，还是看到是我不想接。

　　我也不急，打开短信选了张前两天易大壮给我的照片发过去。照片中萧沫雨和方磊在车中相拥而吻，光线虽昏暗，但难掩激情四射，任谁看了都会明白他俩的关系非同寻常。

　　两分钟后，盛珉鸥的名字出现在我手机屏幕上，伴随而来的是一声声来电铃声。

　　"想和我谈了吗？"我接起了电话率先开口。

　　"你到底想做什么？"盛珉鸥的喘息有些粗重，像刚刚做完什么剧烈运动。

　　"给你十五分钟过来市中心的艾斯丽尔酒店，过时不候。"

　　这次，我先挂了电话。

　　易大壮许是打通了什么门路，一早换好衣服猫在酒店里，也没人赶他，见我久久站在门口不动，偷摸出来找我。

　　"枫哥，怎么不进去？"

他买的那套衣服尺寸稍微有些大，穿在他身上就跟小孩偷穿大人衣服似的，显得有几分好笑。

"等人。"我望着来车方向道。

"你不是让三哥找一车人来了吧？"易大壮声音有些紧张。

我错愕地看向他："想什么呢？演古惑仔啊？"

易大壮摸摸鼻子，没再说话，陪我一起在门口站了十几分钟。其间有酒店住客以为他是门童，一下车就把车钥匙丢给他让他去泊车，为了不暴露身份，他忍气吞声去泊了。

眼看时间一分一秒过去，在我以为盛珉鸥不会来了时，他那辆眼熟的银色跑车出现在我视野内。

伴随着刺耳的急刹声，跑车以极近的距离停在我和易大壮面前。

易大壮跳开一步，气得刚要开口骂娘，驾驶座车门缓缓朝上打开，盛珉鸥系着腰间西服扣从中跨出。

身高体形，都远非易大壮能及。他脏话卡在喉间，被憋回了肚子里。

盛珉鸥目标明确地朝我走来，抬手十分自然地将车钥匙扔给了易大壮。

"欸，我不是……"易大壮手忙脚乱地接住钥匙，想解释什么突然又停住，"我怎么觉得这位帅哥这么眼熟。"

他做过这么多调查，虽说主要都是针对萧沫雨的，但难免也会带上盛珉鸥，为此看过他一两张照片并不奇怪。

我向他介绍："这是我哥。"

易大壮愣了两秒，恍然大悟："原来等的是大哥。大哥你好，我是枫哥的小弟猴子……"说着他就要去握盛珉鸥的手。

盛珉鸥会让他碰才有鬼。他一动不动，只是盯着那双手，半天没有回握的意思。

这要是漫画，空白处就该出现他的心理活动了——为什么一只猴子要和我握手？

气氛瞬间有些尴尬，我轻咳一声，手肘撞了易大壮一记，让他快去泊车。

"那你们先上楼等我，我很快就到。记得等我来再开始！"他做好叮嘱，迅速钻进车里将车开走了，走前还给了我一张电梯卡。

"走吧。"

我摆了摆手里的卡，示意盛珉鸥跟上，不想被他一把抓住了手腕。

"告诉我几号房，我自己上去。"

他这意思是不想让我再参与了。

鸟兽尽，走狗烹。怎么可能这么容易叫他将我扔了？

估摸着光天化日他也做不出抢卡的事，我还算镇定："可以啊，先谈好条件，什么都好说。"

他漆黑的眼瞳又冷又沉，指间力道一再加重，并不想和我好好谈的样子。

虽说天冷衣服穿得多，但也耐不住他这么掐。

"走吧，再晚他们都要退房了。"我将电梯卡换到另一只手中，用力挣脱他的桎梏，转身往酒店里走。

我一路没有回头，不是没担心过要是盛珉鸥不跟上来怎么办，那可真就世纪翻车了。但当我进到电梯，转身看到他一直跟在我身后时，一切担心便又烟消云散。

他最终还是拿我无可奈何。

电梯快速上行，往最高那层楼而去。

盛珉鸥靠在电梯另一侧，与我呈斜对角站立。我和他之间就像有条泾渭分明的线，哪怕不得不进入相对狭小的空间，他也总能与我保持最远的距离待着，保护这条线继续存在。

"我想先收点利息……"眼看电梯要到达顶楼，我突然朝盛珉鸥走了两步，越过了那条"线"。

他抬起头，本是双手插兜的姿势，见我凑向他，一只手从裤袋里抽出来，皱着眉就要抵住我。

我由他抵着，伸手按住他的手背，同时动作敏捷地靠近他，抽走了他别在西装口袋上的黑色钢笔。

这可真是胆大包天了，盛珉鸥眼眸陡然睁大，抵在我身前的手一下子紧绷起来，关节处都能摸到根根分明的掌骨。

电梯"当"的一声，也正好抵达顶楼开了门。

我一个闪身跳出电梯，灵活躲过袭来的拳风，将钢笔收进裤兜里。

许是气得不轻，电梯门关上又打开，盛珉鸥慢了好几拍才从电梯里臭着脸走出。

我没有再去招惹他，始终离他远远的。

"我们在这儿等一下吧。"

盛珉鸥瞥了一眼，听到了，但没有回应。

我暗"啧"一声，发现自己竟然已经有些习惯他的漠视。

在电梯前等了几分钟，易大壮手里拿着瓶香槟很快也上来了。

"你哪儿找的香槟？"我好奇不已，接过掂了掂，发现竟是个空酒瓶。

易大壮恭敬送还车钥匙才回我话："等会儿要用的道具，不然这个门很难敲开的。我有经验，信我。"

他一马当先走在前面，等到了一扇门前，贴耳过去听了听里面的动静，随后直起身整了整衣襟，摆好架势，让我和盛珉鸥站在门的两边猫眼看不到的地方，自己上前按响了门铃。

"谁啊？"里面传出方磊的声音。

"先生，我们酒店为了感谢您的长期惠顾，特地准备了一瓶珍贵的香槟送给您。"易大壮脸上露出虚伪的假笑。

门里静了一会儿，脚步声响起："等等。"

片刻后，门锁咔嗒一声，房门缓缓朝内打开。

方磊英俊风流的面孔出现在众人面前，他身上穿了件浴袍，露出的胸膛上抓痕遍布，脖子上还有枚鲜艳的吻痕。

他才开了门，易大壮就整个人往里挤。

我举着手机跟在后面，将方磊惊恐的表情全都摄了进去。

"你、你们……你们是什么人？"方磊挡在那里，一抬头看到了我，惊恐中立时夹杂了点不可思议，很难理解我为什么会出现在这里。

怎么说呢？缘分到了挡也挡不住。

我嫌他碍事，逮着空一脚踹过去，将他踹到地上，这才顺利进门。

屋里一片凌乱，地上、客厅沙发、卧室大床，到处散落着衣物，不难想象方才这里经历了什么。

盛珉鸥关好门，一回身看到方磊瘫软坐在地上，两腿曲张着，十分不检点地裸着身体，当即眉心一蹙，表现出了反感。

"不想要你就一直张着。"他语气很轻，却很认真。

方磊虽然没明白他的意思，但还是表情迷茫地颤抖了一下。

我从后面踢了踢他的肩膀，提醒他："把腿合拢，站起来说话。"

这时，里间浴室门打开，伴随着水汽，萧沫雨包着头发，身上围着浴巾从中走出。

"宝贝，我们晚上去吃……"

她抬眼看到盛珉鸥，先是一愣，再看到我举着手机拍她，很快反应过来发生了什么，脸色瞬间就不好看了。

她从床头的烟盒里抽了根烟，坐到床上跷起腿对盛珉鸥道："你想做什么？"

盛珉鸥大步朝她走去，路过我时用手掌按下了我的手机。我明白他的意思，结束录像不再拍摄。

"我会告诉萧先生，是我们性格不合……"剩余的话，都随着紧闭的卧室门，不再泄露一星半点。

客厅里，我静静地靠着墙发呆；易大壮站在落地窗前眺望整座城市的风景，不时发出仇富的慨叹；方磊则无所适从地立在正中，见我们不搭理他，捡起地上几件衣服有点想跑。

"去哪儿？"我问他。

他讪讪地冲我笑："哥，别这样，好歹相识一场，放了我这回吧。"

我还没回他，易大壮闻言笑起来："哥？你叫他哥，你知道里面那个是他谁吗？"

他指了指我，又一指房门。

方磊迷茫地摇了摇头。

"我哥。"顿了顿，我补充道，"一个户口本上的。"

方磊这下面如死灰，似乎也觉得自己这次要完。

"这么巧啊……"他嘴里说着，暗自瞟了一眼房门方向。

我看出他贼心不死，警告道："上一个想从我面前逃走的人，坟头草都两米高了。"

方磊看看我，又看了看易大壮，乖乖将衣服放了下来。

"行，是我活该，我认了。"他一屁股颓然坐到沙发上。

盛珉鸥与萧沫雨的谈话并没有进行很久，十分钟，那门就又开了。

盛珉鸥从里面走出来，刚到门口，身后萧沫雨恶狠狠的声音自幽暗的卧室传出。

"盛珉鸥，你就是个怪胎，这辈子你都别想有女人能忍受你！"她怒气冲冲地将一件衣服扔向盛珉鸥，奈何力气不够，那件衣服飞到一半便掉到了地上，"你就等着孤独终老吧！"

"记得你答应我的事。"盛珉鸥不为所动，半侧过脸，还挺有礼貌，"我就不打扰你们了，先走一步。"

我见他往外走，连忙快步跟上，走前不忘同萧沫雨告别。

"不用担心视频，等你完成答应我哥的事后，我自然会删除的。Bye（再见），萧小姐。"

易大壮被这雷声大雨点小的操作搞得一头雾水，追上了不住地问我："这就完了？不用痛揍一顿方磊？"我见要追不上盛珉鸥了，拍拍他肩膀，一边往前跑一边回头向他表示感谢：

"不用、不用，谢谢哈，下次请你吃饭。"

电梯门眼看就要合上，我一个侧身挤进去，终于追上盛珉鸥。

"谈好了吗？"

他不理我。

"你要怎么感谢我？"

这句话似乎有点惹怒了他，让他再次回想起被冒犯的不悦。

他一把扯住我衣襟，将我重重顶到墙上。

电梯三面镶嵌着香槟金的镜子，三面都映照出他凶狠的面容，以及我实在讨打的笑脸。

"你以为我不知道她是什么样的女人吗？"他缓缓靠近我，"你赶走她又如何？陆枫，我宁可跟她结婚成家，也不想和你这样的'家人'有一点联系。"

"听懂了吗？"他扼住我脸颊，指尖用力收紧。

我感到一阵剧痛，对上他压着暗火的眼，下意识地点了头。

"懂……"

他早就明了萧沫雨的水性杨花，可他却选择了视而不见，换作是别人，兴许是为爱而大度，但他，应该是根本没把萧沫雨当回事。

他只是需要一个"未婚妻"，让自己看起来更像个有血有肉、知冷知暖的正常人。

如果必要，他当然也能伪装成一位爱意绵绵，整日将"宝贝""哈

058

尼"挂在嘴边的痴情种。

他不做，不是不能，而是不屑，就像他从来不掩饰对我的嫌恶。说得再直白一点——我和萧沫雨都不是值得他费功夫伪装自己的存在。我甚至排在萧沫雨之后。

他一开始或许并没有想过要拿萧沫雨做文章，但由于我的介入，事态已一发不可收拾。萧沫雨与他彻底撕破了恩爱的假面，他如今只能舍掉这个"掩护"，心中如何恼火，从他掐我的力度上便能看出一二。

电梯停下，盛珉鸥松开我，视电梯外错愕围观的众人为无物，表情毫无变化地往外走去。

我揉着酸软的两颊，穿过自动空出道路的人群，跟着他出了酒店。

"那就先欠着呗！"我朝他的背影不要命地喊了一句，也没看他反应，插着兜转身就溜。

| 第十章 |

　　典当这地方，虽然也没明文规定只能当死物，但实在没想到有人能来当猫，还是只纯种海双布偶。

　　自称猫主人的姑娘出示了一大堆品种证书，号称这猫是她重金从国外购回，从小吃进口罐头、进口粮长大的，一岁不到点的公猫，开价十万元。

　　我学了两个月奢侈品鉴定，一颗钻值不值十万元我还能说说，对宠物猫真的就没办法了。况且店里没猫粮、没猫砂的，也不好养。

　　"不好意思，这儿收不了活物，您要不出门左转去宠物店问问？"我给她指了个方向。

　　姑娘将桌上证书一卷，翻了个白眼，拎着宠物箱气势汹汹地走了。

　　"收不了不早说！"

　　那已经长得十分壮硕的布偶猫透过栅栏一直看着我，湛蓝的眼睛懵懂又无辜，瞧着着实可怜。

　　不由得，我想起记忆中的另一只猫。

　　少年的适应力总是很出色，认清对盛珉鸥的复杂情绪后，不出三天我便接受了这一事实。

　　从我爸突然去世开始，我就明白一个道理——想做的事要趁早，你并没有你想象中的有那样多的时间去犹豫。

用手砸镜子那一下着实将少年的冲动、鲁莽释放得淋漓尽致,教训自然也很惨烈。右手无名指与中指肌腱断裂,动手术缝了好几针不说,还绑了一个月石膏。

一个月不用做作业我倒是挺开心的,就是我妈总是对着我愁眉苦脸,为我落下的功课唉声叹气。

于是我主动提议,周末去找盛珉鸥为我补习。

我妈一开始还有些顾虑,怕我是去盛珉鸥那边躲懒,在我指天发誓一定用功学习,并且在下一次的月考中也将保持年级前五十的名次后,她这才松口,去跟盛珉鸥打电话。

我其实挺怕他不同意的。那时候他和我们的联系越来越少,贫瘠的关系全靠一直以来的习惯维持,每次他同我们道别,望着他走下楼梯的背影,我都会生出一种要失去他的错觉。

但好在最后他还是同意了,养母亲自出马,他多少会卖点面子,只是言明晚上七点以后才有时间,白天他都要打工。

这样算算,吃了晚饭我去他那里也正好。

一想到要见盛珉鸥,我竟然就无比紧张起来。

我特地换了崭新的衣服,理了发,漱了口,出门前,还调整了石膏系带的位置。

到达盛珉鸥租住的小区时,我没想到那么巧,正赶上他从外面回来。

他背对着我,并未发现我的到来,脚边有一只橘黄的小猫,正围着他撒娇打转。

七点的天已彻底暗下,老旧的小区没有什么路灯,只门廊下装了个瓦数不高的黄色灯泡,要死不活地照着门前一小块区域。

盛珉鸥与那只猫,便介于它的明暗边缘。

那猫不太怕人,蹭了盛珉鸥许久,嘴里不停发出娇软的“喵喵”声。

盛珉鸥垂首看着它，并没有驱赶，只是沉默地任它将一身猫毛蹭在自己的裤腿上。

我妈不太喜欢会掉毛的宠物，小时候哪怕我哭闹得再厉害求她养一只小狗，她也从来没有动摇过。我以为盛珉鸥和我妈一样，都是有洁癖无法忍受宠物毛发的那一拨人，想不到他竟不是。

那画面实在可爱又有趣，我驻足立在不远处静静望着他和那只猫，一时不忍出声打扰。

这样大约过了两分钟，盛珉鸥就像忽然被打开了某个开关，缓缓弯腰朝那只猫伸出手，将它从地上提了起来。

他与它对视着，橘猫冲他乖巧地叫了一声，盛珉鸥眼里却并没有升起多少柔软的情绪。

我心头没来由重重一跳，向前迈出步子，嘴里也叫了他的名字。

"盛珉鸥……"

我不知道那时候我为什么要选择叫他全名，仿佛一切都是命中注定。命运牵着我的手，告诉我——我要阻止他，我该阻止他。

盛珉鸥听到声音像是猛地醒过了神，骤然松开五指看向我。橘猫喵呜一声，轻巧落到地上后，一溜烟逃走了。

我从未见过盛珉鸥那样惊惧无措的表情，好似刚刚经历一场动摇灵魂的无边梦魇。在梦与现实交错时，他看到了我。昏沉中我仿佛成了他噩梦的一部分，他因而成倍地惊悸。

"是你……"连他的声音，都带了隐隐颤抖。

我以为是自己的突然出现吓坏了他，忙不迭地道歉："哥，对不起，我没想要吓你。我就是刚才……"刚才是怎样我自己都厘不清，只好随口扯了个谎，"看那只猫挺可爱的，想让你抓住它别松手，让我……让我摸一下。"

盛珉鸥四下扫视一圈，不知是不是刚受了惊吓的缘故，连语气都没平时那样冷硬了。

"那只猫好像跑走了。"

我笑着朝他走去："没事，跑就跑吧，下次总有机会遇上的。"

然而生命如昙花一现，很多时候，其实都不会再有"第二次"。

我妈的身体越来越差，近来已不能下地，医生说可能过不了这个冬天。

这些话都没有瞒着她，她知道自己时日无多，与我谈话也就越发没有顾忌，并不避讳生死。

"快过年了，我怎么也要撑到年后，让你好好过个新年。"她躺在床上吸着氧，说话都吃力，我不知道她要怎么以这样的身体再撑一个月。

"不用担心我。"我握住她的手，想说她如果实在很辛苦，就不要再硬撑了，好好休息吧……可试了几次都无法如愿说出口。

哪怕心理建设做得再好，我仍然为将来可能的"孤身一人"感到惶恐。

潇洒说再见，实在是很难的一件事。

从护理院出来，见时间还早，我本想去店里加个班，结果半路收到易大壮的短信。

盛珉鸥两周前已从美腾制药离职，并且解除了与萧沫雨的婚约。

走时外界不少人期待的旧日翁婿决裂戏码并没有发生，萧随光不仅致信全公司，感谢盛珉鸥多年来为美腾所做的贡献，还亲自将人送到公司楼下，道别时再给了一个大大的拥抱。

显然他对盛珉鸥心怀愧疚，恐怕是知道了自己女儿那点糟心事，以为盛珉鸥这时候离职分手，是为了离开这个伤心地。

总的来说，盛珉鸥这次脱离美腾制药十分顺利，简直是教科书级别的离职。不仅没得罪人，还加了不少同情分。

易大壮的调查本该在那场酒店"除草"行动后彻底结束，但不知为何，可能误解了我的意思，他每隔几天仍然会发给我一些关于盛珉鸥的最新动态。而我出于一些显而易见的原因，一直没有叫停。

今天盛珉鸥的律师事务所开业，他又发来了消息，还附赠了事务所地址。

我一看，离兴旺典当实在很近，就在附近那家百货商场的写字楼里，走过去也不过两公里路。

正好我也想散个心，便提前一站在百货商场站下车，去花店买了束鲜花，写上开业祝福，按照易大壮给我的地址找了上去。

这儿地段本就不差，写字楼也十分高档，租金必定不低。盛珉鸥短时间内能下决心在此处拿下一间屋，足见他对新事业野心勃勃，胜券在握。

盛珉鸥的律师事务所名为锦上律师事务所，非常好找，出电梯左拐就能看到，走廊里摆着整齐的两列花篮，都写着某某恭祝开业顺颂商祺等，花篮之豪华超出我的想象，反衬我手里的这束花颇为寒碜。

萧随光也送来了花篮，摆在靠门最近的地方，花材新颖，配色雅致，一看就和别的很不一样。

"先生，您是？"前台起身相迎，见我手捧一大束花，愣了愣，似乎一时无法分辨我是客人还是来送花的小工。

我冲她笑了笑："盛律师在吗？"

前台瞧着是个老老实实的小姑娘，被我笑得面颊一红，有些腼腆地道："盛律师不在，出去见客户了，下午才回来。"

开业第一天就有生意上门，起手不错啊。

"我可以在这里等他吗？"我又问，"我想亲自将花送给他。"

前台迟疑了片刻，这时正好有个梳着时髦发型的高瘦身影从里间办公室走出，前台双眼一亮，叫住了他。

"吴律师，这位先生说想亲自把花送给盛律师，您看能不能让他去会客室等……"

姓吴的年轻律师端着水杯折了个弯，看到我怀里的花，眉梢微挑。

他将黑金色的马克杯放到前台，从花中取出那张我写给盛珉鸥的开业贺卡。

"贺词写得挺肉麻，落款是个叫'陆枫'的人，没听老师提过啊。"

我从他手中抽回卡片，塞回花里。

他莫名其妙地看着我。

我微微一笑："我就是陆枫。"

| 第十一章 |

吴律师笑容瞬间僵在脸上，表情变得无比尴尬。他哪里能想到，随便一口槽也能吐到正主面前。

"不好意思，不好意思！"他慌忙道歉，朝我伸出手，"我是锦上律师事务所的律师吴伊，您是老……是盛律师的朋友吗？"

我伸手与他交握："我是他弟弟。"

他又是一愣，错愕全写在脸上，好半会儿才将手迟缓地收回。

"哦，是……那您……您可以先在会客室等他，他应该很快就会回来了。"

他可能一时难以想通，为什么从没听盛珉鸥提起过我这个弟弟，又为什么我们并非一个姓。

不要紧，以后他会见识到更多难以想通的事。

我谢过他后，带着花进到会客室，坐了没多会儿，前台姑娘进来送水。

"您先喝杯茶，盛律师回来后我叫您。"

会客室有一面巨大的落地玻璃窗，采光与视野都相当不错。

墙上挂着红黑色块的装饰画，一共三幅，每一幅都是一团浓烈的红色陷在黑暗中。只是第一幅是比较规整的红色圆点，第二幅开始扭曲变大，第三幅则整个仿佛烂番茄一样在画中炸开。

我问前台知不知道那是什么，她迷茫地转头看了一眼那几幅画，冲我摇了摇头。

"这是客人送的，盛律师或许知道吧。"

她离开会客室后，我闲着无聊，又仔细观摩了画作半晌，努力想要领会作者试图表达的意思，均以失败告终。

看来我天生就不是个有艺术细胞的人，怎么看怎么像烂番茄。

"先生……你不要这样……"

会客室外突然传来嘈杂声，似乎是前台和什么人起了争执。

我起身想要一探究竟，手刚握到门把手，外头响起玻璃碎裂声以及前台的尖叫声。

我一下拉开门冲出去，前台花容失色地站在大门处，进门的地方站着位衣着有些邋遢的中年男人。

他脚边散落着褐色的玻璃碎片，右手握着半个碎裂的酒瓶，身上酒气浓重。

"为什么要接那个女人的委托！"他情绪激动地怒吼着，"我已经一无所有了，你们还要帮着她夺走我的画！是不是想把我逼死？那大家都别想活！"

吴伊努力控制着对方的情绪，额上都渗出汗水："刘先生，您别这样，有话好好说。孙女士委托谁代理她的离婚官司，是她的个人自由，即使不是我们接这个 case（诉讼案），也会是别人……"

"放屁！"刘先生勃然大怒，"当初结婚时她骗我签下婚前协议，就是等着这一天！这么多年我在事业上帮了她多少？她现在说离婚就离婚，连一千万元都不给我，还要抢我的画，她怎么可以这么对我！"

他握着酒瓶的手颤抖起来，前台惊恐地小声抽着气，悄悄往后退了两步，拿起手机准备拨打电话。

"你把手机放下！"刘先生看到了前台的动作，呵斥着冲了过去。

前台一声尖叫，丢了手机反射性地抱头蹲到了地上。

我见刘先生并不停下，心说不妙，连忙冲过去用手护住姑娘头脸。几乎是下一瞬,酒瓶尖锐的边缘划破我衣袖,扎入皮肉,血滴到白色大理石瓷砖上,形成一个个溅开的圆点。

我突然不合时宜地想——刑满释放人员路见不平、见义勇为,这也算是条社会正能量新闻了。

"啊……我……我……"刘先生借着酒劲胡作非为,这会儿真见血了,他反而酒醒大半怕了起来,"我不是故意的!"

他双唇轻颤,惊慌地握着瓶口将插入皮肉的碎片整个拔了出来。

我暗骂一声,疼得一激灵。灰色的羊毛夹克迅速被从破口处涌出的鲜血染红,成了拼花的颜色。

"快……快叫救护车!"吴伊脸色苍白,"刘先生,你已经触犯了法律,请你马上放下凶器!"

"我不是故意的!我不是故意的!"刘先生刺激颇大,除了这句已不会说其他。

我看他这厮样简直心头冒火,正思索该怎样让他缴械,他背后忽然伸出一双苍白的手,骨节有力,手背宽大,以迅雷不及掩耳的速度一只手制住他抓着酒瓶的手腕,另一只手扼住了他的喉咙。

刘先生只来得及发出一声杀猪般的惨叫,半个酒瓶便从手中掉落,人也被反扣着一只手按到了地上。

盛珉鸥不知什么时候来的,一出手便神勇过人。他不顾刘先生的惨号,用膝盖顶住对方脊骨,随后抓着他的头发强迫他抬起了头。

"刘先生,现在你要处理的诉讼案可能又多了一桩。"盛珉鸥覆到他耳边,语气轻柔。

刘先生早就被吓得涕泪横流,止不住地抽噎:"对……对不起……我不是……"

重复过许多遍的"我不是故意的"几个字,盛珉鸥懒得去听,甚至没给刘先生说完的机会,便将他的脑袋一把扣到了地上。

在场所有人都能听到刘先生的脑袋与地面发生亲密接触时产生

的沉闷声响，那就像被棒槌砸破的鼓面发出的声音，接着周遭便安静了，刘先生彻底晕死了过去。

"陆先生，您怎么样？您流了好多血啊！"前台忙去捡掉落的手机，"我这就叫救护车！"

我一把按住她："这点伤哪里用叫救护车？我自己涂点药就好。"

掀开袖子看了一眼，伤口倒是不大，就是有点深，而且不知道有没有玻璃碎屑残留，自己涂药是开玩笑的，等会儿我还得去趟医院。

"这怎么行啊！"前台眼睛都红了，急道，"万一伤到这个筋、那个血管的，影响你以后手部功能怎么办？它还在不停流血，一定是伤到血管了！我马上叫救护车，您再撑一会儿！"

我有点头痛："真的不用……"

"吴伊，去拿医药箱。"盛珉鸥解下领带，将刘先生的手反剪绑好，确认对方无法轻易挣脱后，这才从地上站起。

他总是平整的西服出现不可避免的褶皱，发丝垂落下来，遮挡在右眼上方。

许是方才的动作让他有些热了，又或许这身规整的装束绷得他实在难受，他一站起来就解开了衬衫的前两粒纽扣。

吴伊很快拿来了医药箱，盛珉鸥接过朝会议室抬步走去。推开门后，他回头看向我，见我还在原地，不耐烦地蹙了眉。

"要我抬你过来吗？"

我愣了愣，反应过来他是要替我处理伤口，瞬间有种受宠若惊的感觉。

"这倒不用。"我按压着血管，脚步轻快地向他走去。

我坐到椅子上，目不转睛地注视着盛珉鸥从医药箱中取出各种绷带、消毒喷雾、纱布以及一次性医用手套。

他熟练而快速地戴上橡胶手套，半跪在我面前，用镊子夹住纱布，开始清理我伤口周围的血迹。

会议室地上铺着一块圆形的白色长毛地毯，这会儿也被我的血弄脏，开出斑驳的花来。

"对不起，弄脏了你的地毯。"

他垂着眼帘，似乎专注于为我处理伤口，没有空理我。

我从桌上花束里抽了枝花，递到他面前。

"送你的，庆祝开业。"

他还是毫无反应。

我无趣地收回玫瑰，将它抵在唇角："你做这行怎么还有生命危险呢？要不你考虑一下雇我做你的保镖吧？我很便宜，只要你示个弱，就能彻底收买。"

可能刚刚经历的一番危机让我的肾上腺素飙升不少，我本来只是胆子大，现在简直无所畏惧。

"嗞——"几乎是下一秒，手臂便传来撕裂般的疼痛，镊子夹着纱布，紧紧按在了我的伤口上。

我痛呼着脸都变了形，急忙收脚。

他抬起眼，嘴角微微下压，拒绝得十分干脆："不需要。"

"我错了、我错了。"我用玫瑰拍着他的手背，求他手下留情，"我道歉。"

他挥开玫瑰，动作利索地抖开绷带替我做了简单包扎。

"墙上那三幅画是什么意思？"我不再随意惹火，注意力转到别处。

他动作一顿，回头看了一眼背后那三幅画。

我以为他不会回答，就像我曾问过许多问题，终究只能沦为我的自娱自乐。可没想到他竟然开口了。

"外面那个酒鬼，曾经是大有前途的青年画家。"

那人走路都哆嗦，说话也口齿不清，显然酗酒成性，竟然还是个画家，怪不得他一直在说他的画……

"但他没能抓住机会。他听从了心底的欲望，放纵了自己，沉迷于酒精带来的虚幻与快乐。"盛珉鸥站起身，脱下染血的手套，将它丢进了废纸篓，"这是他巅峰时期的画作，是他前妻赠予我的开业贺礼，名为《生命》。"

我重新望向那三幅画，知道了它们的名字后，再看便有种恍然大悟之感。诞生，成长，死亡——生命必经的三个步骤。

盛珉鸥同样看向三幅画："红是生命的主旋律，黑是它的终曲。千万年来，生命是一直为人类所探索，却始终无法彻底解答的世纪谜题。我有时也不禁会想，人为何而诞生？如果是为了经历美好，那只有痛苦的人生，是否毫无意义？"

我双唇嗫嚅着，一时不知道该说些什么，只能转动手里的花，尽量答得积极又阳光。

"九分苦，也总会有一丝甜吧。"

"一丝甜？"他话语里含着淡淡嘲讽，"受尽痛苦，只为了那一丝甜？我不能理解。"

他不能理解是因为他缺乏共情。他无法想象，只是为了那一丝甜，一个人能在痛苦中独自前行多久。

盛珉鸥回身看我："我更不能理解的是……你怎么能像一只打不死的蟑螂那样，一次次地来找我，毫无疲倦，不知死活？你现在做的，和当年的齐阳又有什么区别？"

他竟然拿我和齐阳那个变态比……他的话犹如一滴硫酸，滴在我的心头，瞬间酸涩苦闷占满我整个感官。而更可悲的是，我竟然找不到任何为自己辩解或者反驳的话。

我的确和齐阳没有区别。

他就是我镜子的另一面。

我动了动唇，勉强扮了个笑脸："有区别啊，我叫你'哥'。"

他平静地凝视着我："我不是你们争抢的玩具，并不是你赢了他，我就会跟你站在一起。"

　　可能是我今天见义勇为点亮了他稍许好感度，让他想要静下心和我好好沟通。

　　能心平气和与他交谈我很高兴，但这内容实在让我不喜。

　　"我从未把你当玩具。"

　　谁会为了一个玩具搭上自己的十年青春？不镶金不镶银，嘴还臭。

　　"是不是不管我怎么对待你，你都不打算放弃？"吴伊在外敲门，说警察到了，可盛珉鸥没有理他，仍直直盯着我，等着我的回答。

　　我不知道他为什么这样问，但我不想骗他。

　　我将花再次递给他："说不定哪天就放弃了，但目前劲头还很足。"

　　他垂眼看着那朵炽烈的红玫瑰，伸手接过了。

　　我呼吸一紧，就见他转手又毫不珍惜地将其扔进垃圾桶，接着大步向门外走去。

| 第十二章 |

刘先生被带走，盛珉鸥作为律所负责人跟着去了，我则由吴伊陪同去医院缝针。

还好伤的是胳膊，天冷藏在袖子里旁人难以察觉，不然我妈见到这伤，又不知该如何瞎想。

"今天幸亏了陆先生你，不然都不知道要怎么收场。"吴伊送我回家，路上与我闲聊，"老师也回来得很及时，真是不幸中的万幸。"

我坐在后座，转动手腕，绑带虽然缠得有些紧，但对活动无碍。

"你叫他老师，你是他学生吗？"

"不是不是，这个'老师'和教书育人那个'老师'不太一样。我以前在美腾是老师的助理，他教了我很多东西，作为一个大前辈，我出于尊敬才会叫他'老师'。两个月前我知道老师决定离开美腾后，就主动提出想和他一起走，本来还怕他不肯，结果他一下就答应了。"他笑道，"实在很感谢老师的信任。"

透过后视镜映照出的年轻人，眉眼毫无阴霾，一副热血澎湃不会为任何事物轻易击败的模样，是和盛珉鸥截然不同的性格。

我向后靠在椅背上，放松全身肌肉，长长嘘了口气。

"那他一定……十分看重你。"

路上有些堵车，困倦袭来，我昏昏沉沉打起瞌睡，等再醒来，已经到了小区楼下。

谢过吴伊，我下车上楼，哪怕知道盛珉鸥并不会回我，还是给他发了条已安全到家的短信。

由于我妈目前身体状况实在不容乐观，怕是撑不了多久，魏狮知道后，直接提前放了我的年假，让我不必日日都去典当。

我妈早上醒得早，大概六点就醒了，之后到十点又会犯困，当中这四个小时是她这一天唯一清醒的时候。她现在觉越睡越久，虽然她将之归咎于冬天犯困，但我知道，她总有一天会这样睡过去，再也不会醒。

我通常会坐最早的那班公交车去看她，陪她说说话，或者说说话给她听，随后在她入睡后离去。

"我今天路过花园，看到两个熊孩子在那儿玩水，这么冷的天，你说他们是不是功课太少闲得慌，非得弄出些病来？周围也没个大人看着，不知道是哪家的孩子。"

手里仔细剥着给我妈带的橘子，将白丝一缕缕剔尽后，我掰下一瓣儿递到她嘴边。她摇了摇头，好笑地看着我，用微弱的声音道："你这孩子，小时候明明什么都吃，怎么越大越瞎讲究了？"

我将那瓣橘子送进自己口中，含混道："怎么是瞎讲究？这叫精致。"

她笑出声："还精致……"

其实我从小就是个十分粗糙的人，只是盛珉鸥比较讲究，我也就被迫向他看齐，变得讲究起来。

记得那是一年新年，天也像现在这样冷，我们一家去我爸同事家拜年吃饭，盛珉鸥十二岁左右，我也不过七八岁的样子。

大人们聊天打牌，我就和盛珉鸥坐在沙发上看电视。铁皮盒子里堆满各种糖果巧克力，果盘里摆着冬枣与橘子。

女主人十分热情，怕我们拘谨，硬是往我们每人手里塞了个橘子，说很甜，让我们快吃。

姑且不论盛珉鸥那会儿心里到底怎么看别人，但至少从外表来看，他乖巧有礼，聪明又懂事，连我妈都挑不出他的错。谢过女主人后，他便一直将那橘子握在手中。

我进屋就馋了那几个橘子许久，只是不好意思伸手，有人送到我面前，那是再好不过。

如女主人所说，橘子颇为味美，我迅速便吃完了一整个，再看盛珉鸥，发现他仍握着橘子丝毫未动。

"哥哥，你不吃吗？"回忆着酸甜多汁的果肉，口中立时分泌出大量唾液，我不自觉地咽了咽口水。

他看了看我，又看了看手里那个橘子，沉着眼问我："你又想要我的吗？"

那时候年纪小，我一点没觉得他这句话有什么问题，甚至不觉得他没有一点表情的面孔有什么可怕。

我妈好不容易有的我，对我总是格外宠溺，这使我幼时性格多少有点骄纵。我爸如果买了双份的玩具或者零食分给我和盛珉鸥，我玩腻了、吃完了自己的，总是会哭闹着想要盛珉鸥还没来得及动的那份。而只要我开口，我妈就会无条件满足我，从盛珉鸥那里夺走他的一切。

盛珉鸥不会生气，不会伤心，只会主动将东西送到我面前，说自己其实并不喜欢。

我爸为这事和我妈没少吵，我妈觉得我爸多管闲事，对别人儿子比对自己儿子还好，我爸觉得她蛮不讲理，无理取闹。我呢，我沉浸在自己是全家最疼爱的小宝贝的虚假幻象里，靠着剥削盛珉鸥来获得满足，一点不觉得自己是个傻瓜。

百因必有果，今日盛珉鸥对我如此反感，有一部分原因是当年我自己造的孽。

"才不是，桌上还有很多，我不要你的。"那时候我虽然傻呵呵没看懂他脸色，但多少也感知到了他不悦的情绪，言行下意识就殷勤起来，"哥哥，这个很甜的，你是不是不想自己剥？我帮你剥好不好？"

他看了我半晌，将那个握得温热的橘子递给了我。

我开心接过，很快剥去外皮递回给他，他没有接，有些挑剔地看着那个裹满白丝的橘子。

"我不吃外面的丝。"

我一愣，"哦"了一声，低头一点点小心剥去果肉外面的白丝，足足剥了十分钟，直到一点白色都不留，这才又递给他。

他捏着果肉的两端，像欣赏一件工艺品一样上下打量它。

我满心期待他的赞许，双眼一眨不眨地盯着他。

他抬眼瞟了我一眼，忽地手指一松，那个橘黄的、被我剥得光溜溜的橘子便从他手上掉了下去。

"啊……"我看着那橘子一路掉到地上，在水泥地上滚了两圈，染上一身尘土。

"不好意思，手没拿稳。"盛珉鸥说着"不好意思"，脸上可没有半点不好意思。

他弯腰拾起脏得已经不能吃的橘子，随手丢进了垃圾桶，无论是对它还是对我的心意，都丝毫没有留恋。

我撇了撇嘴，又从果盘里拿起一个橘子："不要紧，我……我再给哥哥剥一个吧？"

他抽了张纸巾擦手，注意力从我身上挪到电视上，不是十分在意地拒绝了。

"不用，我已经不想吃了。"

我那时候真觉得没有比这更让人绝望的事了，眼泪都在眼眶里打转。很长一段时间，我都以为那种无比失落的情绪是因为委屈，现在回头去想，那可能是因为我已经感受到了他对我的恶意。

"咦？枫哥，你来啦？"沈小石听到开门声，从柜台后抬头看过来，发现是我，显得有些惊讶。

"闲着没事就来了。"从护理院出来我无处可去，与其在家发呆，不如过来看看。

"那你进来坐吧，我让你。"沈小石起身伸了个懒腰，露出一小截劲瘦的腰腹，白色 T 恤上印着硕大的"全员恶人"四个字。

店里暖气开得很足，小伙子血气方刚比较怕热，沈小石时常外头穿件羽绒服，里面只穿一件 T 恤，到了店里就脱去外套只留薄 T 恤。

"这几天生意怎么样？"

"不知道是不是快过年大家都回老家的关系，生意有些冷清。"沈小石开了铁门，与我做了交换，"昨天有人当了一套罗峥云的签名限量写真，算是这两天最大的一单生意了。"

"罗峥云？"

柳悦从韩剧里分出心神回我："枫哥，你连罗峥云都不知道啊？这两年很火的一个影视明星，脸好看，演技更好，出道五年已经拿了两个'影帝'了。他那套写真只出了一万套，绝版的，而且上面还有他的签名，刚挂到网上就被人订了。"她伸出两根手指比画了一下，"两万元。"

他出道的时候我还在里面做塑料花呢，不知道也正常。

我脱了外套挂到椅背上，问："长什么样？我品鉴品鉴。"

柳悦闻言快速打开搜索引擎，输入"罗峥云"三个字，很快，网页上便布满了一个男人的照片。

是长得挺好看的，剑眉星目，非常上镜。不同于现在一些笑起来甜得腻人的小鲜肉，他不太笑，气质有些忧郁，又因为太过俊美，眉宇间带着几分邪肆……瞧着就像那种偶像剧里除了女主角以外能够被其他所有女人爱上的反派男配。

"呵呵。"我收回目光，点评道，"没我哥帅。"

柳悦不太信地瞅了我一眼，提议道："枫哥，什么时候让我们也见见您那位神秘莫测的哥哥吧？我就想让你带我长长见识，看看真正的帅哥。"

我大手一挥："有机会，都有机会的。"

说话间，大门被从外推开，进来个穿着黑色呢大衣的纤瘦身影。

我抬头望过去，正好与那人四目相对。

他一下子停在门口的地方，脸上厚实的镜片反着光，让人一时难以分辨他眼镜下的表情。

"陆……陆枫？"

对方皮肤白皙，刘海有些遮眼睛，脖子上又戴着条围巾，要不是听到他的声音属于男性，我都以为这是个姑娘家。

我眯了眯眼，记忆一片空白，没认出他："您是？"

那人往前走了两步，让我彻底看清他的五官。

镜片虽厚，一双眼却格外清澈，睫毛也很浓密，长相堪称清秀。看到这样一张脸，我很快便将他与记忆中的一个人对上了。

声音卡在胸口，我好半天才沙哑地吐出那个名字："莫秋？"

我上初中时，虽然淘气爱惹事，但因为成绩好长得帅，上到老师下到同学都颇为喜爱我，我就是年级里的孩子王，振臂一呼，后头呼啦啦就能跟一大群人。

我永远闪耀，永远拥有数不清的赞誉，见谁都是朋友。而有受欢迎的人，就有不受欢迎的人，这仿佛是一个找不到道理可言的定律。

如果说我是学校的"万人迷"，那莫秋就是那个大家都避之唯恐不及的"万人嫌"。

| 第十三章 |

莫秋虽然有个十分少见的姓，读书那会儿却无论是成绩还是长相都不太出挑，性格更是沉闷畏缩、阴郁寡言，整日戴着厚厚的酒瓶底眼镜，在学校里独来独往，从不与人结交。

成年人在社会上有时候为了合群，不得不做出各种伪装与牺牲，少年人虽没有那么多利益纠葛，却有着更严苛的一套规则。

莫秋的古怪不合群很快让他成了白羊群里的黑羊，大家排挤的对象。

一开始大家只是私下对他进行性格的抱怨、言行的嘲讽；慢慢地，行为升级，越来越多的人加入正面羞辱与欺凌。他走过的地方，众人皆避让；他用过的东西，焚化炉才是归宿。

他仿如一个行走的核污染源，在哪儿都不受欢迎，连班主任也因为他总也上不来的成绩对他意见颇大。

直到莫秋被人从楼梯上推落，摔伤了一条腿，校领导这才重视，找班主任商量对策。

而他们商量了一下午后采取的对策实在是很简单粗暴——在莫秋腿伤痊愈之前，由我对他进行一对一的帮扶工作。我不仅要做他的"腿"，还要指导他功课，带动他的情绪，让两人得以共同进步。

不得不说，想出这主意的人真是个天才。

我被迫上岗，当起了莫秋的保护者，连座位都换到了他边上。

虽然大家仍然不待见他，但可能顾忌我的存在，没再上升到流血事件。

而在结束帮扶工作后，由于我表现出色，莫秋的成绩有了很大提高，班主任一激动，任命我继续担当他的私人小老师，直到学期结束。

结果一学期又一学期，就这样，我当了他整整两年的保姆加保镖加家教，最后只得了班主任一句"热心帮助同学，擅长为老师分忧"的毕业赠言。

上高中后，我就再也没见过莫秋。我和他私下本就没什么交流，他话少，我也自认为和他不是一路人，从一开始便有意识地保持距离。毕业后我们各奔东西，连个联系方式都没留。

今天这样突然重逢，实在让我没有想到。

"好巧。"莫秋眼里都是惊喜，又有些怀念，"我们有好多年没见了吧，我还以为……还以为再也见不到你了。"

除了酒瓶底变薄了，人长高了，他性格方面倒是没怎么变。

我好笑不已："你这话说得好像毕业了我就死了一样。"

莫秋一愣，连忙慌张摆手："不是不是不是，我、我说错话了……应该是没想到还能再见到你。"

也没多大区别。

我不再逗他，问："你来是？"

他这才像是回过神，掏出手机给我看："哦，对，我是来取写真集的。"

沈小石诧异不已："罗峥云的写真集是你买下的？"

他打量莫秋的目光太过明晃晃，莫秋面颊一红，说话又结巴起来："不、不是的……我是……我是职业插画家，因为他身材比例很好，我就想……想买本他的写真集作为参考素材。"

他这也算此地无银三百两了，人家还啥都没问呢，他就着急忙慌地把什么都抖搂出来。

沈小石状似恍然大悟地"哦"了两声，捧着手机坐到沙发上打游戏去了。

我让柳悦去拿写真，自己则开了单子递给莫秋，叫他签字。

"谢谢。"莫秋签完字将单子递回给我。

我也谢他："谢谢你。"

没有像他这样的顾客，我们的生意也做不下去。

罗峥云的写真集被仔细摆放在一个精美的硬纸盒里，纸盒上印着和写真集封面同款的单人照。

四周皆暗，罗峥云坐在一把深蓝色的皮椅上，微弱的灯光照着他的脸，将他的五官描摹得犹如油画般古典，他微微将身体前倾，直视镜头，优雅中又透出一点目空一切的傲慢。

莫秋小心接过，翻开写真集查看。

验完没问题，我让柳悦找了个大袋子给他，他拎好了站在那里，没有第一时间转身离去。

我看他欲言又止，主动问："怎么了？有什么你尽管说。"

"陆枫，那个我们……老同学好不容易遇上，我能不能……能不能留个你的电话号码？"他双手绞着纸袋的拎绳，显得局促不安，"以后有机会，等你有空，我们……我们可以出来吃个饭吗？"说到最后，他声音越来越小，不知道的还当有只蚊子在叫。

"我还以为什么。你有我们典当的微信吧？到时我让小石把我手机号发给你。"我的手机就在桌上，而我也确信莫秋今天带了手机，因为他刚刚才用手机付了尾款，但我还是如曾经的盛珉鸥一样，在两人间竖起一张惺惺作态的纸。

我实在不是很想和旧日同学把酒言欢，回忆往昔岁月。

等到他问起我大学在哪儿读的，我说在里面，他受惊吓，我心里也不好受。

没人愿意上赶着被伤自尊。

"不用，我扫你吧！"

然而莫秋这人一根筋，好像不太懂成年人的潜台词，听完我的话，愉快地掏出了自己的手机。

我也是没想到，静止了好半会儿才拿起桌上的手机。

"啊，好……"

莫秋心满意足地离去，我盯着通信录里新出现的名字良久，在要拉黑和不要拉黑间犹豫。

手指悬在上方又挪开，算了，看在他是客户的分儿上，先留着吧。

自从我为救盛珉鸥的员工光荣负伤，他对我的态度便好像有所改变。

过去我只要敢靠近他，他就会像被激怒的狼，低吼着发出警告，做出一副要攻击的姿态。可现在哪怕我时时在他面前晃悠，他也能对我视而不见。

他似乎是打算采取放任自流，让我自己知难而退的策略，不在乎我，也懒得关注我。

他不再时刻表现对我的排斥，于我来说其实是件好事，但他现在基本拿我当空气，不看、不听、不碰触，又实在让我少了一些挑衅他的乐趣。

"实在很抱歉，这件事我也有责任，我没想到会把他刺激成这样……"盛珉鸥的办公室门在紧锁了一下午后终于开了，从里面步出一位衣着得体的女士，她头戴一顶贝雷帽，穿着深紫色套裙，手里搭着一双皮手套。

我从报纸里抬头，盛珉鸥扫了我这边一眼，又若无其事收回目光。

"画我不要了，就这样结束吧。"女士一脸愁容，几步路走得唉声叹气。

"我明白了，慢走。"盛珉鸥亲自将她送到门口，直到对方再也看不见了，他才回身。

我仍然没有将报纸重新举起，视线随着他的行走而移动。

他明明没有往我这边看，却好像早已洞察一切，目不斜视，朝我这边并指一勾，示意我跟上。

眼看他要进办公室，我连忙放下报纸，从等候椅上起立，快步跟了过去。

盛珉鸥的办公室极简极亮，没有一丝多余的事物，连桌椅都是简约的透明款。

桌面上没有笔，没有纸，除了扣着一台银色的笔记本电脑，就只有一个突兀的红包。

盛珉鸥绕到办公桌后，拿起那个红包递给我："拿着，医药费。"

我有些受宠若惊："你给我的？"

我接过感受了一下，厚厚一封，少说也有一万元。

"刚刚那位孙女士给你的，伤你的男人是她前夫。"盛珉鸥在透明的、看着一点都不舒适的座椅上坐下，打开了笔记本电脑，"她觉得愧疚，于是自愿承担医药费。"

"遇人不淑啊。"我握着红包轻轻拍打掌心，"希望下次她能把眼睛擦亮了找男人。"

"你可以走了。"盛珉鸥头也不抬地下逐客令。

我盯着他发顶以及小半张低垂的面孔，不禁长长叹了口气，心里又道了一声："遇人不淑啊。"

我走近他的办公桌，侧身坐到上面，用红包在他与电脑屏幕之间晃了晃，吸引他的注意。

"妈妈快不行了。"我收起所有表情，沉声道，"医生说可能过不了年。"

他打字的动作一顿，缓缓抬头看我，并不言语。

我舔舔唇，心中忐忑："如果，我是说如果，真到了那天……我能打电话给你吗？"

我不需要他的陪伴，也不用他赶来和我一起料理后事，我只是想要……在那样一个注定充满不快的日子里，第一时间听到一个让自己感到安心的声音。

盛珉鸥向后靠到椅背上，一哂道："我以为你做任何事都不需要经过我同意。"

"的确，你就算不同意我还是会打。"我回以微笑，"但我想确保你会接。"

他张了张口，就在要说什么时，桌上的笔记本电脑响了起来，似乎有人对他发起了视频通话。

"出去。"他看过去，嘴里是对我发出的命令。

唉，真不是时候。

我心中着恼，但还想赖皮一记，我边往外走边冲他眨眼："那就当你同意了啊。"

盛珉鸥戴上蓝牙耳机，听我这样说，似乎是往我这边看了一眼，但不知是碍于视频通话那头的人还是别的什么，并没有多言。

| 第十四章 |

在离除夕还剩两天时，我妈陷入了昏迷，医生说她可能就此再也不会醒来。

因为不知道最后一刻确切什么时候来临，我只能全天守在医院，除了偶尔去住院楼外透透气，其余时间都寸步不离我妈病房。

就这么几天工夫，我硬是学会了抽烟。好的习惯需要天天坚持，不好的习惯分分钟就能老练到连你自己都要怀疑是不是天纵奇才。

但只有抽这几口烟的时候，我才能完全放空自己，不去想过去未来，屏蔽生老病死。

"你看我，飘得远不远！"

"我也很远，你看我的……"

我立在花园的一棵柳树下，不远处是两个七八岁的小男孩在池塘边玩水枪，比谁射得远。周围不少病人在散步，但看着谁都不像他们的家长。

是学校作业不够多吗，让他们大冬天在这边玩水？

我望着那荷叶枯败的池塘，忽然想起自己其实也有这么熊的时候。

那是我刚上小学那一年，学校组织春游，所有学生乘大巴去一家游乐园，下车就开始自由活动。

班级解散后，我与几个同学结伴同行，玩过几个游乐项目，觉得不过瘾，就想去玩船。

班主任解散前再三言明，不让我们靠近湖边，就怕我们出事，奈何追求刺激的心让我们无法停下步伐，我们最终还是朝码头奔去。

但真正玩上了，感觉也不过如此。

四个人一艘小天鹅划艇，不怎么熟练地、笨拙地在碧绿池水中前行着，不时还要原地打转。我有点觉得没意思，放下了划桨，目光扫到岸上，正好看到熟悉的身影从眼前走过。

"哥哥！"我顾不得在船上，激动得一下站起来。

远处的盛珉鸥与身边几个同他一样大的高年级学生听到叫喊后，不约而同往我这边看来。

那时我和盛珉鸥一个小学，我上一年级时，他正好五年级，但我们不在一栋楼上课，除了回家一起回，白日里几乎零互动。

盛珉鸥看着我没有动，也没做出任何回应，方才还与同学谈笑风生，就一会儿脸上的表情都淡了许多。他总是这样，迎着我殷切的目光，听着我热忱的呼唤，却始终像个旁观者。冷漠，疏离，还有些戒备。

小艇微微摇晃，船上另外三名男孩惊呼起来，纷纷让我坐下。

我一指岸边："我们划过去吧？我要去找我哥！"

我指挥着他们，努力往岸边划去，怕盛珉鸥等得不耐烦走了，还不停挥动双臂，叫他等我，说自己马上就过去。

靠岸的池水里生长着初出舒展的莲叶，我们全力划到莲叶中，还差一点儿不能靠岸。

不知是不是我的挽留起了作用，盛珉鸥还真没离开，只是也没有进一步的动作。我丢下划桨站起身，朝他伸出了手。

"哥，我跟你们一起走，拉我一把。"

盛珉鸥盯着我探出的手，半天没动静，我有些着急，怕他不愿意，往小天鹅边缘靠过去。

就在一瞬间，船体发生倾斜，我整个失去平衡，人往前栽倒，摔进了初春冰冷的湖水中。

我在水里扑腾起来，绿色的莲叶簇拥着我，我一把攥住那些茎叶，犹如抓住自己的救命稻草。

四周响起惊恐的呼救声，口鼻呛进腥冷的水，摇晃的视线中，盛珉鸥只是站在岸边垂眼看着我，冷静得仿佛掉进水里的不是他的弟弟，而是只聒噪的青蛙。他知道它不会有事，他也不会为此感到忧心。

很快有路人跳到水中救我，其实那湖也不如何深，两米左右，底下还沉着种莲花的大缸。但对当时只有一米二的我来说，这无异于灭顶之灾。

被救上岸后，我浑身哆嗦瘫软坐在地上，根本没有力气站起来。

耳边都是嗡嗡的声音，一群人围在我身边，大人数落着我的危险行径，小孩则七嘴八舌地问我有没有事。

我茫然四顾着，在人群里寻找盛珉鸥的身影。

忽然背上一暖，一件带着体温的外套披到我的肩头，看到那熟悉的衣摆，我倏地回头，盛珉鸥也正好抬眼与我对视。

一瞬间紧绷的情绪骤然失控，我再也无法忍耐，扑进他的怀里，搂着他的腰号啕大哭起来。

"哥……吓死我了……"我不停叫着他，诉说着自己的惶恐。

他身体僵硬半晌，直到单薄的T恤完全被我打湿，他才伸出一只手缓缓按在我背上。

"没事了。"

我一度怀疑自己刚出生那会儿是不是第一眼瞧见的是盛珉鸥，有天生的雏鸟情结，所以才会整天跟在他身后叽叽喳喳，不然实在难以解释从小到大我对他的依赖。

回忆结束，那俩小孩举着水枪还在朝池中央不停滋水。

我抽完一根烟打算回去，转身没走两步路，背后突然传来重物落水声，伴随着小孩尖厉的惊叫。

我说什么来着，就是作业太少闲的。

闭了闭眼，我迅速转身往池边跑去，原先站在池边的两个小孩这会儿只剩一个。

不少人同我一样听到动静往这边赶，还有人在远处目睹了事件发生的整个过程。

"有个小孩掉下去了，没站稳，打滑了……"

"快快快，救人！"

水里那个不知是被冻的还是吓的，眼看就要沉底，岸上那个早就不知所措跪在池边哭起来。

我一刻不敢停留，只来得及把手机丢到草地上，整个人便跃入水中。

冰冷刺骨的池水透过衣料层层浸染，缠住我的手脚，包裹我的全身，冻得我牙齿都在打战。

我一把揪住那孩子的衣服后领，将他往岸边拖拽。他一直不断挣扎，像只炸毛的猫。还好他掉下去的地方离岸边不远，只有一米多的距离，不然以他挣扎的激烈程度，还真不好救。

岸上的人纷纷伸出援手，将孩子拉上去，随后又来拉我。

医院工作人员闻讯赶来，将两床白被单盖在了我和那熊孩子身上。

很快，一对神色慌张的男女匆匆跑来，身上还穿着医院清洁工的制服。

"你们怎么这么不省心……要吓死我们啊！"

"叫你们别玩水别玩水，玩出事情了吧？"

路人开始绘声绘色描述方才的惊险一幕，指着我说要不是这位好心人，他们儿子都不知道怎么样。那对夫妻又后怕又惭愧，对我不住鞠躬道谢。

我摆摆手："没事，举手之劳。"裹着被单，我冷得不住发抖，"我从小就乐于助人。"

医院工作人员看我冻得脸都发青，忙让我进屋里暖和暖和，洗个热水澡，他们再给我找件干净的病号服换上，免得冻感冒了。

走到半路，住院楼大门急忙忙跑来一个人，我定睛一瞧，是一直护理我妈的那位护工。

心中突突一跳，生出不好预感。

果然，护工喘着气朝我跑来，边跑边喊："陆先生，林老师醒了，你……你快回去。"她扶着膝盖，断断续续道，"人清醒了，还能说话，一直叫你名字呢。"

我一愣，之后猛地反应过来对方话里的深意。

据说灵魂即将脱离肉体之前，会爆发出最后的一点能量，那是生命的余晖。而更多人喜欢叫它——回光返照。

脚步踉跄着向前几步，我最终疾跑起来，凛冽的风刮过耳畔，面颊两侧仿佛被刀割一样隐隐作痛。

我用平生最快的速度往病房跑去，中途嫌床单碍事，索性卷起丢到了一边。肺部胀痛得仿佛即刻就要炸开，喉咙里满是浓郁的血腥味，等好不容易跑到病房门口，我却一下子止住脚步，没有贸然进入。

我现在这个样子，实在有些狼狈。

我平复了一下呼吸，想把湿透的袖子卷起来，看到胳膊上的绷带时，才猛然想起刀伤还没好，过几天才能拆线。

我啧了一声，只得放下那一边袖子，又理了理头发，这才小心进门。

护工垫高了枕头，我妈半眯着眼望着窗外，听到动静往我这边看过来。

"回来啦？"她好像没有发现我的异状，朝我伸出手，"来，让妈看看你。"

我身上不断滴着水，就这样从门口一路滴到她的病床前。

病房里开着暖气，逐渐使我体温回升，可我还是觉得冷。

"妈，你觉得怎么样？"我握住她的手，发现那只手竟也没比我温暖几分，心中越发凄楚。

"挺好的，感觉有些日子没这么有精神了。你的手怎么这么冷？"她两只手包住我的手掌上下搓动着，试图为我取暖。

小时候，这双手曾牵过我，抱过我，喂我吃过饭，替我穿过衣，做一切母亲该做的事，如今它们却干瘦枯败，好似随便一折就要断裂的树枝，连我一只手都包裹不起来。

"刚去外面晃了一圈。"

"大冷天的，外面有什么好待的？"她嗔怪地拍了拍我的手背，末了唇边泛起苦笑，"阿枫啊，妈妈可能要食言了。好在是提前了两天，没撞上除夕，不然你以后过年都不能好好过。"

"妈……"我喉头干涩，那股奔跑所致的浓郁血腥味似乎还未散去。

"不能看到你成家立业，是妈妈唯一的遗憾。陆枫，你答应我，一定要娶个好女孩。"她像是怕我没听见，又重复一遍，"一定要娶个好女孩。"

喉结滚动，我干笑道："找到合适的人，我会的。"

说是这样说，但我又清楚地知道，我怕是找不到了。

听到我模棱两可的回答，我妈毫无预兆地语气激烈起来："不！你答应我，你发誓……"她收紧双手，力气大到不像个垂死的病人，"陆枫，这是妈最后的心愿。"

"妈？"

我不明白她为何突然这样执拗于我的婚姻大事，还将它当成临终唯一的心愿。难道这是父母的通病吗？子女不成家，便怎么也无法安心。

"你答应我，一定要结婚，好好组建家庭……"她说这些话时，双眼睁大到恐怖的地步，"而且，再也……再也不要见盛珉鸥！"

"不要见盛珉鸥"这六个字简直让我五雷轰顶。

一边是垂死的母亲，一边是放心不下的养兄。

我妈不允许我再见盛珉鸥，盛珉鸥也对我深恶痛绝。这份我自认为难以割舍的兄弟情，到头来也只有我一个人稀罕，努力想要维系。

曾经的期盼都成了笑话。

我仿佛站在一个深不见底的泥沼中，每呼吸一口空气，那致命的黑泥就要漫过我的身体。它们爬上我的胸口，淹没我的脖颈，捂住我的口鼻，带来缓慢而痛苦的窒息。

我想尖叫，想逃离，却被黑泥束住手脚，只能在原地绝望地看着自己的身体一点点被吞噬、溶解。

我尝试着开口，发现自己只能发出沙哑难闻的模糊音节，那里像是有块烧红的铁，哽住了我的喉咙，烧毁了我的声带，让我再也不能随心所欲地说话。

我仿若在一座细窄的独木桥上行走，左右都是深渊，前后皆在崩塌。

怎么走，都是死。

| 第十五章 |

我拨打盛珉鸥的电话，不厌其烦重复着同样的动作，直到为数不多的电量彻底归零，手机再也开不了机，对面始终无人接听。

蹲在医院走廊里，我痛苦地抓扯自己的头发，将脸埋进臂弯里。

他没有接我的电话，哪怕是到了这样的时候，他还是不肯接我的电话。我不过想要听一听他的声音，只要给我一点安慰，我就还能撑下去，即便再无望、再痛苦……但他连这点微小的请求也不愿满足我。

"骗子……"我闭了闭眼，眨去眼底酸涩的热意。

维持着一个姿势良久，直到身前传来温柔女声，我抬起头，见一名年轻护士正担忧地望着我。

"陆先生，您还好吧？"

我抹了把脸，从地上站起："没事。车来了吗？"

护士点头："殡仪馆的车已经来了，就停在地下停车库，您可以下去了。"

说话间，护工从病房里推出一张担架床，床上微微隆起，被白布盖得严严实实的。

行到我面前时，可能由于颠簸的关系，那上面忽然垂下一只苍白枯瘦的手。

"等等……"

护工立马停了下来，我走上前，小心地将那只冰冷的，再也没有生机的手掌牢牢握住，放回白布下。

不久前被这只手握住的画面还历历在目，那触感仍然鲜明，可现在，手的主人已不会再笑着叫我"阿枫"，也不会唠叨着让我天冷加衣、天热喝水。

人死如灯灭，好似汤泼雪。可灯芯燃尽了，雪化了，在这世间便再无痕迹，你不会仔细去记一盏灯，也不会用心去忆一粒雪。人却不一样，人没了，留下的是数不清的回忆，是忘不了的深情，是无尽的悔恨，是难言的遗憾。

来接我妈的是一辆黑色的长厢车，我坐上副驾驶座跟着一同去了殡仪馆。办手续时，工作人员问我要不要举办告别仪式。

我妈生前嘱咐过，为免让人看她笑话，觉得她可怜，告别仪式就不要办了，她自己清楚，并没有几个人会真心实意地替她伤心。

"不办了。"

工作人员闻言重重在单据上盖上一枚鲜红的章，递给我后，让我去骨灰领取处等候。

今天又阴又冷，骨灰领取处没开暖气，瓷砖地凉飕飕，塑料凳子好似覆着层冰碴儿，简直让人坐立难安。

等了半个多小时，大屏幕上终于出现我妈的名字。

骨灰被放在一个素白的坛子里，送到我手里的时候还带着余温。

我捧着骨灰坛，与工作人员道了谢，转身出门。

殡仪馆门前的车不太好打，连续几辆明明没有载客，但一看到我手里的骨灰坛便加速驶离，快得我连他们的车牌号都没记住就不见了踪影。

我只能再次进入殡仪馆，找工作人员借座机一用，打给魏狮，问他能不能来接我。

魏狮二话不说让我等着，说自己马上就来。

我站在马路边，一只手夹着骨灰坛，另一只手掏烟点燃。等到地上落满烟蒂，我被喧嚣的寒风吹得头发乱舞，脑仁都疼，魏狮的车才从马路另一头缓缓驶来。

坐进车里，温暖的空气一下子包围住我，我长长舒了口气，霎时便有种重获新生之感。

"阿枫，你没事吧？"魏狮抽空看了我一眼，"你脸色很差。"

我将骨灰坛放在腿上，指尖摩挲冰冷的表面。

"没事。"坛子上最后那点余温已经消失，盛珉鸥曾说过，黑是生命的终曲。不是，黑不是它的终曲，冷才是。

太冷了。

我将椅背调下，闭上眼："等到了墓园叫我。"

魏狮开车抵达墓园时，天色已经暗了下来，他本想陪我一道进去，我谢绝了。

"不用陪，我都多大的人了，这点事还办不成吗？"

魏狮把着车门，表情并没有轻松多少："阿枫……"

"真的不用。"他话还没说完，我再次拒绝。

他见实在劝不动我，只得妥协。

"那你自己当心些。"

墓园工作人员带着梯子等工具，为我打开了我爸那个壁龛，将我妈的骨灰坛放了进去。

从此他们夫妻终于可以团聚，一起数落我这个不孝子了。

朝壁龛拜了三拜，我没有多作停留，谢过工作人员，独自往停车场走去。

魏狮见我这样快回来，还有些惊讶："弄完了？"

"完了。"

魏狮发动车子，用一种十分刻意的轻快语调道："走，三哥请你吃饭去。"

从方才开始，我身上就一阵阵发冷，头也很涨，像是有些发烧。

下午我往池子里一跳，没来得及洗澡换衣服我妈就醒了，之后一直忙到现在没歇过。身上的衣服被寒风一吹，又被体温一焐，虽说干得差不多了，但鞋里还是湿的，一双脚仿佛泡在雪水里，怎么也暖不起来。

"不用了，三哥，你送我去我们店附近的那个商场吧。"

"商场？"魏狮诧异道，"你要买什么东西吗？要不要我陪你？"

"我去找人。"顿了顿，我补上一句，"找我哥。"

我靠在车门上，不断掠过的车灯在我眼前留下道道光轨。

盛珉鸥便像这些光，明明近在眼前，可我就是难以抓住，而我之于他，也不过擦身过客。

"也是，你妈过世，总要通知他。"

魏狮没再说什么，很快驱车将我送到了商场大门前。

这时天已经彻底黑下来，到处灯火璀璨，霓虹闪烁，城市里亮得犹如白昼。

挥别魏狮，我双手插着口袋，往盛珉鸥的律所而去。

虽然已经是晚上七点，但仍有许多人才刚刚下班，我坐电梯一路往上，每到一层，外面就有黑压压一群人等着往里挤，那景象颇为壮观。

终于到锦上律师事务所所在楼层，我费了九牛二虎之力从人群中挤出，差点儿将鞋都挤掉。

这一发力，感觉自己更晕了。

律所的灯还亮着，我刚到门口，就见前台背着包从里面出来。

"陆先生？"她见了我很是惊讶，"您怎么突然来了？"

"我哥呢？"我瞄了一眼里面，似乎还有不少灯开着，应该还有人没走。

前台道："最近我们接了一个大案子，盛律师很重视，今天和对方开了一天的视频会议，刚刚好像是去楼道里抽烟了。"

她给我指了个方向。

我朝她颔了颔首，转身往安全通道走去。

推开沉重的安全门，扑面而来的便是浓郁到呛人的烟味。

盛珉鸥倚靠在墙上，正一边抽烟，一边低头摆弄手机，冷白的光照射在他脸上，使他的面部轮廓更为深刻，眉眼间也越显阴郁。

他听到声音，抬头看过来，一下有些愣住，连手上动作都静止下来。

我坐到一旁台阶上，随后仰起头。

"妈妈死了。"

我难以分辨他的表情，只能听到他用毫无起伏的声音对我说了句："节哀。"

"为什么不接我电话？"

他垂眸看了一眼手机屏幕，将它塞入裤袋："我没有答应过一定会接你电话。"

"你……"本来想骂更难听的，一想他妈就是我妈，我硬生生地将后面的字憋了回去，"盛珉鸥，你就这么讨厌我吗？讨厌到我求你接个电话你都不愿意？"

盛珉鸥没有回话，静默得仿佛一瞬间吃了哑药。

他这是懒得应付我的无理取闹，还是体贴我刚刚丧母不想与我一般见识？

我垂着头，盯着脚底暖黄色的瓷砖，苦笑道："妈妈死前唯一心愿，是让我不要见你。她要我答应她，她求我答应她。"

我懊恼地抓着头发："我说不出话，我也做不出选择……我怎么就做不出选择呢？"

我妈拉着我的手，只是想要我点头，她便能走得安心。可我只是像个傻子一样站在那里，无法做出任何保证。

"陆枫……"

她抓着我的力气一点点变小，眼里本就微弱的光黯淡下来。她长长叹了口气，伴随悠长的呻吟，像是要将胸腔里最后的那点生气吐尽。

随着这声叹息，她手指缓缓松开，不再紧抓着我。

在她指尖完全坠下，握不住我的手时，我猛地回过神，反手攥住了她垂落的手掌。

"妈？"我惊慌地叫着她，她却只是半睁着眼，不再回应我。

我颤抖着去探她的鼻息，发现她已经没了呼吸。

因为无法达成死前最后一个心愿，她睁着眼，死不瞑目。

一切发生得太突然，我好像在做一场永远不会醒的噩梦，又仿佛走在大雨倾盆的旷野，周身已经又冷又湿，狼狈到极致，偏偏还被一道闪电从头劈下，雪上加霜。

我握住那只手，额头抵在上面，身上力气逐渐消散，膝盖弯曲，慢慢跪到了地上。

"对不起……"

我知道我没有做好，我总是做不好。我应该成为更好的儿子，可我没有，我不配做她的儿子。

"对不起……对不起……"

摊上我这个儿子，他们实在倒霉透顶，还不如当年把我丢了，把胎盘养大，说不定还能有点用。

我一直跪在病床前，握着我妈的手，不停诉说着自己的歉意，直到护工发现异样，找来医生，将我从地上拉起。

痛苦、悔恨、茫然，还有点不知所措。这世上，再也没有爱我的人。这世上，我爱的人又少了一个。

分明周围有护士，有医生，人来人往，我却从来没觉得自己这样孤独过。

有道"屏障"，将我和其他人隔开了。

我哆嗦着手，急切地想要拨通盛珉鸥的电话，确认他的存在，确认这世上我还有一个亲人，还有个"哥哥"。可他并没有接我的电话，也没有回我消息。

哪怕一个句号也没有……

我知道他有他的工作，他有他的生活，我对他来说什么都不是，就是一条狗的优先级都能在我之上。我知道，我当然知道。

这世上再也没有爱我的人，而仅存的，唯一的，我的亲人，他并不在乎我。

他视我如草芥，避我如蚤虱。

哪怕我死了，他都不会掉一滴泪。

我都知道。

（二）

舞而不下

| 第十六章 |

"你该听她的话。"

上方投下阴影，我抬起头，盛珉鸥已经站到我面前。

他挡住了唯一的光源，脸庞浸没在阴影中，眼皮下泄出的一点眸光，又冷又沉。

我"哈"地笑起来："是，我应该听她的话。"

毫无预兆地，我一跃而起，猛地向他扑去，如同野兽露出利爪，握拳朝他狠狠挥下。

拳头准确击中面颊，盛珉鸥的脸偏到一边。我粗喘着，再次挥拳，这次他截住我的拳头，干净利落地一拳落到我的腹部。

一瞬间五脏六腑都像要被绞碎，我忍着剧痛，并没有放弃攻击。

两人缠斗在一起，揪扯着彼此的衣服，在脏污的地面翻滚，已完全顾不得什么体面。

不断上升的体温让我头脑昏沉，好不容易集聚起来的一点力气迅速流失。

盛珉鸥找准机会，将我按倒在地。

他扣住我的肩膀，整个人压在我身上："你疯够了没？"总是平整的西服皱乱不堪，血迹沾染唇角，刘海垂落下来遮住眼睫，他狠狈又恼怒，"我早就警告过你不要靠近我，你自己不听话怪谁？陆枫，世界不是一定要围着你转，喜欢就要拥有是小孩子的妄想。你多大了还在做梦？"

在他看来，我不过是在发疯。

我躺在冰冷的地上，忽然觉得好累，身体累，心更累。

十年来日积月累，我以为我可以撑更久，但雪崩来得那样猝不及防，让我实在无法再坚持下去。

"盛珉鸥，我就问你一个问题。"我静静开口，注视着他的双眼，不错过他眼里任何情绪，"十年前，你是故意设计……让我去找齐阳的吗？"

这个问题从前我一直避免去想，避免去问，但今天，我迫切地想要知道答案。或许潜意识里我自己也清楚，知道了答案，我就能彻底死心了。

盛珉鸥听了我的话，起先好似还没反应过来，微微蹙了蹙眉。

我见他不答，咬牙又问了一遍："是不是你故意的？"

他长久盯着我，直起身松开我的肩膀。

"我故意的？"他用缓慢的语调重复着我的话，下一秒忽然俯身用力掐住我的脖子，俊美的面容阴沉得可怕，"是啊，我故意的。"

手扼住咽喉，压迫气管，阻绝空气的流通，我抠抓着那只犹如铁钳的手，却无法撼动丝毫。

他掐着我，轻柔道："一切都是我故意的。你本来也要死，可惜齐阳没用，搭上自己也只让你坐了十年牢。"

我浑身都在不可抑制地颤抖，因为缺氧，也因为他的话。

或许这样死了也好……

脑海里突然生出消极的念头，我逐渐停止挣扎，任由意识一点点被黑暗席卷。

"怎么，想死？"盛珉鸥的语气带着轻蔑的笑意，掐着我的力道松懈下来，"要死死远一些，别脏了我的地方。"

空气瞬间涌进肺腑，我呛咳着，本能地大口大口呼吸起来，眼角都咳出泪花。

盛珉鸥好似没事人一般站起身，理了理歪斜的衣襟，拍去身上浮灰，再抄了把散落的刘海，将自己尽可能打理得人模人样。

我捂着喉咙想要起身，却因为没有力气，只能侧伏在地上咳得撕心裂肺。

咳嗽声中，皮鞋踏在地砖上生出的脚步声稳稳往安全门方向而去。

"陆枫，你不仅傻，还窝囊。"

安全门开了又关，呼吸渐渐平复，四周恢复一片寂静。

我盯着眼前的砖缝，缓缓低下头，将滚烫的额头抵在上面。

"陆枫，你傻透了……"嗓音暗哑，我趴伏在那里，拳头无处发泄地砸着地面。唯有通过这样自虐的方式，我才能让自己平静下来，不至于失去理智。

不知过了多久，可能是十分钟，也可能是半个小时。我从地上踉跄着站起，手背骨节处已瘀紫一片，只是垂在身侧都在轻轻颤抖。

我没有坐电梯，而是如同行尸走肉般从安全通道一步步走下楼，再在路边拦了辆出租车回了家。

一进家门，连衣服都来不及脱，我便一头倒到了床上。

浑身无一处不痛，无一处不冷，如果就此死在这张床上，死在这个家中，也算不错的结局吧。

眼皮沉重无比，思绪无法集中，我闭上眼，任由自己陷入黑暗。

这一觉我睡得极不安稳，眼前一会儿是我爸惨死的模样，一会儿又梦到盛珉鸥床上的那只猫。

两段记忆交叠在一起，让梦中的世界充满残忍的血色。

我爸是在下班回家路上出的车祸，当时我妈久等他不回来，准备出门去寻，正穿外套，医院的电话就来了——一辆集卡没有看到我爸，直接从他身上轧了过去。

当我妈惊慌失措地带我们赶到医院时，医生直言我爸快不行了，要我们见他最后一面。

抢救室内是我一辈子都忘不了的恐怖画面，我爸躺在担架床上，身上插满各种管子，一条白色床单覆住他脖颈以下。

他整个腹部以下，好似破裂的水管，鲜血缓缓自床单下透出，向外不断扩散，源源不断地滴落到地上，很快便在担架床下积起一摊红色的液体。

见到如此惨状，我妈终于忍不住，喊着我爸的名字号啕起来，求他不要扔下我们，求他为我们撑下去。

我爸比我妈清醒，知道自己是什么情况，没说废话，用最后那点力气一个个交代了遗言，半点工夫不浪费。

他先是让我妈好好养大我们，要供我们上大学，特别是盛珉鸥，一定要让他上高中、考大学。我妈答应下来，他才看向我，要我好好听我妈的话，以后不能再调皮。

我第一次面对死亡，还有些摸不清状况，心里又是害怕又是难受，只是一个劲儿学我妈，求他别死，别丢下我们。

然而这并非他想做就能做到的事，他留恋地扫过我和我妈的面庞，视线最终落到盛珉鸥身上。

盛珉鸥低垂着眼，注视着脚下那摊鲜红，从头到尾就像座毫无存在感的木雕般立在一旁，既没有慌张，也没有流泪。

他似乎感知到我爸的目光，抬头看过去，轻轻叫了一声："爸。"

他穿着一件学校的白衬衫，站在我爸身边，一个是垂垂将死，一个是青春正好，宛如上帝安排下，最真实也最残忍的戏剧冲突。

"不要害怕……"我爸说话声音越来越小，脸色肉眼可见地灰败下去，但他还是努力冲盛珉鸥露出了一抹微笑，"爸爸相信你，终会成为一个……很好……很好的人……"

为了听清他之后的话，盛珉鸥不得不踩进那摊血里，俯身凑近他唇边。

我能看到我爸的嘴在动，却已经无法听到他的任何声音。

片刻后，盛珉鸥直起身，怔忪地看着他，最后点了点头："好。"

时至今日，我仍不知道这声"好"意味着什么。只是我爸听到他答应后，带着笑闭上了眼，没一会儿，机器发出刺耳的鸣叫，监控器上起伏的线条趋于平直。

我妈爆出一声尖厉号哭，推开盛珉鸥，扑到了我爸身上。

我无措地站在那里，医生护士赶来，将我挤到人群之外。

耳边充斥着哭声，眼里都是白、红二色。

我咽了咽唾沫，四下扫视着，这才发现不见了盛珉鸥的踪影。只有地上留下一串沾血的脚印，往门外延伸而去。

我顺着脚印找到了他，就在门口，靠着墙壁。

他将脸埋进臂弯间，双手交叠着握住胳膊，指甲抠着手臂，留下一个个半月形的深红印记。

我蹲到他身边，不安地碰了碰他的身体："哥？"

他浑身一震，从臂弯间抬起头，眼底很红，却没有泪。

"爸爸死了……"我将脸埋在他肩头，呜咽着道，"我们以后再也没有爸爸了。"

他任我哭着，半晌后才回了一句："我知道。"

从我爸出事到葬礼，盛珉鸥从头到尾没有流一滴眼泪，我曾无意间听我妈同她的朋友抱怨，说盛珉鸥就是个白眼狼，我爸对他那么好，他却连我爸惨死都不觉伤痛。

起先我并不认同她的说法，只觉得盛珉鸥必定是躲起来偷偷哭了，并非真的那样冷血。

后来……我明白眼泪根本是他没有的东西，没有的，你又让他如何展现呢？

也是我命不该绝，在床上躺了两天两夜，不吃不喝竟然也退了烧。只是身上不住出虚汗，走两步就脚软。

本来想给自己点份外卖，结果发现卖粥的店都提早关了门，我后知后觉才想起来，今天是除夕。

从米缸挖出仅剩的一罐米，给自己煮了锅稀粥，聊胜于无地对付一餐，吃完了又想躺床上。

门外忽然传来"砰砰"砸门声，每下都又急又重，跟来讨债似的。

我挪着虚浮的步子走到门前，从猫眼往外看去，就见门外一左一右立着魏狮与沈小石两尊门神。

见我久久不应，魏狮朝沈小石抬抬下巴，示意他继续砸门。

我在门被这俩孙子砸坏前赶紧开了锁。

"有事吗？"

魏狮与沈小石见我终于开门，面上不由得一喜，从我两边分别挤进屋。

"我打你电话你都关机，还以为你出什么事了。"魏狮将手里的袋子放到桌上，看到那锅清到见底的白粥，蹙眉道，"你就吃这些啊？来来来，三哥给你买了好吃的，虾饺、烧卖、大云吞，你过来吃点。"

沈小石也将手上的塑料袋放到桌上，一眼扫过去能看到不少蔬菜、肉丸之类的食材。

"枫哥，晚上咱们吃火锅啊！"他哼着小曲将袋子里的东西一一取出。

我其实没什么胃口，但还是坐下吃了个虾饺："今天除夕，你们不回家过吗？"

魏狮大手一挥："我爸妈看到我就烦，我也懒得回去，今年就跟你过了。"

沈小石也道："是啊，今年就跟你过了。"

我知道他们并非没有地方过年，只是放心不下我，这才执意要和我一起过除夕。

这样看来，我人生也不算太失败。

咽下嘴里的食物，我点点头道："行，那你们准备火锅，我再去睡会儿。"

我摇摇晃晃进了卧室，这次睡着再没做乱七八糟的噩梦。

一觉醒来，屋子里满是食物香气，许久不开的电视上正播放着春节晚会，魏狮与沈小石将桌子搬到客厅，摆上涮料，已准备就绪。

门铃响起，沈小石跑去开门，易大壮拎着两罐啤酒出现在门外。

置身在这人间烟火气中，曾经一闪而过的消极念头就好像一个笑话。

死什么死，就这么死了不就正如盛珉鸥的意了吗？活着就够窝囊了，死难道还要窝窝囊囊地死吗？

不，绝对不行。

老子就是牙齿掉光，身体朽烂，再也走不动路了，也绝对要活得比盛珉鸥长久。

吃饭时魏狮看到我手上的伤，问我怎么回事。

"不小心摔的。"我将那只手放到桌下。

他看了我一会儿，眼里还有狐疑，但没再多问。

窗外不知谁点燃了成串的鞭炮，噼里啪啦，好不热闹。

火锅声，炮仗声，电视声，还有人声，在这混杂在一起的喧闹声中，我举起饮料杯，敬了敬桌上的三人。

祝他们新年快乐，谢他们不离不弃。

| 第十七章 |

过完年，魏狮本来还想让我多休息几天，我拒绝了，直接初八就上了班。

我没再去找盛珉鸥，他当然也不会主动来找我。

这样也挺好，我只要自己忍住了，他盛珉鸥不认我这个弟弟就不认吧，十年不行二十年，二十年不行三十年，我总能放下对他的牵挂。

日子在平静中按部就班地度过，工作、生活，闲了和朋友出去吃一顿，累了回家倒头就睡，偶尔看场电影，度过平凡又普通的一生。

我以为，我接下来的人生大体就是这样了。谁能想到三月的某天深夜，这种平静、平凡、平平无奇，以猝不及防的姿态被人打破。

睡梦中的我，被手机连番振动硬生生惊醒。我迷迷糊糊拿过床头柜上的手机一看，莫秋一口气给我发了十几条信息，每段都又长又密。

我揉着眼睛往下翻，不明白他大半夜搞什么，他一会儿说初中的时候多亏了有我，十分感谢我，没有我他如今不可能成为梦想中的插画师；一会儿又说久别重逢很高兴，要是可以，真的还想和我好好聊聊，当中啰里吧嗦说了很多废话；最后来了句不嫌弃的话，希望我能去参加他的葬礼，送他最后一程。

"什么玩意儿？"我整个人一下子都清醒了，被这午夜惊魂惊得睡意全消。

过年那会儿莫秋找过我，约我在咖啡馆喝了杯咖啡，两人生疏又尴尬地聊了一小会儿天，大概也就一个小时，我见实在聊不下去了，就以下午还有事先走一步。

那时跟他聊天，他也完全没表现出一点厌世的迹象，问他有没有结婚，他摇了摇头，说自己的交际圈很窄，朋友大多在网上。

"最近我新交了一个朋友，人很好，虽然还没见过面，但有机会我一定给你介绍。"莫秋握着咖啡杯，有些紧张地一直盯着桌面，并不直视我。

"没见过面？"我疑惑了一瞬，很快明白过来，"网友？"

他不好意思地低低"嗯"了一声。

靠谱的网友倒也有，但就莫秋这个性格，实在很像那种网上被人骗得一无所有的冤大头。

出于曾经初中同学的情谊，我略略提醒了他一下："那还是见一面比较好，别傻乎乎地连对方是男是女都不知道。"

莫秋身体一僵，飞速抬头看了我一眼，又垂下视线："我知道的，长相、姓名、年龄，还有工作，我都知道的。"他可能也看出来我对他网上交朋友的疑虑，解释道，"对方比我有钱多了，不是骗子。"

有钱为什么不能是骗子？也可能是感情的骗子啊。

但那会儿莫秋正在兴头上，我估摸着这么说他也听不进去，并且显得我这个人十分没有眼色，于是我端稳了盛满冷水的盆，最终还是没泼出去。

那之后我们就没怎么联系了，半夜联系一下，竟然还是诀别短信。

我飞速回拨他手机，结果发现那头已经是关机状态。

这大半夜的也是够了……

我赶忙又打电话给沈小石，还好他一向是夜猫子，这个点都没睡。

"喂，枫哥，怎么了？"

"你有没有莫秋家的地址？"莫秋既然加了兴旺典当的微信号，

兴许之前在店里也买过或者当过东西，说不定有留邮寄地址。

"莫秋？"那头传来窸窣声，"你等等，我翻翻看。"

等了两分钟，沈小石说找到了，接着报了个地址给我。

"你把地址发到我手机上。"说着话，我已起身穿衣，以最快的速度往门外走去。

"到底怎么回事啊，枫哥？"沈小石到这会儿才想到问。

手机微振，我看了一眼他发过来的信息，道："莫秋好像要自杀，我先去看看，希望没什么事。"

"自杀？"沈小石也惊了，"那要不要报警啊？"

经他一提醒，我才想起有报警一途。

初春的天气还有些寒凉，我缩着脖子往楼下走，边走边道："不说了，我先报个警，他们应该比我动作快，我都不知道能不能叫到车呢。"

挂了沈小石电话，我生平第一次拨通了110，接线员详细问了我事情经过和莫秋的地址，说会尽快安排警员赶到现场，同时还会再配一辆救护车过去。

运气还算不错，才走到路边就来了辆空车，我一坐上去就同司机说明自己是要去救人的，让他尽量开快一些，司机闻言一脚油门踩得我差点儿撞到挡风玻璃，那换挡，那飘移，好似在开午夜F1。

平时半个小时才能到的路程，由于司机卖力，也因为晚上车少，只用了短短十五分钟就到了。

我下了车就往小区里狂奔而去，几乎不需要怎么找，在昏暗的路灯下，警车车灯闪烁的地方，就是我的目的地。

老旧居民楼下停着一辆警车一辆救护车，我正要上楼，狭窄楼道里下来两名医护人员，一前一后抬着担架床，后面跟着两位警察。

我一时呼吸都要凝滞了，就怕看到担架床上是被白布蒙上的尸体。

他们往下走，我只能往后退，退到大门外，担架床从我眼前经过，莫秋苍白着脸躺在上面，虽然看着只比死人多口气，但到底不是死人。

太好了……

我整个人放松下来，扶着门框长长呼出一口气。

一名年轻警员走向我，问我是不是认识莫秋。

"我是他朋友，就是我报的警。"

对方叉着腰，同我方才一样叹了口气："在家烧炭呢，还割了腕，看起来死意相当坚决。好好劝劝他，这么年轻，什么事解决不了啊？"

我也想知道到底多大的事需要他走这样的绝路。

莫秋家的门被警察破门而入的时候撞坏了，一时关不了，我这边又要跟着救护车去医院，分身乏术。为免他身体上遭受创伤后财产上再遭受什么损失，我只好打电话给沈小石，询问对方这么晚了能不能去莫秋家替他看一看家，明天再找个换锁的帮他把门修好。

"行啊，我反正在哪儿睡都是睡。"沈小石二话不说便答应下来。

到了医院，又是一番忙碌，缴费、办手续、做检查，等安定下来，天都要亮了。

莫秋父母似乎在他很小的时候便离婚了，之后各奔东西，谁也不太管他，他跟着爷爷奶奶长大，如今两位老人都已不在，那套老房子也就只有他一个人在住。

这是我第二次进抢救室，由于第一次的经历实在不太美好，我对这地方也相当抵触，待久了就有些反胃冒冷汗。

反正莫秋也还没醒，我与护士打了声招呼，去到医院外面。

抽烟间隙，沈小石忽然打来电话。

"枫哥，我看你朋友的电脑没关，就想替他关了，结果我不小心多看了两眼……"沈小石欲言又止。

"然后？"

"然后我就看到了些不该看的东西，我用我聪明的小脑瓜一想，大概就明白你那朋友是怎么回事了。"

沈小石将他的发现一股脑儿地说给我听，起先我还满不在意，到最后越听越是心惊，眉心紧紧蹙起，胃部更是阵阵翻涌，仿佛吃了隔夜的馊饭。

"确定吗？"

沈小石道："我怕是我多想，翻了他近一年的聊天记录，还在他电脑里找到了没来得及删除的视频缓存……你要看吗？"

"看什么看啊，不看！"我骂他，"你给我把电脑关了，就当自己从没看过。"

这时，一名护士在门口喊道："莫秋家属在吗？他人醒了。"

我匆匆挂了电话，回到抢救室。

莫秋半睁着眼，瞧着还不怎么清醒，不知是本来就没戴还是抢救时给他摘了，脸上不见眼镜。一双眼迷离中泛着水光，唇色带着些乌青，乍一看倒有几分病弱之美。

"干吗想不开啊？之前见你不还好好的吗？"我在他床边坐下。

莫秋转着眼珠朝我看来，一言不发，悄无声息地流下两行眼泪。

我头疼不已："你别这样……"

"陆枫……"莫秋眼里满是哀色，哑声问我，"失败的人，怎样都不会成功，是吗？亲情、友情、爱情……失败的人，在各个方面，都会失败，对吗？"

我看着他，收起所有表情："对个屁。"

莫秋望向天花板："也是……你这种人，是不会……不会理解我们这些、这些失败者的。"

"我这种人？我这种人是哪种人？"我笑起来，到这会儿，也觉得没什么好瞒的了，"半年前，我刚从牢里出来。硬要给我分个类的话，我应该是'前服刑人员'。"

莫秋浑身一震，转动头颅难以置信地看向我："你……"

"我杀了一个人，被判了十年。"既然已经开了个口，那接下去的也没那么令人难于启齿了，"论失败，我不比你失败吗？况且，你在友情方面也不算那么失败，不是还有我来救你吗？"

莫秋愣愣地看我半晌，干巴巴道："谢谢。"说着，他皱起五官，哭得更凶，"谢谢你一直保护我……"

我本来是想关了他的水闸，没想到反而把水管子给锤爆了，忙去问护士要了纸巾，按在他脸上给他囫囵擦了把脸。

"你到底遇到什么事？说出来，别一个人闷在心里，或许我能帮你呢？"

"你帮不了我的。"他鼻子被我擦得通红。

我耐着性子，好言好语："你不说又怎么知道我帮不了你呢？"

他沉默许久，其间只是一声不响地流泪。

就在我忍不住要跟他摊牌时，他这才缓缓开口："我被人拍了……不好的视频，对方威胁我，不满足他的要求，就要把我的视频……发到网上……"

他睫毛上沾着细小的泪珠，眼泪顺着鬓角落入身下，将白色的枕头都染湿了一小块。

| 第十八章 |

莫秋的话与沈小石方才在电话里阐述的内容不谋而合，他果然是遇到人渣了。

但他才刚脱离危险，这里又是大庭广众，我不好细问，只得先安抚了两句，让他不要担心，一切等他身体好了再说。

他本来就失血又缺氧，大哭一场后很快便体力不支，几乎是一闭眼就睡了过去。

之后几天，我都在典当与医院间来回奔波，还好我有些照顾病人的经验，才没有出什么岔子。

出院那天，我送他回家，他支支吾吾请我进屋坐一会儿，给我倒了茶水，又说有东西要给我。

我坐在客厅沙发上，他进了卧室，听动静似乎在翻找什么。

屋子里拉着窗帘，光线昏暗，地上堆着不少杂物，看得出莫秋并不擅长做家务。

那天警察找到他的时候，他正躺在浴室的地板上，一旁点着炭盆，手已经划开一道口子。

沈小石替他看家那两天，顺便帮他清理了浴室和地面上的血迹，完了发信息跟我说觉得自己像电影里的"清道夫"。

坐了几分钟，莫秋单手抱着一大堆东西从卧室出来，我看他走路都有些不稳，连忙上前接过。

"谢……谢谢。"我们俩合力将东西放到茶几上，他一屁股在沙发上坐下，这么几步路，额头上已出了一层虚汗。

他低头注视着左手手腕上缠绕的绷带，用微弱但清晰的声音道："这些我都不要了，麻烦帮我处理掉吧。"

我翻看了一下，发现那一大摞都是罗峥云的各种写真和海报，还有不少亲笔签名。

我心里有了底，但还是要问一句："都不要了？"

莫秋点了点头，刘海遮挡下的面容苍白而憔悴。那些曾出现在他眼里的光，此时已荡然无存。

"我和他是去年夏天开始说上话的……在他社交平台上。"他语气平静，甚至有些死气沉沉，"我之前也会给他发评论和私信，但他从来没回过我，那更像是我的自言自语。那天我照例给他发了私信，告诉他我一天都做了什么，吃了什么，最后一如既往地说自己会支持他、喜爱他，没想到他竟然回了我，还让我加他私人手机号。那之后，我们的聊天就变得频繁起来……"

一直视为人生偶像的人有一天突然如朋友般和自己闲话家常，关心自己的衣食住行，这简直是每个粉丝的终极梦想。老实人莫秋很快便跟对方掏心掏肺，连正式的面都没见着呢，就将人当作了可以诉说一切烦恼的最佳挚友。

罗峥云私联粉丝应该已经不是第一次了。

猎物养肥了才好下嘴，罗峥云用半年养成莫秋这条可怜的小杂鱼，可谓心思用足。等他觉得差不多该收网了，便以线下见面为由，将莫秋约到了一家高级私人会所。

"一开始，他表现得和银幕上没有任何区别，幽默健谈，风度翩翩……"莫秋持续低着头，手指机械性地勾缠绞弄在一起，显得十分焦虑。

罗峥云，从各种意义上来说都是无比闪耀、万众瞩目的大明星，突然对自己一个普通到毫不起眼的人产生兴趣，把他当朋友，这简直就是莫秋所能想到的追星极限。

他完全被这个男人给骗了，相信他说的一切，满足他的所有要求。他踩进了陷阱里，毫无戒备地接过了对方递来的饮料，很快意识模糊，手脚无力。

他被下了药，而罗峥云只是坐在他对面，高贵地跷着腿，好整以暇地欣赏着他惶恐挣扎的丑态。

"这事……你想过报警吗？"我也是头一回遇到这么匪夷所思的事，虽然早已做好心理准备，但真相仍然突破我的"三观"，让我十分愤怒。

"他用视频威胁我，说只要我敢报警，就把它们发到网上。况且……"莫秋将眼角的泪擦净，鼻音浓重地道，"没有人会相信我说的话，报警只会让大家都笑话我罢了。我……我除了羞辱什么也得不到。"

"你认吗？"

"我不认又能怎么样呢？"莫秋看着更沮丧了，"他每次都会很小心，我根本没有证据揭发他。"

罗峥云用半年时间彻底将莫秋摸透，知道以他的性格根本不可能反抗，也无人可以诉说这些秘密，便越发肆无忌惮地行使他的罪恶。

压力一点点积累，痛苦无处宣泄，为了逃避现实，他唯有选择死亡。

"为了一个人渣，没必要。"气氛压抑到极点，我吐着烟，说不出更多安慰的话，"其实你有证据的，你自己就是最好的证据。希望渺茫，但并非全无希望……"

莫秋一愣，瑟缩了一下道："我……我不行的……你知道，我从小就很没用。"

见他一副瑟瑟发抖的鹌鹑样，我简直气不打一处来。他就是因为一直都这个样子才会被人欺负到死。

但气过之后我又觉得自己也不过是在以己度人。我不是莫秋，莫秋也不是我，我没法体会他的感受，他自然也不可能拥有我的决断力。

说穿了，我们都没错，错的是罗峥云。

莫秋似乎感受到我的情绪，没受伤的那只手紧紧握成了拳头，语气越发怯弱起来："对不起，给你添麻烦了。我……我会去报警的，我不会再受他胁迫了。反正我的工作也不需要见人，就算闹大了，我……我也没关系，大不了以后都不出门了。"

唉，他这样说，好像是为了我才去报警一样……

我怎么觉得他要是真报警了，事情一闹大，以罗峥云的影响力和财力，发动舆论攻势，他绝对会承受不了压力死得更快呢？

说到底，我并没那么多正义感要为社会除害，我只是想要替莫秋解决这件事，而不是逼死他。

"说什么傻话！一个月两个月你或许还能坚持，一年两年，甚至五年十年，等你尝尽了那种无处可说的孤独，就不会轻易说出'大不了以后都不出门'这种话了。"

在固定的空间数年如一日地行动会有多苦闷，他根本还没体会，所以才会说出这样天真又意气用事的话。

"行了，你先好好休息。"我拿起桌上那沓写真道，"我替你想想办法。"

两天后，莫秋慌张地打来电话，说罗峥云又联系他了，但他拒绝了对方，罗峥云好像有点不太开心，说到最后他崩溃地哭起来。

他一边向我道歉，一边问我该怎么办。

我正要安慰他，他又忽然挂了电话。等我到了他家时，好不容易敲开他的门，发现他左手手腕上的绷带已经不见，缝合的伤口被他再次扯烂，流出鲜血。

我只好黑着脸带他去医院重新缝合，坐在出租车上几次想要让司机一直开，往警察局里开，但又知道就算去了，莫秋怕也一个字不会说。

莫秋日益严重的心理问题，让我不得不计划加速。

对付人渣，其实有很多种方法，但如果你发现正道的路都被堵死，可能就需要另辟蹊径了。

我的朋友不算多，但刚好就有个混娱乐圈的。

易大壮做狗仔没几年，手上罗峥云的料却不少。

"你别看他长得一副眼高于顶的样子，爱玩是圈里出名的，但一直没出过事，我们这些料也只停留在口耳相传，没有用武之地。"易大壮边抽烟边道，"我倒是知道他经常出没的几个地方。但他贴身有保镖跟着，你堵不了他的。"

"我没想堵他。"店前来来往往的人，每个人面上不是冷漠就是疏离，谁也没空顾谁，我却必须去顾一个十几年前的帮扶对象，我都快被自己感动了，"他不是爱拍视频吗？我给他设计一套专属 MV，让他一次拍个过瘾。"

易大壮手上动作一顿："什么意思？"

"投其所好。他不是喜欢玩弄别人吗？就给他个机会，让他好好'玩'。"

这种人向来自负，必定想不到夜路走多了也会撞见鬼，陷阱设多了也会成为猎物。

"谁？"易大壮更震惊了，"你？"

"想什么呢？"我往门里抬了抬下巴，"我一看就过了追星的年纪啊，这长相、这气质，不符合他的要求。看到里边那个了吗？那才是大鲨鱼眼中无辜又柔弱的小白兔。"

易大壮顺着我视线看过去，正好看到沈小石毫无形象地躺在沙发上玩手机，可能是游戏要输了，他的表情狰狞无比，好似现世行走的青面夜叉。

易大壮一抖："小石……能够担此重任吗？"

"不能也得能。"我推门进去，亲亲热热地走向沙发上的沈小石，"小石啊，枫哥跟你商量件事。"

第十九章

舞池里群魔乱舞，音乐震得鼓膜都发疼，天花板上的激光射灯让人眼花缭乱。

这已经是今晚第三家夜店，如果还蹲守不到罗峥云，我也待不下去了，只好放弃先撤。

"枫哥，我穿成这样，那变态真能注意到我？"沈小石抚了抚厚重的眼镜，似乎有些不太适应。

我看了一眼他身上的格纹衬衫和白T恤，回想了一下莫秋的穿着，点点头道："能，肯定能，对你自己有点信心。"我替他调整了一下针孔摄像机的镜头位置，"别慌，你猴哥远程都能看到，有危险我们马上赶过去。"

沈小石咧嘴一笑："嗯，变态快要被我打死的时候，你们记得动作快点。"

连着转了三个场子，喝了三杯果粒橙，我库存有些满了，让沈小石继续等着，起身去了厕所。

放水时，裤兜里的手机振了振，门外监控车里的易大壮发来了信息，罗峥云终于来了。

我擦干手迅速出了厕所，夜店共有两层，光线昏暗，一时也不知道他在哪里。

挤过摩肩接踵的舞池，我坐回卡座，告诉沈小石罗峥云来了。

沈小石脊背一下挺直，表情显得十分紧张，姿势也变得扭捏无比。

我一皱眉："你冷静一点。"

沈小石小声道："我突然有点尿急……"

我闭了闭眼，让他快去快回。

沈小石走后，我伸展胳膊往后靠去，脖颈后仰着，突然就与二楼的一束视线对上了。

那视线阴冷又黏腻，像条伺机而动的毒蛇，只是在与我对上的瞬间，生出了温和的笑意。

他装模作样，我也就装模作样，并不错开视线，丝毫不让地回了一个假笑。

最终是他先错开了目光，片刻后，一名高大健壮，穿着西装的外国人忽然出现在卡座前，将一张字条递给了我。

"罗峥云罗先生给你的。"指了指字条，又指了指我，不等我多问什么，他很快反身往二楼走去。

我打开字条一看，那上面十分简单明了地写着一个时间、一个地点。

"一点，后门。"

我翻出手机看了一眼时间，还差五分钟到一点。

等了两分钟，沈小石仍不见踪影，不知道是不是掉茅坑里了。

心里不断骂着脏话，我迅速给易大壮发去短信，告诉他计划有变，我只能亲自上了，让他祝我好运。

后门巷子尽头停着一辆黑色的劳斯莱斯，车旁立着一个高大的身影。

由于有一定的距离和背光，直到足够近了，我才确定那个高大的身影正是不久前给我递小字条的外国人。

口袋里的手机不断振动着，可能是易大壮的来电，我没有理，探进去悄悄给挂断了。

来到车前，外国人拦住我，示意要搜身。

"搜身？"我皱了皱眉，佯装不快，"是你们给我递的字条，不是我自己要来的，你们别搞错了。况且我是峥云的铁粉，怎么会做伤害他的事？"

他并不让步："为了罗先生的安全，必须搜身。"

我犹豫着是就此作罢还是继续争取，正对我的后排车窗忽然缓缓降下一道缝，从中泻出温雅嗓音：

"算了，让他上来吧。"

保镖闻言错开身位，替我拉开车门。

罗峥云坐在另一边，手里握着杯暗金的威士忌，冲我遥遥敬了敬。

我心里暗骂了一句，装作雀跃又兴奋的模样，弯身钻进了车里。

"我一早就注意到你了。你的目光很有侵略性，从我一进门就一直盯着我不放。"前后排座位间有道不透光的隔板，使之形成一个私密空间，罗峥云从中央储物箱内拎出一瓶威士忌，摇晃着问我，"要吗？"

我哪里敢喝他递给我的东西，摇摇头道："我酒精过敏。"

罗峥云轻轻"啊"了一声："那真是可惜了。"

要不是莫秋的遭遇摆在眼前，眼前这人衣冠楚楚，谈吐不凡，又拥有让许多人艳羡的出色事业，任谁都不会将他与变态画上等号。

或许也正因为这样，他才如此肆无忌惮，根本不怕孽力反噬。

"我要怎么称呼你？"罗峥云问。

"陆枫。"

"'风雨交加'的'风'？"

"'枫叶'的'枫'。"

"好可爱的名字。"他好似对我有无比的好奇，"你看起来很年轻，还在读书吗？"

我假装不知道他在跟我套近乎："没，工作了，在朋友的公司担任评估师。"

他有些惊讶："评估师？评估哪方面的？"

"任何方面的。奢侈品、古董、各种稀奇古怪的东西，我主要评估它们值不值钱。"

他放下酒杯，冰块与玻璃互相碰撞着，发出轻响。

"那你评估一下我值多少钱。"他凑近我。

"无价。"

他一愣，笑着退后，似乎心情颇好。

"你都不问我要带你去哪儿吗？"

我也对着他笑，靠在座椅上，不以为意地道："你那么大个大明星，总不见得卖了我。"

他手肘撑在扶手上，食指弯曲抵着下颌，嗓音低沉道："那可不一定。"

他当然不会卖了我，但也没带我到啥好地方。

车开了许久，进入一扇大门后穿过茂密树林，出现在我眼前的是座外表十分富丽堂皇的欧式建筑。

没招牌，有保镖，直接从地下车库下车，由专属电梯送达指定楼层。这应该就是莫秋所说的高级私人会所了。

罗峥云的保镖并没有跟着上楼，除了走廊里安安静静不见人影，这地方其实就跟个大型豪华酒店差不多。

"随便坐。"罗峥云熟练地刷开房卡，展现在我眼前的是一间大到离谱的多功能套房，吧台、桌球、影音设备，还有靠向落地窗的巨大浴缸，这空间再叫十个人来都绰绰有余。

"楼下有游乐设施，楼上有无边泳池，要是晚点你感兴趣，我们或许可以一起去玩一玩。"他边说边脱下自己的外套。

我状似好奇地打量着四周，问："这里隔音怎么样？"

他想了想，好像开玩笑般道："很好，好到……就算有人大声惨叫痛哭也不会有人听到。"

这个变态。

我离他远远的："那你……"

我想找个理由支开他，布置一下手机方位。

他靠近我，指尖如蜻蜓一般点在我手背上，又滑到我裤袋里。

"做什么？"我吓出一身冷汗，一把按住他的手。他却只是握住我裤袋里的手机，缓缓将它抽出。

"做什么？"他似乎对我的反应很惊讶，但还是耐着性子解释道，"我希望我们的手机全程都能待在保险柜里，可以吗？请你谅解，我有我的顾虑。"

都到这地方了，摇头就等于前功尽弃。

我故作犹豫，最后还是点了点头："可以。"

罗峥云当着我的面将两台手机都放进了保险柜，密码却挡住了没给我看。

果然是千年的狐狸，真是狡猾得没边了。

然而……我也不差。

他收好手机后，与我打了声招呼进了卫生间。我听到里面传出水声，冷笑一声，这才从外套内侧袋中掏出另一台手机。

沈小石去上厕所时没带手机，我感觉可能用得上，就一起带来了。

我找了个隐蔽的角落，将手机支好，打开了录像功能。

"没想到我有两台手机吧？"

我脱掉外套，活动筋骨，为接下来的激战做准备。

水声之后，有那么两分钟，里面一点声音也没有。我缓缓靠近，将耳朵贴在门板上。

"啊！"耳边响起惊呼，接着好像是人体撞到什么的闷响声。

我蹙了蹙眉，将手按到门把上："罗先生？"

里面传出一连串呻吟。

"能进来扶我一下吗？"罗峥云语含痛苦，"我好像……扭到脚了。"

我暗骂一声"麻烦"，旋开门把手，推门进到浴室。

罗峥云似乎没开排气扇，浴室内雾气缭绕，让人呼吸都有些困难。

我放眼看去，并不见他身影。

没来由地我心头一跳，觉得有些不对。正要退出去，余光瞥到一抹黑影从门后猛地蹿出，我还没来得及反应便叫人勒住脖颈，接着颈侧一痛，像是被人扎了一针。

模糊的镜子上映出身后罗峥云兴奋到有些狰狞的面容，我瞬间脊背汗毛倒竖，挣扎着狠狠一肘击中他胸膛。

罗峥云闷哼一声，手上掉下一支袖珍注射器，踉跄着退到了门外。

我捂住脖颈，脚下晃了晃，与此同时感觉一阵晕眩。

这操作莫秋可没提到……

"我一早就注意到你了。"罗峥云轻抚着胸膛上被我砸红的地方，神经质地笑起来，"你的眼睛像匹狼，视线充满侵略性，和那些烦人的东西一样，无论我走到哪儿都不肯放过我。"

我努力支撑着意识，问："你给我打了什么？"

他用食指与拇指比画了一个微小的距离："一点点，它能让你乖乖听话。"

虽然我刚才挣扎时打断了他的注射，但只是一部分的药物也效力强大，发作迅速，我这会儿已经呼吸急促了。

在完全失去意识前，我得离开这里。

我先发制人，一把抓过洗手台上的玻璃杯便向他砸去。他吃了一惊，连忙闪身躲避，我又一脚踹向他下腹。

这次他仍然避开了，但还是被我带到点皮肉。

我不去管他，摇晃着跑向大门。他从后面追上来，粗暴地抓住我的头发，将我倒拖回来。

他眼里闪过恼怒，一拳砸在我腹部。

我难受地蜷缩起来，意识倒是因为疼痛清醒了几分。

"放开我……救命……"我放松身体，好似已经放弃抵抗，嘴里不住发出虚弱的求饶。

"我说过，这里就算大声尖叫痛哭都不会有人听见。"罗峥云不为所动，"我实在太喜欢看你们这些自以为是的人在见到我的真面目后，惶恐又难以置信的表情。太有意思了，你们哭起来实在太有意思了，让人兴致勃勃。"

他抚上我的脖子，指甲刮擦着针孔的地方，像是要刮下一层肉来。

"我、我只是想接近自己的偶像，没有恶意……"

"我知道。"他打断我，笑了笑，"你是无辜的，你只是喜欢我，你没有恶意。变态的是我，扭曲的也是我。"

这家伙的自我认识倒是很到位。

"你会杀了我吗？"我无力地侧着头，声音都在发抖。

"你乖乖的就不会。"罗峥云俯下身，宛如缠住猎物的毒蛇，接下来就要到品尝美味的时候了，"但也说不好我一兴奋起来，就把你弄死了。"

我一刹那停止颤抖，冷冷看向他："那我打你，应该算正当防卫吧？"

话音方落，他脸上错愕刚刚浮现，我钩过床头柜上的电话一股脑儿地朝他砸去。

"我可去你的吧！"

将支离破碎的电话扔到一边，我跳下床抓起电视柜上被我藏起来的手机就往门外跑去。

砸晕罗峥云那两下已经是我超实力发挥，接下来的每一步，我都越走越飘忽，整个人都像是踩在柔软的棉花上。

脚下厚实的地毯吸去了所有声音，我无头苍蝇一样在走廊里胡乱晃着，想打电话叫人，奈何按键都是重影。

"有……有没有人？"随便谁都好，好歹来个人啊。

转过拐角，就在我怀疑这地方是不是根本没有第三个人时，忽然闷头闷脑撞上迎面走来的一具结实人体，手上握着的手机掉到地毯上，我也失去平衡，差一点儿摔倒。

我下意识攀住那人胳膊，鼻端嗅到一股淡淡的皮革与乌木的香气。

盛珉鸥也用这种香水……

熟悉的气息安抚了我的焦躁，身体不断下滑，我不受控制地眼皮奄拉下来。

"带……带我走……"

对方扶住我的同时，弯腰捡起了地上的手机。

失去意识前的最后一刻，耳边隐隐约约响起我自己的声音：

"放开我……救命……"

不同以往，满是哀求恐惧。

| 第二十章 |

我又梦见了那只猫。

橘黄色的，会围绕在盛珉鸥脚边喵喵叫的……那只猫。

我顺着楼梯向上，来到昏暗的过道。阳光从尽头的小窗照进来，成为长廊内唯一的光源。

两边房门紧闭着，这个时间，住户大多还没有归家。

鞋底踏过水泥地面，在过道右手边第三扇房门前停住脚步。

本该也紧紧闭合的房门此时微微开了一条缝，明亮的光从中漏出来，在漆黑的地面上凝成一束刺目的白。

或许是盛珉鸥早上走得太匆忙，没注意锁门。这样想着，我握住门把手，轻轻将门推开。

室内洁净依旧，白色窗纱随风飘扬，气流将一股奇怪的味道吹向我，有些腥，有些臭，叫我不自觉地皱起了眉。

四下搜寻着，我很快顺着气味找到了源头——一个摆放在盛珉鸥床上的白色礼盒。

礼盒不大不小，是正好能放下一个十英寸蛋糕的尺寸，扎着可爱的粉色丝带，最上面还附着一张小巧的卡片。

我知道自己不该去看它。虽然那时候我把盛珉鸥放在很重要的位置，将他视作最崇拜的兄长，但盛珉鸥却不过视我为一个从小一起长大的，没有血缘关系，有点黏人又有点讨人厌的养弟。

他有权结交任何人，也有权疏远任何人，当然，更有权被其他人讨好。

这很正常，这不可避免。我一再这样对自己说，将这句话反复默念。可强烈的不甘与嫉妒仍然袭上心头，让我言行相悖，我还是选择拿起了那张卡片。

"你看起来很喜欢它。"

卡片上的字迹潦草而狂放，落款是个单字"阳"。

齐阳。我几乎瞬间就想到了他。

丢掉卡片，我咬牙切齿地去解那朵被打成完美蝴蝶结的粉红丝带。

我倒要看看他又在搞什么鬼！

丝带散落开来，我深吸一口气，双手捧住盒盖将其打开。

此前我设想过一些盒子里可能会有的事物，书本、花束或者名贵的奢侈品，大体都是与盛珉鸥相衬的礼物。

可我没想到里面竟然躺着一只死猫。

小小的、瘦弱的橘猫蜷缩在盒子内，不知死了多久。那股难闻的异味便是来自它的尸臭。

这一幕对我的冲击不可谓不大，我整个僵在那里，因为太过震惊，反而一动不动。

我不可抑制地将这只猫与十岁那年惨死的父亲相叠。

葬礼上，那些大人窃窃私语，用怜悯的口气说："真可怜，听说送到医院，医生看了一眼就说不行了。怪可惜的，他还有两个儿子呢，小的才十岁……"

"你还不知道？那个大的和他们没血缘关系，是当初从福利院抱回来的，怀了小的后湘萍本来想送回去，结果老陆一直不肯。你看看，现在叫湘萍一个人养两个儿子，这日子怎么过啊……"

"是啊，连改嫁都困难，太作孽……"

透明棺椁里的父亲被廉价的假花簇拥着，身上盖了一条鲜红的锦被，灰白的面孔栩栩如生，比他活着时气色更好。

盯着那张熟悉又陌生的脸，耳朵里涌进事不关己的闲言碎语，我不安地看向一旁的盛珉鸥，悄悄握住了他垂在身侧的手。

他偏头睨我一眼，以往总会甩开的手，那次却任我紧抓着没有动。

突如其来的死亡，好似那日我爸病床下的那摊血。

不用照镜子我也知道我的脸色必定难看至极，有那么几秒，我甚至没发现我屏住了呼吸。

偏偏在这时，眼前忽地一黑，有双微凉的手从身后遮住了我的眼睛。

后颈顷刻间生出层鸡皮疙瘩，我的心猛地一颤，手上盒盖掉落，我下意识地挣扎起来，像只被踩了尾巴的猫。

"是我。"

短短两个字，语气不急不缓，甚至没有太多的感情，却让我一下子停下了所有挣扎。

"哥？"

黑暗中，我紧缩成一团的心奇异地一点点舒展开来。盛珉鸥手指间清爽的皂香与少许消毒水的气息成功抚平我杂乱的心跳。

指尖摸索着那只手，还没来得及确认更多，下一瞬间那只手用力一钩，按着我的眼将我整个往后带去。

"出去待着。"

我晕头转向转了个圈，等眼前的手拿开，这才发现自己已经远离床铺，换成正对着房门的方向站立。

"哥……"

我回头看去，盛珉鸥背对着我，高大的身躯完全遮住了床上的礼盒。

"出去。"盛珉鸥头也不回地命令道，不允许我有任何异议。

我抿了抿唇，还是退到门外。

十几岁的少年最是不长记性，虽然才被吓得手冒冷汗，心中将齐阳那个神经病翻来倒去骂了千百遍，可在走廊里站了一会儿，我就抑制不住好奇心与探知欲，顺着门缝，悄悄往房里再次瞄去。

…………

"你的眼睛像匹狼。"

"我说过，这里就算大声尖叫痛哭都不会有人听见……"

"救命……"

"你会杀了我吗？"

"你的眼睛像匹狼。"

…………

"我说过，这里就算大声尖叫痛哭都不会有人听见……"

…………

"你的眼睛像匹狼。"

…………

"你会杀了我吗？"

…………

"救命……"

耳边是不断重复的对话，一遍又一遍，似曾相识，偏偏又想不起来到底是什么。

我茫然地寻找着声音的来源，黑暗的走廊扭曲变形，化成旋涡，将我吸进一片灼热的熔岩里。

我发出惨号，身上燃起熊熊火焰，皮肤都要烧化。

太热了，热到我快要疯狂，只能没头苍蝇一般到处寻找能解救自己的东西，盲目地乱跑乱撞。

就在我觉得自己快要被烧死时，眼前忽然出现了一片海，蔚蓝深邃，凉意沁人，我想也不想就跳了进去。

火迅速被扑灭，我浮在水面上，舒了口气，海浪却越来越大，不断猛力拍击着我，好似要颠散我的骨架。

摇曳的浪花……

酸痛的肌肉……

睁开眼，眼前一片黑暗，有什么东西蒙住了我的眼睛。

我迟疑地想要拿掉蒙住眼睛的东西，又进一步发现自己双手被缚，更要命的是，我脚上也被绑了东西。

什么情况？难道我被罗峥云那变态抓回去了？不该啊，吃了我那几下，他不可能还有力气追出门。

这时黑暗中传来窸窣声，似乎有谁走向了我。

"谁？"我警惕地绷紧了身上的肌肉。

对方并未开口，我正要再问，头皮猛地剧痛起来。

我被人抓住头发，拖行一路，进了一个充满水汽的空间。挣扎间我摸到冰凉的瓷砖地面，似乎是浴室。

"你放开我……"

视力被剥夺让我对周围环境充满警惕，我听到了水声，不是花洒，而是水柱落进浴缸的声音。罗峥云的药还有很足的后劲儿，让我手脚发软，想起身都难。

而没等我歪歪斜斜撑起身，那只恶劣又粗暴的手又回来了。

水花四溅，我被丢进了冰冷的水里，像一只待宰的肥鸡，等待去毛破肚。

"喀喀……你……"

我呛了一大口水，好不容易稳住身形在浴缸里坐好，那手又强硬地将我按进水里，来来回回，仿佛在拿我取乐。

"卑鄙小人，你有种……有种给我解开！"

回答我的是一个深按，按得我吃了三四口水才被提起来。

"你有……有种，别让我知道你是谁……嗯……"

"我要……杀了你……"明明饱含恨意，可说出口的话，连我自己都觉得虚软无力，一点不像杀人警告，跟闹着玩似的。

虎落平阳被犬欺，逃过一个变态又来一个变态，我这是什么运气！

本就不多的体力急速流逝，我缓缓沉进水里，很快就被水淹过脖颈，就在快要沉底时，身前衣襟倏地被拽住。

巨大的力道就如将我丢进浴缸那般，把我拽出来，丢在地上，再拖曳着后衣领，拎落汤狗一样，将我拖行出了浴室。

脸上的蒙眼布有些松，露出一点微光，从那点缝隙中，我模模糊糊看到颜色深的木地板。

我一定要把这浑蛋千刀万剐。

失去意识前的最后一刻，这是我唯一的念头。

｜第二十一章｜

头疼欲裂地醒来，屋里满室阳光，我趴伏在床上，手脚已全都恢复自由。

静止两秒，我一个翻身从床上跃起，顺便抄起一个床头的花瓶灯，去了灯罩。

环伺周围，没发现有人，我小心翼翼抬脚往外走，开始搜寻房间的各个地方。

这房间无论装饰还是布局都和罗峥云的那间差不多，我应该还在昨天那会所里没有离开。

呵，前脚刚出狼窝，后脚又进虎穴。物以类聚，全是浑蛋。

想着想着，我越发咬牙切齿，紧了紧手里的灯，一脚踹开了半掩的浴室门。

门里干干净净，浴缸里没人，门后也没人。

我走进查看，浴室里还留有明显的水痕，是我昨天挣扎所致，显得到处湿答答的。

整间屋子除了我再没第二个人。知道那个人肯定一早就走了，我压着怒火将手中"凶器"丢进浴缸里。我转身打算离开浴室时，不期然便看见了镜中自己此时的模样。

我愣了愣，走近细看。

镜中的我脸色十分苍白，眼底很红，最可怖的是脖颈上的一道勒痕，又紫又肿，一碰就疼。细看的话，还能看到印记中间有一枚针尖大小的注射痕迹。指尖摸着那块地方，我转过身，背后都是昨晚挣扎时留下的瘀青。

那浑蛋竟然在我失去意识时勒我脖子！

压下去的怒火又有熊熊燃烧的趋势，我闭了闭眼，拉开一旁淋浴房的门，钻进去迅速冲了把澡。

等清洗完身体，我才想起一样十分重要但一直被自己遗忘的东西——手机。

为了那视频我舍身饲虎还阴沟里翻船，要是到头来一场空，我能把这地方都给炸了。

我回到卧室一通翻找，最后在枕头下找到了手机，而且还有电。

我稍稍松了口气，忙调出昨天拍的视频查看。

罗峥云骗我进浴室那段虽然没拍到，只有声音，但之后他将我拖出浴室实施暴力的过程却清清楚楚，全在里面。特别是"但也说不好我一兴奋起来，就把你弄死了"那一段，语气之险恶，令人发指。

砸晕罗峥云后，我跌跌撞撞拿着手机往外走去，到这里录像并没有关。

我呼吸放轻，继续往下看。

"有……有没有人？"

我凑近屏幕，已经能在转角看到一角衣摆，可还没等拍到那人长相，视频里我已经和对方撞到一起，手机也掉落。

镜头短暂地陷入黑暗。

"带……带我走……"

手机被人拾起，摇晃的镜头，拍到一闪而过的一只脚，穿着黑色德比鞋与深蓝西裤。我还想挖出更多细节，视频却在这时突兀地结束了。

对方捡起了手机，同时关闭了录像功能。

我瞪着视频结束的时间点，以及屏幕里定格的那只脚，恨不得能穿进手机将那人五马分尸。

　　心中郁闷无处发泄，我抬起手，有一瞬难以抑制暴力的冲动，想把手机砸了，又在最后一刻及时打住。

　　而就像是临危时的自救，手机忽然在我手中振动起来。

　　我一看屏幕，是易大壮的来电。

　　做了几次深呼吸，等彻底冷静下来了，我才接起电话。

　　"喂。"

　　易大壮又喜又急的声音瞬间刺透我耳膜："枫哥、枫哥，你还活着！枫哥，你在哪儿啊？我找了你一夜，枫哥，你没事吧？"

　　不知是不是昨晚骂得太凶，我喉咙有些痛，声音也像含着一捧沙。

　　"没事。你现在在哪儿？"

　　"我昨天跟着你们的车到了'圣伊甸园高级会所'大门口，但非会员不能进去，就在外面等了一夜。快天亮的时候我实在等不了了，打你手机不接，又不见你出来，一时情急就报了警。"易大壮悲愤不已，"结果对方一听我是报朋友跟着罗峥云进了会所不出来的警，竟然问我是不是喝醉了，还警告我报假警是要坐牢的！"

　　我一哂，任谁听了这话都会觉得是在恶作剧吧，或者干脆认为是脑残粉要追踪罗峥云的行踪，毕竟罗峥云的确将自己伪装得很好。

　　"行了，你在门口等我十分钟，我马上出来。"

　　挂了电话，我一件件拾起地上的衣服穿上。脖子上的伤太明显，为免被易大壮发现，我只能将外套拉链拉到顶，竖起衣领遮掩。

　　跟着指示牌下到一楼，我总算是看到了这家会所的大门。

　　巨大的水晶吊灯下，各色少见的鲜花绿植摆放在一张倒置圆锥状的大理石台面上。台下铺着浅灰色的石块，散发着淡淡香气的薄雾如流水般从石台边缘倾泻而下，坠进地上的灰石里，场景颇为梦幻。

　　如果没有昨晚那场遭遇，我今天应该会很有闲情逸致欣赏此番美景。

可惜没有如果。

空旷而高挑的大厅尽头，设立着一座不起眼的服务台，只有一名身穿制服的女性员工伫立在那儿。不仔细看很容易以为她是个装饰模特。

"你好，我想查一下昨晚1344号房是谁订的？"

"对不起，我们无权透露顾客的姓名。"女员工脸上化着精致的妆容，笑容得体，嗓音温柔。

我咬了咬牙，不甘心道："那我能不能调阅昨晚11楼的监控？我……在走廊里掉了东西。"

"那您可能先要申请一张搜查令。"对方好似早就看透了一切，态度游刃有余，寸步不让。

嘴够硬的。

纵然满心愤恨，撬不开对方的嘴，我也只好先行离去。

走出那座欧式建筑，立马有人开来高尔夫车将我送了出去，白天光线充足，我这才发现这里到处都有保安巡逻，守卫堪称严密。

大门上，整齐又低调地排列着一行金色的金属字——"圣伊甸园"。

名字倒是挺好听，可惜金玉其外，败絮其中。

到了大门口，我又打了易大壮的电话，让他将车开过来。

等到我俩顺利接头，易大壮上上下下仔细打量我，表情纠结又挣扎，几次欲言又止，但还是没忍住：

"枫哥，你……"

我知道他要问什么，我失踪一整晚没消息，他脑海里一定有了许多猜想。

"闭嘴。"我放下椅背，微微侧过身背对着他闭上眼，"什么也不要问。"

车里安静下来，我其实也睡不着，只是觉得头疼，想静一静。

这会儿我可总算是明白莫秋的感受了，的确不好受。但我不想忍气吞声。

约莫行驶了一个小时，易大壮停下车，小声唤我："枫哥，到你家了。"

我睁开眼坐起身，从兜里摸出手机给他。

"我什么事都没有，你别瞎想。就是昨天被罗峥云偷袭打了一针，今天还有些头疼。"

易大壮大吃一惊："打、打针？他给你打什么东西啊？咱们这就去医院检查一下，别给你打坏了！"

他说着要拉我袖子查看，我好笑地拍开他的手。

"没事，可能是一种镇静剂，注射了一点就被我打掉了。"昨晚的事，直到我逃出房门在走廊里撞到另外一个人，我都一点不差地告诉了易大壮。但再后面的，经我信口那么一掰，故事走向完全由一个刑事案件，转到了十分正能量的道路上。

"有个好心人救了你，把你留在房里睡了一夜？"易大壮惊诧道，"你都没来得及和对方道谢，他挥一挥衣袖，不带一片云彩就走了？"

"是。我今早还想问前台要对方联系方式，可惜他们太敬业了……"说到这里，我几乎要维持不住笑脸，嘴角都抽了抽，"不肯给我。"

易大壮看起来还有些怀疑，但也不敢审问我，轻咳一声，低头看向我手里的手机。

"这是小石的手机吧？"

昨夜不过上了个洗手间的工夫，回来后我和手机双双失踪，沈小石茫然了一会儿，跑出夜店想找易大壮，结果发现易大壮的车也没了。

他只好转回店里，问路人借了手机，登录自己的社交账号，给易大壮打了电话。

而易大壮那会儿已经在路上了，不可能回去接他，就让他回家睡觉。

沈小石本来被委以重任，结果莫名其妙地来了，又莫名其妙地走了。

不过还好不是他……从昨晚维持到今天的愤怒里，我忽然生出一点庆幸来，又因为这点可悲的庆幸，生出更多的荒谬感。

这都什么事啊？

我揉了揉鼻根："我自己的手机落在了罗峥云那儿，应该是拿不回来了，要再去买一台，顺便……远程销毁一下手机里的数据。"

易大壮看了一遍我昨晚拍的视频，边看边骂脏话："妈呀，这视频一出去能把他锤死，什么垃圾，简直太不是人了！"

我不予置评，从他手中抽出手机，放回自己兜里，道："走吧，去买手机。"

易大壮答应一声，掉转车头往附近商场驶去。

这件事，由莫秋开始，自然也该由莫秋结束。

我用新手机联系了莫秋，跟他说事情差不多可以解决了，他慌张地问我怎么解决，我没有多说，只是约了时间去他家细谈。

进屋前，我特地拉了拉领子，遮住脖子上那道还很狰狞的痕迹。

莫秋看着气色仍旧不好，但手腕上的伤起码没再被他扯烂。

他为我倒了一杯水，局促地坐在那里，问："陆枫，你电话里说的事到底是怎么回事？你说的解决，到底要怎么解决？"

我掏出手机，将视频发给他。

沈小石的那台手机我已经还了回去，现在视频原件分别在我和易大壮的手机里，我给莫秋发的，是打过码、遮住我脸的修改后的视频。

莫秋看到茶几上手机振了振，迟疑地拿起来查看，不一会儿，扬声器里传出让我耳熟到都要背下的对话，将罗峥云的邪恶歹毒展现得淋漓尽致。

"这是……"莫秋瞪大眼，脸色不见好转，反而更白了几分。

他看向我，难以置信道："陆枫，你……你做了什么？"

视频虽然抹掉了我的脸，但声音没有变化，他认出来也不奇怪。

我故作潇洒地一笑："没事，他什么也没对我做，反而是我把他狠狠揍了一顿，你不用担心。"

莫秋愣愣地看着我："你……"

我发现他盯着的地方不对，连忙捂住颈侧。

看到我的反应，他好似确认了什么，面孔一点点扭曲，不受控制地皱起来，我心说不好，刚想说点什么来活跃气氛，他已经爆出了响亮的号哭。

不同于他之前总是怯弱的、默默的流泪方式，他这次哭得非常大声，眼泪鼻涕流了满脸，跟个伤心到了极致的小孩子一样，顾不得维持成人的形象。

"对不起……"他几乎是对着我用嘶吼的方式说出这三个字，"呜呜呜……对不起……我要是更果断一点……你……你就不用这样……都是我的错……我总是连累你……对不起……"

大颗大颗的眼泪砸在手机屏幕上，他用手不断抹去脸上的眼泪，却怎么也抹不干净。

我在心里轻轻叹息一声，安慰他道："没有，什么也没发生，你别多想。这都是为了下套做的牺牲，没什么的……"

莫秋依然自顾自地痛哭着，不断向我说着"对不起"，说都是他的错。

我见劝不住他，索性等他发泄完。

哭了一刻钟左右，他嗓子哑了，眼泪干了，鼻子也通不了气了，这才打着嗝平静下来。

"把这个发给罗峥云，要他以后不再靠近你、威胁你，不然你就把这个发给媒体，发到网上。"我指尖点着他的手机，嘱咐道，"明白吗？"

莫秋抿着唇点了点头。

"我真的没事，你不用感到内疚。"我起身要走，不太放心，同他再次申明。

莫秋浑身一震，抬头看向我，冲我露出一抹难看至极的微笑。

"嗯。"

我不知道他有没有相信，也许是不信的吧，但没关系，从今往后这些就和他彻底没关系了，剩下的都是我自己的事。

我以为是这样。

我以为会这样。

但世事难料，隔天当我正在典当里为客人鉴定一枚钻戒时，柳悦惊呼一声，念出了电脑上弹出的一则突发新闻。

"影星罗峥云因涉嫌软禁虐打一名莫姓男子，被警方带走调查。天哪，怎么会这样？这都什么啊！"

钻戒失手掉到桌上，我错愕地抬起头。

那个胆小又懦弱的莫秋，那个一直说着自己做不到的莫秋……竟然报了警。

而更让人没想到的是，24小时后罗峥云便被自己的律师保释。罗峥云全程戴着口罩、墨镜，他身边的律师则坦然许多，就算被无数长枪短炮对着，镜头都快戳到脸上，那人的步伐依旧从容，英俊的面容也不见丝毫恼怒。

风度翩翩，高大挺拔，与罗峥云走在一起，体面得好似另一位明星。

这位律师，便是我那许久不见的养兄——盛珉鸥，盛大律师。

盯着屏幕上的直播画面，我简直想要朝着老天鼓鼓掌，再赞一句："真是好大的 surprise（惊喜）啊！"

| 第二十二章 |

我问莫秋，怎么突然想通了要报警。

他沉默了一会儿，回答道："我不想做个永远被人欺负，无法反抗的人。更不想因为自己的懦弱，带给别人伤害。"说这些话时，他抖得很厉害，"放过他，下一次受伤的可能是任何人——我认识的，不认识的，路上的陌生人，别人的孩子……我不想那样。"

过去我总觉得自己和他不是一路人，我们性格不同，爱好相左。他木讷内向，我活泼好动；他胆小怕事，我无所畏惧；他总是低着头走路，我从来昂首阔步。

碍于师长的请托，我不得不将他这个累赘带在左右，可在心里，我其实并不愿和他来往，所以毕业后很快同他断了联系。

他与我可谓南辕北辙，如果"安静"也算优点，那大概是我对他唯一的正面评价。

然而此时此刻，他却让我有些刮目相看。

曾经连自己都保护不了的人，现在竟然想去保护别人了。还是以一人之力，抵挡那样的庞大力量。

只希望他永远不要后悔今天的选择，不要后悔去做一个懂得反抗的人。

我看他情况不错，甚至比之前精神还好些，就又说了两句话，让他好好休息，看时间差不多了，起身欲走。

莫秋送我到了门口，穿鞋时我忽然想起还有件挺重要的事没说，便道："对了，罗峥云的律师是我哥。"

"你哥？"莫秋的声音有些茫然，很快又变成了诧异，"来参加你家长会的那个好可怕的哥哥？"

我一愣，老半天才想起来是有家长会这么回事，但"好可怕"是几个意思？

"对，就是他。"穿好鞋，我朝莫秋挥手道别，"你放心，他虽然是我哥，但我们这些年关系不怎么样，我就是知会你一声。走了！"

盛珉鸥的确给我参加过一次家长会，就在我上初三那年。

我爸去世后，养家的重担便都压在我妈一个人身上，平日里除了学校的正职工作，她还在外头做了许多兼职，寒暑假、双休日都不得空。

那次家长会恰巧是在周日，定这时间，本来是为了方便上班的家长尽可能地都来参加。可我妈偏巧就是没空，怎么都没空，最后只得让唯一能空出时间的盛珉鸥代为参加。

盛珉鸥那时已经十九岁，各种意义上的成年人，老师虽然惊讶于来了位这样年轻的"家长"，但因为知道我家情况特殊，也没多说什么。

初三，快中考填报志愿了。那次召开家长会的主要目的，便是解答一些填报志愿上的疑问，指导志愿填报工作，因此学生也需要坐着一起听。

我家好歹还有盛珉鸥，莫秋却只有他一个人。

填报志愿对莫秋年迈的祖父母来说难度太大，班主任在确定莫秋的父母都不会前来后，索性只让他自己来就好。

开会时，由于平时我就和莫秋是邻座，那次便成了盛珉鸥、我、莫秋这样的座位布局，我坐在他们俩的中间。

其他记忆都已经模糊，我只记得盛珉鸥握着钢笔的手十分漂亮，低头记笔记的模样也特别好看。

反观另一边的莫秋，字迹跟狗爬似的就算了，记的东西也是重点不清，杂乱无章。

"你到底是怎么听的？"我探头看了他的笔记半天，忍不住皱眉。

莫秋一顿，有些害怕地悄悄抬头看我一眼，然后头垂得更低了。

"哪里……哪里不对吗？"

我偏头去看盛珉鸥的笔记，条理清晰，字迹工整，简直赏心悦目，不愧是学霸出品。

"哥，等会儿把你笔记借我同桌抄一下好不好？"我凑过去，附在他耳边小声道。

盛珉鸥停下笔，往我这边看过来，接着又透过我扫了一眼另一头的莫秋。

我的余光瞥到莫秋似乎是剧烈颤抖了一下，随后盛珉鸥收回视线，轻轻"嗯"了一声。

这大概可算是两人唯一的交集。家长会结束后，我让莫秋把笔记带回家抄，他对我千恩万谢，说话都哽咽，隔天还捎了两个大苹果给我，说是他奶奶给的谢礼。

我吃了一个，另一个带回家本想留着给盛珉鸥，可直到那个月结束，他都没再回家。我让我妈打电话给他她也不肯，只说好好的叫他回来做什么。最后苹果逐渐失去水分，变得皱皱巴巴，我妈嫌弃万分，趁我不在给扔了。

谁能想到，曾经参加过同一场家长会的两个人，现在竟要对簿公堂！

谁也想不到。

不用等到沧海桑田，只是短短十年，人间已是大不一样。

都说世事无常，大抵便是如此吧。

从莫秋那儿出来后，我坐车又去了盛珉鸥的律师事务所，给自己的理由是——打探一下虚实。

　　但我知道那不过是借口，我只是想见他。

　　我的大脑深处无时无刻不在释放催促我去见他的信号，它们形成一种可怕的戒断反应，让我软弱，让我自欺欺人。

　　我几乎以为自己又回到了从前，回到刚刚失去自由，疯狂想要见他，可他从不回应我，也不来看我的……那两年。

　　那时候我做梦都想生出翅膀去见他，总是掰着手指数探视日，忐忑地等待那一天，又无比失落地度过那一天。十年来，无数次的探视日，我从日出等到日落，没有一次能够如愿。

　　以前有高墙铁窗，我只能等待，没法行动。现在除非我让沈小石他们把我反锁在家里，绑住我的手脚哪里也不去，不然实在没有什么再能阻挠我。

　　哪怕我的理智告诉我："陆枫，你这样只会让盛珉鸥更看不起你，你冷静一点。"

　　但情感一把捂住了理智的嘴，高唱着："自由万岁！本能万岁！"

　　我安抚理智："我只是过去看看他，保证不做什么。戒断反应严重起来足以致命，你要让我循序渐进，不能一下子断得太狠，毕竟我依赖了他那样久……"

　　理智听进去了，理智消停了。

　　情感完全占领了高地，情感欢呼雀跃。

　　事务所门前人头攒动，都是蹲点想要采访盛珉鸥的记者。

　　我左突右进，死命挤到最前边，发现应该开门迎客的玻璃门此时已被锁了起来，门上还贴着张告示，表示锦上律师事务所不接受任何媒体采访。

　　然而，告示照贴，记者照等，谁也不理会谁。

我拍了拍玻璃门，前台听到声音，抬头一看是我，惊喜地起身为我来开门。

咔嗒一声，门锁一开，我以迅雷不及掩耳之势从门缝里挤进去，没给身后记者们一点钻空子的机会。

看到外面黑压压一群人立着，我突然就有种置身末日世界的错觉，要是门上再拍几个血手印就更像了。

"陆先生，好久不见。"前台笑盈盈道，"您是来找盛律师的吗？他在办公室里，您直接进去就行。"

我点了点头，谢过她，往盛珉鸥办公室直直走去。

许久不来，他们这儿似乎人又多了不少，以前空落落的办公室，现在工位基本都坐满了。

看来发展不错。

也是，连大明星罗峥云都是他的客户，他又怎么可能一直默默无名？

来到盛珉鸥办公室前，我并没有敲门，握着门把手直接就进去了。

室内阳光充足，巨大的落地窗前，身形高大的男人背对着我，一只手插着裤兜，正在与人打电话。

听到动静，他收回俯视的目光，往我这边看来。

"你们应该更熟悉怎么打舆论战……按你们的节奏来就好……"他看到我，语气微顿，视线在我脸上停留了几秒，便又转回去继续打电话，好似并不在意我的存在，"这段时间不要让他外出……看不住？需要我教你们怎么绑蝴蝶结吗？"

他在说刺人的话时，语气仍然不紧不慢，甚至还很有教养，但只要细细一听，就会发现每个音节都透出一股看不起人的腔调。

我在他办公桌前的那张座椅上坐下，不断左右转动着方向，玩得不亦乐乎。大概两分钟后，盛珉鸥挂断了电话，朝办公桌走来。

"我以为我们已经达成共识，老死不相往来了。"

他一开口就没有好话，所幸我已经习惯，充耳不闻，直奔主题："我是为罗峥云的案子而来。"

盛珉鸥将手机丢到一边，坐下道："怎么，你开始兼职做狗仔了？"

他的办公桌是透明的压克力材质，因此我只要稍稍低头，便能将他的穿着一览无余。

今天他穿了一双黑色的德比鞋，纯手工制造，头层牛皮。由于这个牌子的鞋在奢侈品行业颇负盛名，因此他们家的客户说一句遍布富商精英圈亦毫不夸张。盛珉鸥会穿他们家的鞋我一点也不吃惊，我只是意外，那个差点儿在浴缸里淹死我的浑蛋穿着和盛珉鸥一模一样的鞋，还喷着和他一样的香水。

世上竟有这样巧的事……

世上可能有这么巧的事吗？

我脑子一下子有些乱了，这次理智没有说话，情感先让我冷静冷静，清醒一下。

我张了张口，慢半拍才答他："莫秋是我朋友。"

他像是瞬间了悟，十指交叉，缓缓靠向身后椅背，竖起无形铜墙铁壁。

"无可奉告。"

我强迫自己将视线从他脚上挪开："你就一定要为一个禽兽辩护吗？罗峥云到底有没有罪，你心里应该很清楚。"

"法律维护正义，律师维护他们的委托人，无论有罪无罪，罗先生都有请律师替他辩护的权利。"盛珉鸥语气不变，"况且，严格来说我并不为他服务，真正与我签订律师代理合同的是他背后的星濠娱乐，付巨额年费的也是他们，我现在不过是在保护客户的财产免受损失罢了。你如果想从我这里探知关于案子的信息，大可不必费这心思。门在那里，你可以走了。"

我已经没有探他虚实的心情，也知道以他的性格必然不可能被我套话，事实上，我现在全部的心神都放在他那双该死的鞋上。

十年后的今天，他对我完全冷漠，一副拒我于千里之外，再也不要和我产生任何关系的样子，我实在很难理解他为什么要大费周章折磨我。难道是因为如果我知道是他救了我，就会完全陷入做错事的弟弟这一角色，心甘情愿任他教训，喝干一缸水都没有怨言，所以无法起到折磨我的效果？

这么一想还挺合理……

但……可能吗？

想清答案只用了五秒。

不可能，太离奇了，应该只是巧合。

我很快认清现实，否定了盛珉鸥就是那个浑蛋的可能。

见也见过了，废话也说完了，我站起身要走。

盛珉鸥不再看我，打开了桌上的电脑。

我垂下视线，盯着他薄抿的唇，不自觉摸了摸脖颈，曾经被伤到的地方分明痕迹已经消退，此时却又奇异地隐隐作痛起来。

一个没忍住，我还是问出口："上周六的晚上，你在哪里？"

| 第二十三章 |

"上周六我在哪里……"他抬起头，唇角勾起一抹嘲弄的笑来，"和你有什么关系？"

我就知道他会这么说。

我的手心迅速出了层热汗，我紧紧盯住他道："是你，对不对？"

他莫名其妙地看着我，似乎不太懂我的意思："什么？"

我观察他的表情，不放过任何蛛丝马迹，然而十分遗憾，他看起来问心无愧，似乎完全不知道我在说什么。

就像那种深夜从酒吧出来的年轻人，开车开过一个街口便被警察拦下，看外表他百分之百酒驾，但结果他滴酒未沾，只在酒吧点了杯果汁。很离奇，但事实如此。

"没什么。"我笑道，"就是……我上周不小心被条光咬人不会叫的疯狗咬了一口，我刚刚在怀疑是不是你派来的。"

他蹙了蹙眉，语气里掺杂进一点刻薄，视线重新回到笔记本屏幕上，开始打字："陆枫，我怀疑你的精神有问题，你最好去医院挂个精神科。"

这真是我近年来听过的最好笑的中伤了。他自己都不正常，还让我去看医生，那他自己有没有看过医生？

"这就不劳你费心了。"我最后看了一眼他的鞋子，掉转方向往门口走去，头也不回地送上我最真挚的祝福，"祝你一败涂地，盛大律师。"

147

出门时，正好撞见吴伊拿着一沓文件从我面前走过，我叫住他，他见是我，有些意外地退回我面前。

"陆先生，好久没见你来了。"他看了一眼我出来的地方，"好巧，今天老师难得在公司就给你碰上了。果然是兄弟，心有灵犀哈。"

盛珉鸥可能并不想要这样的心有灵犀。

"前阵子有些忙，今天刚好路过，就过来看看。别陆先生马先生了，叫我阿枫就好。"我一胳膊架在他肩上，将他往角落里带了两步，"最近这么忙，是不是在处理关于罗峥云的那个案子？"

吴伊没盛珉鸥那么油盐不进，尚带着几分初出茅庐的傻气。他左右瞟了两眼，见没人关注我们这个角落，这才压低了声音道："就是那个大明星，可真是个烫手山芋啊，让人一点不省心。"

"能赢吗？"

"虽然烫手，但老师的话，总能打赢的。"

我心里一突："这么厉害？"

吴伊立马用一种"你见识少我不跟你计较"的表情道："老师担任美腾首席法律顾问那几年，所有关于美腾的诉讼——是所有——无一不以胜利告终。"

"外界只当与美腾合作的律所多么厉害，律师团手段多么高超，其实他们不知道，那些策略与辩护方向都是老师制定的。如果将萧先生比作美腾说一不二的'王'，那老师就是他手中锋利的'剑'。他用老师披荆斩棘，无往不胜。"他眼中光芒闪烁，全是向往，"这也是为什么当我知道老师要离开美腾后，死皮赖脸都要跟着他。在这样一把绝世名剑跟前学习，每天都是赚来的，只是学到点皮毛，我都受益终身了。"

吴伊对盛珉鸥不知道有没有加"脑残粉"滤镜，但他的话的确让我有了些不好的预感。只是不知负责这起案件的检察官是个怎样的人物，到时能不能与盛珉鸥势均力敌甚至更胜一等。

晚上我打了个电话给莫秋，让他案件结束前都不要上网，最好把家里网线都拔了。他可能已经感觉到了什么，忙不迭地答应下来，反过来宽慰我让我不要太过担心，还说这次检察官是位十分温柔的女性，非常可靠，一定可以将罗峥云绳之以法。

挂了电话，我上网查了关于这次案件的相关信息。不查不要紧，一查发现罗峥云他们那边果然已经开始打舆论战。他们将莫秋完全塑造成了一个有臆想症的男粉丝形象，真真假假的路人爆料里，那些一开始为莫秋说话的账号渐渐噤声，更多的人选择围观，认为这是"反转"的开始。

不少人质疑罗峥云施暴一名男性的可能性，甚至从言语里可以看出，他们并不认为一个男人遭受另一个男人的暴力侵害是件多值得大惊小怪的事。

他们始终将它看作一桩劲爆的娱乐圈新闻，而不是恶劣的犯罪。

关于负责案件的法官、检察官甚至盛珉鸥，网上都有了详尽的介绍，很多人关注着这起案件，无论是不是罗峥云的粉丝，都等待着第一次庭审的到来。

我也在等。

我不仅等，还打算亲自去看。

但由于这案件太过引人注目，想要旁听的人太多，旁听证要靠抽签的方式分发。

我去抽签那天，在人群里见到了易大壮。

法院工作人员在台上不断报出抽到的数字，底下人群不时发出欢呼与叹息，易大壮双手夹着签条，一个劲儿地拜天，看来是还没中。

我走到他身边，突然出声："几号啊？"

易大壮吓得往旁边跳开一大步，看清是我，拍着胸脯道："妈呀，枫哥，你这样很容易出事情啊！吓得我魂都快没了。"

"我和你换一张签吧。"我提议道。

"做什么？"

"我觉得你那个数好。"

其实我两张都想要，多一张签条，总归多一分抽到的希望。

易大壮感知到危机，紧紧捂着自己的宝贝签条，怎么也不肯跟我换，就在我要下手抢夺时，突然台上工作人员又爆出一个数字，我愣了愣，展开自己的签条看了一眼，确定正是上面的数字无误。

"枫哥，你抽到了？"易大壮嫉妒得眼都绿了，"我现在换还来得及吗？"

"来不及了。"我朝他挥挥小签条，大步朝工作人员走去，用签条换了一张庭审的入场券。

易大壮犹不甘心，一直追着我："不是，我是有任务在身的，你又没什么事，你就让给我呗！"

"不让。"

"请你吃饭。"

"不让。"

"请三顿。"

"不。"

"十顿？"

"一百顿都不让。"

"……"

到了庭审那日，我的右眼跳个不停，出门还忘带伞，淋了一小段路的雨。

法院大门外一大早已经候着数量可观的记者、粉丝，不少人举着手幅，选择在场外默默支持自己的偶像。他们打从心底相信，罗峥云是被构陷被诬蔑的小可怜，一定是某个邪恶又强大的势力想要搞垮他。

我匆匆抖落身上的雨珠进到法院，此时罗峥云案的旁听席已经开始入场。

坐下没多久，法警过来维持秩序，要我们将移动设备调成静音，并且禁止喧哗，不然随时可能被请出法庭。

又过了两分钟，整个法庭安静下来后，十二名人民陪审员入场，接着控辩双方入场，最后法官入场，法警将大门彻底关闭。

盛珉鸥入场时，视线往旁听席随意地扫了一下，结果正好扫到了我，目光微顿。

我冲他笑了笑，很是热情。

盛珉鸥不着痕迹地别开眼，大跨步走向自己的位置，好似并没有将我放在眼里。

跟在他身后的便是罗峥云，他的出场让旁听席哗然了一瞬，不少人不顾法警劝说出声声援他，还有一小撮人甚至莫名其妙地开始啜泣。直到法警板着脸要赶人，这些人才好不容易再次安静下来。

罗峥云似乎对自己造成的骚动非常满意，朝旁听席不住颔首微笑着，表情轻松地坐到了被告席上。

我在网上查过负责这起案件的检察官的资料，如莫秋所说，这是位分外干练又不失优雅的女性，名叫孟璇君，今年三十六岁。履历出色，战绩辉煌，号称没有她定不了罪的犯人，与盛珉鸥可说不相上下地出色。

庭审开始后，由检察官先做开场陈述。

身着一袭铁灰色西服的孟璇君从座位上起身，道：“我必须先说明，这是一起恶劣的暴力侵害案件，涵盖我所能想到的所有恶劣的元素，欺骗、凌辱、威胁、诱导。依照我国法律，我将它定性为强制侮辱。”她的第一句话便颇为有力，引起了旁听席一阵小骚动。

与她相对的被告席，盛珉鸥侧首与身旁的吴伊交代着什么，脸上镇定自若，丝毫不见焦虑。

到辩方律师陈述时，盛珉鸥否认了所有指控，声称罗峥云完全无辜，他和莫秋是朋友，视频内容全为莫秋自愿，并不存在强迫。

法官很快宣布进行互相举证阶段，按照惯例，仍是控方先行。

孟璇君列举了一系列证据，包括但不限于一些聊天记录以及视频截取，来证明罗峥云有计划、有预谋地布置了一个长达六个月的陷阱，只等莫秋一脚踩进，将他诱骗到酒店施暴。

"大家知道 PUA 吗？俗称'搭讪艺术'，一些人会在网上专门伪装自己，幽默风趣、成熟英俊、温柔多金、活力四射，靠着这些设定达到骗财骗色的目的。罗峥云也是个 PUA 高手，他靠着外表与职业优势，将自己打造成了一个温文儒雅、纤细敏感的好人，骗取了莫秋的信任。最后不仅伤害了他的心灵，也伤害了他的身体。"

她严厉的眼刀直射被告席的罗峥云，罗峥云却只是对她微微一笑，端的是从容不迫。

孟璇君嫌恶地皱起眉，随后要求询问莫秋。

莫秋在庭上显得有些局促不安，每次回答孟璇君的问题，都将脸埋得深深的，恨不得躲到椅子下面去。

"他有没有殴打你？"

莫秋瑟缩着，脸色苍白无比，好似要被这些无止境的问题凌迟致死。

他忐忑地揉搓着自己的胳膊，声音都在颤抖："有。"

"你能告诉大家，你手上的伤疤是怎么来的吗？"

"我……我再也受不了他的胁迫，在家里尝试自杀，后来……被朋友及时发现，没有死成。这条疤，就是那时候割腕留下的……"

孟璇君表示自己没什么要问了时，我和台上的莫秋同时松了口气。

本来我以为孟璇君的问题已经够要命，结果等到盛珉鸥上场进行交叉询问时，我才发现自己错了。

盛珉鸥起身走到证人席前，手里拿着一沓复印件，展示给莫秋：

"在过去的两年里，你坚持每天私信罗先生的社交账号，分享自己的日常，表达自己对他的崇拜。当罗先生被你的诚意感动，给你他的私人号码时，你很快主动联系了他。显然你享受其中，能与自己的偶像成为朋友让你兴奋不已，是不是？"

莫秋紧抿住唇，微弱地点了点头："是，但……"

盛珉鸥粗暴地打断了他："罗先生邀你前往'圣伊甸园'那天，你完全自愿，他并没有在言语上强迫你一定要去，对吗？"

"是……"

盛珉鸥将后面的复印件换到前面："你记得这幅作品吗？"

被告席后方悬挂的大屏幕上开始同步展示证据，那是一幅彩色四格漫画，打扮成护士模样的妻子在工作一天的丈夫回家后，举着针筒开玩笑似的要给丈夫"补充能量"。故事没头没尾，应该只是某部完整作品里的一小幕。

"记得，这是我的作品。"莫秋显然不明白为什么盛珉鸥要突然拿出他的作品，"是很久以前的了，讲的是一对年轻夫妻的温馨搞笑日常……"

"你很喜欢角色扮演吧。"

"什么？"

"这部作品里，你多次描绘了妻子与丈夫间的角色扮演日常，有时候妻子是护士，有时候丈夫是海盗。这些作品完全由你独立完成，看起来你十分向往这样的角色扮演。"

孟璇君扬声反对："这和本次案件无关！"

法官看了她一眼，表示反对无效，让盛珉鸥继续。

"你与罗先生来往完全出于自愿，如果不愿意，你在第一次见面后就可以报警，但你没有，你选择了继续，因为这根本不是强迫，只是我的委托人与你进行的一场角色扮演。"盛珉鸥步步紧逼，双手撑在证人席上，"他信任你，所以愿意满足你的一切幻想，将自己扮成一名暴力分子，拍下视频。他是专业演员，这对他来说很容易。"

"没有，不是那样的！"莫秋紧紧揪住衣襟，脸色惨白，似乎下一秒就要喘不过气昏厥，"是因为他说要把视频发到网上……"

"发布视频到底谁的损失比较大？你，一个默默无闻，不需要露脸的插画师，还是他，一个拥有无数荣光与赞誉的大明星？"

莫秋一愣，讷讷说不出话："是……"

孟璇君从座位上猛地站了起来："反对！反对诱导发言！"

法官这次宣布反对有效，并让盛珉鸥注意询问方式。

盛珉鸥这才收回咄咄逼人的进攻状态，冲法官微微颔首，表示自己没有什么要问的了。

此时孟璇君的脸色比一开始还要凝重，她似乎终于明白过来，今天这场仗，或者说接下来这起案件的每一场仗，都不太好打。

控方证人询问完毕后，盛珉鸥又询问了己方证人——罗峥云，关于他和莫秋是如何相识的等一系列问题。

罗峥云回答得毫无错漏，表现得完全无辜，在表演了一出"如何伪装成一朵亭亭玉立的白莲花"后，盛珉鸥对罗峥云的询问结束，换孟璇君开始对他进行交叉询问。

起初还好，莫秋只是显得有些失魂落魄，可当孟璇君开始拿出那些视频，反复追问罗峥云是否对莫秋使用了暴力时，坐在控方席位上的莫秋突然失控了。

他止不住地抽泣，捂着脸尖叫。他被击垮了，根本没有办法再继续下去。

孟璇君不得不申请暂时休庭，法官同意了。

众人离开法庭退到了外面，不少人开始交头接耳，媒体人则忙着给自家杂志平台打电话，报告第一手消息。

"那个男人好贱啊，以为自己是谁啊，我们峥峥怎么可能强迫他？能和他共处一室，呼吸同一片空气就是给他面子了好不好！"

"就是啊，还说我们峥峥打他，他不愿意他倒是报警啊，我看就是峥峥受不了他，不愿意再和他有来往，他出于报复才反咬一口，诬陷峥峥殴打他，好歹毒的男人！"

"感觉是有人在背后推波助澜，不然他怎么会突然跳出来报警？"

"我们峥峥太难了……"

我倚墙站立，耳边满是罗峥云粉丝的污言秽语，我仿佛置身于一个荒诞又诡异的空间。这个空间人人都很有道理，觉得自己掌握了事情的真相，无须经过审判，已经明了谁才是有罪的那一方。此后无论怎么反驳，如何申辩，他们都认定这是蓄谋已久，是有意陷害。

不知道再过几年，回首往昔，这些小姑娘是会为了曾经的轻信懊悔惭愧，还是仍旧固执地坚持己见，相信罗峥云的无辜。

法警召集众人回去，但庭审并没有继续，由于莫秋情绪不稳定，无法坚持庭审，法官宣布择日再审。

法院外，没拿到旁听证的媒体望见罗峥云出来，一窝蜂似的上去采访拍照。

易大壮拍了两张被挤出包围圈，跌跌撞撞到了我跟前。

"要不要这么猛？"他一边骂骂咧咧一边检查自己的摄影器材，抬头一见是我，喜上眉梢，"枫哥，快跟我说说里面的情况！"

天已经没有再下雨，但仍然阴沉沉的，让人不太舒服。

我摸了摸口袋，望着走远的那拨人道："情况不太妙。"

易大壮同我一起望向远处被人群簇拥着进到保姆车里的罗峥云一行，叹了气："其实刚刚休庭的时候我都听几个媒体哥们儿说了，对方律师一路穷追猛打，才第一轮就把受害者给问崩了，似乎控方的势头是不太理想。"

他可不只穷追猛打，简直是穷凶极恶、穷极无耻。

远处的盛珉鸥在进到车里前，似乎往我这边看了一眼。

太远了，我看不清他的脸，但用脚趾想也知道，那张出色的好面皮上，此刻必定满含嘲讽，充满轻蔑。他好像在同我叫板："我怎么可能一败涂地？要一败涂地的是你才对。"

我一言不发地转身再次向法院内走去，易大壮在身后不断叫我名字，我头也不回地朝他摆了摆手，让他先走，说自己还有事。

走回法院，正好看到庭审那间屋子边上的讨论室门开了，孟璇君与莫秋从中步出，孟璇君将手轻轻搭在莫秋胳膊上，不住小声地安慰着他，而莫秋则时不时冲她点头。

"没事的，不要有压力……"

因为我的突然走近，孟璇君警觉地停下交谈，皱眉质问我："你是谁？"

莫秋赶忙解释："啊，他是我的朋友。"

孟璇君眉心稍展，正想说什么，被我脚步不停地推回了讨论室。一同被我赶进去的还有满脸茫然、完全没搞清楚状况的莫秋。

将人推进讨论室后，我反手关上了大门。

孟璇君退后一步远离我，戒备起来："你做什么？"

我没理她，问向莫秋："你把我的视频给罗峥云看过吗？"

莫秋刚刚哭得有些狠，现在眼睛红得跟兔子一样，听到我的问题，整个人一激灵，迅速摇了摇头。

"没、没有……我不想把你牵扯进来。"

"好极了。"我从兜里掏出手机，调出那天视频的高清无码版，摆到桌面上，往孟璇君的方向推去，"孟女士，过来看看这个，你应该会感兴趣的。"

莫秋急忙要去抢那台手机，被我手疾眼快地制止了。

"陆枫，你干什么啊？"听他声音好像又要哭，"我、我一个人可以的……你没有必要这样……"

我拿开他的手，挡在他面前，直到孟璇君迟疑地拿起手机点开视频，这才继续道："我们都知道受害人不可能只有莫秋一个，有第一就有第二，只要不被抓到，他就会永远继续下去。"

孟璇君看着视频表情越来越震惊，看一眼我，又去看视频，接着看回我，确认道："你是另一个？"

"不完全对，但也可以这么说。"我拖出椅子，在她面前坐下。

孟璇君看了看莫秋，又看看我，同样拖出椅子坐了下来。

"我需要知道更多的细节。"

隔天，清湾市的媒体铺天盖地报道了罗峥云案的新进展——出现了新的受害人。

罗峥云的原律师因为与新受害人存在利益冲突，不得不退出此案，罗峥云方面只得匆忙求助了一家大型律所贝尔顿，雇用了他们的高级合伙人作为后续诉讼的代理律师。

看到报道的时候，我简直要为自己想象中盛珉鸥盛怒的表情而狂笑不止。

他应该怎么也没有想到，我会亲自下场蹚这趟浑水吧。

到这里其实已经无关正义，这更像是我和盛珉鸥的一种较劲，单方面的较劲。

"陆枫，你是不是疯了！"

电话中，魏狮大声怒吼着，我吓得一哆嗦，差点儿从转椅上摔下去。

我把手机挪开一段距离，掏了掏耳朵，道："你给我个提示，为什么骂我？"

魏狮气得继续大吼："沈小石和猴子把事情都跟我说了，我就说你们最近神神秘秘的，一天到晚旷工往外跑。你现在立刻跟我过来把事情解释清楚……"突然他声音转了个方向："我让你坐下了吗？贴墙给我站好！"

我就说他突然打电话给我肯定没好事，果然，看来我们几个瞎掺和的事是彻底败露了……

魏狮这人平时都挺好，但生起气来堪比被踩了尾巴的霸王龙，非常人所能忍受，我也应付不来。

"你冷静点，我可是受害人……"

"这么大的事你们一个两个瞒着我，你让我怎么冷静？"魏狮音量竟然还能更大，"你给我立马死过来，不然兄弟都没的当！"

我想了想，觉得要是现在过去，真的会死得很难看，说不定还要被他一顿胖揍，于是提议："这样，我们晚上一起吃个火锅吧？地址我晚点发你，咱们边吃边聊。"

这样部署，一来在公共场所谅他也不好意思动手；二来我总相信没有什么是一顿火锅不能解决的，如果有，那就两顿。

我没给魏狮拒绝的机会，果断挂了电话，之后在网上搜了一家口碑不错的火锅店，将地址发了过去。

那家火锅店就在盛珉鸥律所楼下的商场内，其实我也不知道自己为什么要挑这家店，但总觉得，要是不能亲眼见一见盛珉鸥吃瘪的样子，那就太遗憾了。

| 第二十四章 |

四人围了一桌，边涮肉边把事情给说清了。魏狮表示理解，但仍然生气。

他吃得满头热汗，将外套一脱，露出晃眼的花臂，加上他一头板寸，大马金刀坐在那儿，不说话时十分唬人。

我与沈小石、易大壮互相对视一眼，知道这事还没完，纷纷给自己的杯子满上酒，朝他恭恭敬敬举杯赔罪。

"三哥，我们错了。"

魏狮抬起眼皮看我们，要死不活地吃了粒花生。

看来还是不行。

沈小石年纪最小，也最怕魏狮，小心观察着对方，见他还是没好脸色，委委屈屈给三个杯子里分别又满上冰啤。

"三哥，这事我其实参与得最少，我真的什么都不知道。你要罚罚他们，别罚我了呗。"说着他一口气又喝干了杯子里的酒。

易大壮刚把杯子递嘴边就听他这么说，一口酒差点儿喷出来。

"嘿，小石头，你死道友不死贫道是吧？"

沈小石往魏狮的方向挪了挪，辩白道："我说的都是实话啊。本来我还想大显身手让那变态知道知道我沈小爷的厉害，结果去了个厕所回来你们一个个都不见了，害我白紧张一晚上，怪没劲的。"

魏狮到这会儿才算有了点笑脸，一巴掌呼在沈小石后脑勺儿上。

"你还怪没劲的。我看你是太久没挨揍了皮痒是吧？"

笑了笑了。

我将喝空的酒杯放下，与易大壮悄悄互换了个眼神。魏狮既然笑了，这事大体就算过去了，以他的性格不会再多追究。

我扯了扯衣领，两杯啤酒下肚，又被火锅的蒸汽一熏，就觉得有些热。

酒足饭饱，事情说开，除了我其他三个都喝了不少，最后结完账要走的时候，沈小石甚至蹲在人家店门口说自己头晕要睡在那儿，被魏狮一把逮住后领拖进了电梯。

我毕竟酒量浅，控制着没有多喝，算是里面最清醒的，于是主动给他们仨分别叫了车。

沈小石和易大壮顺路，两人先走了。

魏狮陪我在路边抽了根烟，一直没说话，等车来了，他趁着车靠过来那点工夫，拍了拍我肩膀，让我不要什么事都闷在心里，有需要永远别忘了他们这些兄弟。

我知道这话他憋了一晚上，就等一个合适的机会说出口。

他从来不是感性的人，今晚会说这些，足见他有多担心我。

"知道了。"我拉开车门，示意魏狮上车。

他扶着门，信誓旦旦："你放心，法律制裁不了那畜生，我帮你找人打断他的腿。"

虽然目光有神、条理清晰，但我知道他也是喝多了才会说这样的话。

他曾经非常严肃地指正过我们，说自己只是朋友很多的良民而已，做的也是正经生意，不是浑水摸鱼捣糨糊的黑商。

"瞎说什么，还想吃牢饭啊？"我无奈地摇了摇头，将他塞进车里。

车慢慢启动，魏狮犹不死心，降下车窗回头朝我喊："那我喂他吃臭狗屎总行吧？"

路上行人纷纷侧头，我摸了摸鼻子，快跑着向商场边的办公楼而去。

这顿火锅吃得比我预想的要久，我其实也不确定盛珉鸥是否还在律所里。

可当我来到律所大门外，发现里面一片黑暗，大门却没锁的时候，我只是略微犹豫便选择推门而入。

这个点，员工都已下班，整个公司安安静静的，只能隐隐听到商务楼下传来的汽车鸣笛声。但既然大门没锁，就说明里面肯定还有人。

我缓步往里走着，来到盛珉鸥的办公室前，轻轻推开了门。

喧嚣的狂风扑面而来，办公室总是紧闭的隔音窗今日少见地大开着，一旁降下的卷帘因突来的峡谷效应而猎猎作响。

盛珉鸥靠在窗边，朝我看过来，总是规整的发型被风吹乱，散落的额发略遮住他的右眼，软化了脸部冷硬的线条，让他瞧着无端平易近人起来。

整间屋子都陷在黑暗里，只是靠着窗外城市中的一点霓虹映照出模糊的轮廓。

"我现在没心情跟你扯皮。"他叼着烟，昏暗的光线里一点橘红骤然亮起又弱下。

烟雾随风飘散，顺着气流向我吹来，瞬间便将之前那两杯酒的威力完全催发出来。

我开始觉得醺醺然，神经亢奋，行为不由自主。

"你在为罗峥云的案件生气吗？"我朝他走了两步，突然眼尾被办公桌上的什么东西晃了一下，转头看过去，发现那是一把拆信刀——黑柄的拆信刀。

它被人粗暴而野蛮地钉进了压克力的桌面里，只能以一种古怪又僵硬的姿态直立在那儿，供我瞻仰。

从插入的角度和深度来看，行凶者彼时气性颇大，桌子要是个活物，就这一下能给它捅到一命归西。更不要说它旁边还散落着一些看起来同样是刀尖戳出来的圆坑，可怜的办公桌快要被捅成马蜂窝了。

我在脑海里模拟了一下会生成这种圆坑的情景。可能是……盛珉鸥当时正坐在这里翻看他的邮件，或者接听某个人的电话，又或者查阅案件资料，一边做着正事，一边把玩着手里的拆信刀。然后，有什么东西让他烦躁起来，他无意识地用拆信刀宣泄着恶劣的情绪，戳刺着手下的桌面。可怒火越涨越高，没有停歇的趋势，很快突破极限，让他一个没控制住，直接捅破了自己的办公桌。

而让他这样失态的，我大胆猜测一下……怕不是我。

自觉破案，握住刀柄，费了点力气才将拆信刀从桌子里拔出来。抚过圆洞和小坑，我抬头有些幸灾乐祸地道："看来你明天得换一张新桌子了。"

盛珉鸥随意地扫了我一眼，很快又看向窗外："放下，然后滚。"

虽然他并没有正面回答我的问题，但从相较于平时更不耐烦的语气和态度来看，他现在该是相当不爽的。

摩挲着拆信刀的刀尖，我缓缓朝他走去："法律真的对每个人都很公平，我加入进来了，你就必须退出。"

俗话说酒壮怂人胆，平时胆小怕事的都能因为酒精变得胆大，更何况我这本就胆大的，这会儿简直是反了天了。给我个喇叭，我就能咋呼到整幢楼都知道盛珉鸥被我气得把桌子都捅坏了。

他不说话，仍然沉默地盯着脚下霓虹闪烁的城市。

月色落进他的眼里，晕成一抹清冷的光，叫他整个人看起来好似一尊没有温度的钢铁巨人。

"这次我赢了。"

他将衬衫衣袖卷到手肘，露出结实的小臂线条，拆信刀顺着他的肩膀一路往下，贴上裸露在外的肌肤。

可能是那冰凉的触感有些刺激，方才还宛如雕塑的男人刹那间好似一头刚睡醒的雄狮，恐怖地向我看过来，在我预感不妙前，他迅捷地一把扭过我的手腕，将我单手反扣着压在了落地窗上。

拆信刀掉到地上，发出一声轻响。我的身体撞上玻璃，发出更大的响声。

"你在得意什么？"盛珉鸥抓住我的头发，强迫我仰起脸，"你以为踢我出局你就能赢？罗峥云请的是清湾最大的老牌律所贝尔顿的王牌之一，你还在吃奶的时候他就在给人辩护了，多的是手段让你后悔插上这一脚。没有我，你们也赢不了。"

我毫不怀疑只要他稍稍用力，我的胳膊就会骨折。

"不试试……怎么知道？"我忍着痛吃力地说道，"我就喜欢明知不可为而为之，挑战高难度，你不是知道的吗？"

"你这十年真是一点长进都没有，还是只会用愚蠢的方式做愚蠢的事。"清冷的光此时荡然无存，全都化作幽蓝的怒焰。他将我的脸按压到玻璃上，用力到我的侧脸都要变形，头也被撞得更晕了几分。

他的话让我想起十年前，想起齐阳，想起天台上那个因为齐阳的话愤怒到极点的自己。他说得没错，那一天的一切，的确愚蠢透顶。但这是在那个情况下，我唯一能做出的选择。

额头抵着冰凉的窗玻璃，稍稍使我混沌的大脑清醒了一些。

"是，我一直都不够聪明，只会用这种两败俱伤的方式……保护想保护的人。"我闭上眼，看笑话的心已荡然无存，嘴里唯余苦涩。

我真是傻，我干吗来这儿找虐啊！理智呢，我的理智上哪儿去了？理智为什么没有出面阻住我，它是被情感暗杀了吗？

"保护想保护的人？"盛珉鸥意义不明地重复着我的话，手上力气瞬间更大，无论是我的头皮还是胳膊都传来了不容忽视的疼痛。

"别……"我忍不住开始挣扎，声音都带上些许痛楚。

而就像他突然攻击那样，他下一瞬又突然松开了我，并且迅速退开了一臂的距离。好似我身上刹那间带上了某种病毒，他不想被我传染。

我揉着刺痛的头皮和胳膊转过身，紧贴着落地窗不敢再轻易靠近他。

地上苟延残喘地燃着一截烟，是刚刚从盛珉鸥手中掉落的。他一脚踩灭了，视线落在地上那把拆信刀上，垂眼看了片刻，转向另一扇窗。

"没有能力，你谁也保护不了。"只是须臾，他便从狂乱的状态再次归于平静。

闭了闭眼，我对他的话不予置评，踢开挡道的拆信刀，直直向外走去，关门时差点儿把他办公室的门都给震碎。我这也算是乘兴而来，败兴而归了。

两天后，我突然接到孟璇君的电话。她并没有细说，只是约我面谈，随后便挂断了电话。

我听她语气不对，差点儿以为是案件有了什么差错，结果到了检察官办公室，她一脸严肃地让我坐下，将桌上的电脑屏幕转向我，然后播放了一段监控视频。

"根据你的证词，我分别调取了当晚你和罗峥云进入会所房间和你离去的监控录像，结果发现了这个……"

视频中，我跌跌撞撞出现在走廊里，就像喝多了酒的醉汉，只能扶着墙踉跄着前进。没多会儿，我和拐角出现的人影撞了个满怀，眼看我就要摔倒，那人一下托住我的身体，当看清我的脸时，向来处变不惊的面容也带上了些意外。

我呆呆地望着屏幕，直到画面静止下来，大脑还处于罢工状态难以回神。

"陆先生，你有什么要解释的吗？"孟璇君指尖点着画面中的高大身影，"为什么你哥哥那天也会出现在圣伊甸园？"

我看向她，张了张口："呃……"

| 第二十五章 |

孟璇君好像误会了我的反应，表情越发严厉起来："你没有对我说实话？盛珉鸥在这件事里是个什么角色？他策划了这一切吗？"不等我回答，她又很快否认，"不，这样的话他何苦又担当罗峥云的代理律师？这不合理。你们到底在搞什么鬼？"

我怕她以为这一切不过是我们针对罗峥云布下的局，一旦检察官对案件的真实性起疑，就有权取消指控，那罗峥云可就真的要全身而退了。

虽然我比她更震惊，但现在也只能将那些复杂的思绪丢到一边，先解释清楚要紧。

"我没有任何隐瞒，那天就是我们俩凑巧遇上了，孟检，你可以调取他进入会所的监控看是不是和我约好的。这些年我们的关系一直不怎么样，他虽然……救了我，但那时候我已经晕了，并不知道对方是谁，而他也没有让我知道的打算。"我盯着监控中盛珉鸥有些模糊的面容，低声道，"我也是刚刚才知道原来是他。"

亏他还能忍我当面骂他是疯狗，这演技，罗峥云都要甘拜下风。

"你的意思是这个时候他还并不知道罗峥云的事？"孟璇君拿起手边一支铅笔，点了点屏幕上盛珉鸥的影像。

"不知道。"想了想，我补充道，"在代理这起案件前，他可能都不知道罗峥云是谁。"

孟璇君瞬间露出不可思议的表情。

"真的，他不是关心这些东西的人。"他可以毫无卡顿地说出世界上任何一个国家领导人的名字，却从来不在乎他不想关心的世界到底发生了什么。

孟璇君认真地打量着我，评估着我话语的可信度，手里不断翻转那支细长的铅笔。

"我不想把案件弄得过于复杂，这段视频我不会当作证据提交。"她手上动作一停，身体前倾，"但如果被我发现你们之后还有任何隐瞒，我会立即取消指控。我想赢，但我也有我的原则，明白吗？"

我敛起表情，知道这是她对我下的最后通牒，这件事表面来看还要严重，已经动摇了她对我们的信任。

"我发誓，再也没有隐瞒。"我并起三指，对天发誓。

孟璇君看了我一会儿，将铅笔丢回笔筒里，道："下次庭审见，陆先生。"

我暗自长长舒了口气，起身朝她微微颔首："再见，孟检。"

走出检察官大楼，站立在微风习习的阳光下，我竟然有种恍如隔世之感。谁能想到短短半个小时，我的心情能经历如此起伏。

沿着台阶往下，越走越难以抑制心中的愉悦，我控制不住地捂脸大笑起来，最后索性一屁股坐到台阶上专心发笑。

可能那模样实在怪异，引来了不少人的频频关注。我并不在意，只是坐在那里大笑不止，眼角都泛出泪花。

世界还真是小，这样都能碰到盛珉鸥。

当初警告我离他远点的是谁？骂我又傻又窝囊的又是谁？倒是别管我，把我丢地上啊。

"挺会装。"

我坐在台阶上发愣。

也不知道盛珉鸥这么搞是出于什么心理，看我太讨厌，所以想通过这种手段折辱我？

这种时候实在很想做盛珉鸥肚子里的蛔虫，这样我就可以探知他到底是怎么个想法，也不用我自己瞎琢磨，一天到晚辗转反侧。

其实我和盛珉鸥的关系，以前没这么差，高一时他还给我补习，允许我涉足他的地盘。

一切的拐点，在那只猫——那只被齐阳杀死的猫。

与盛珉鸥一起掩埋了那只橘猫的尸体后，我为盛珉鸥感到焦虑的同时，也对齐阳越发深恶痛绝。

虽然我那会儿才十六岁，比盛珉鸥还小四岁，但我总觉得自己有义务要看好他。我爸在世时，他是家里的顶梁柱，是一家之主，他死后，我就该接替他的位置，保护我妈，也保护盛珉鸥。

于是我找到了齐阳，警告他不要再接近盛珉鸥，不然就要他好看。

齐阳被我堵在窄巷里，手里拎着一份外卖，脸上不见意外，只有兴味："我记得你，阿盛的弟弟。"

我阴沉着脸，手里轻轻抛着半块板砖："别叫这么亲热，他和你不熟。"

齐阳扶了扶脸上的黑框眼镜，将手上的外卖小心地放到了一边。

"你很在乎他啊。"直起身时，他这样对我说道。

我一愣，停下上抛的动作，将板砖握在手里，扯着嘴角道："他是我哥，我不在乎他还在乎你吗？"

也许是因为我心里一直觉得齐阳是神经病，所以看他哪哪儿都觉得病态。他令人不适的微笑，他苍白的肤色，以及他总是神神道道的说话方式，无不让我感到厌恶。

"我是说……"他换了个说法，"你和我一样，想让他正视你，重视你，对不对？"

呼吸一紧，紧了紧手里的板砖，我朝他一步步走近。

"我和你不一样。"我既是说给他听，也是说给我自己听，"我不会送他死猫做礼物。"

我也不会明知道他在黑暗边缘徘徊，还试图拉他一起沉沦。

齐阳不以为然。

我上前一把揪住他领子，将他抵到墙上，扬起手上的板砖朝他冷笑道："我看你也很喜欢挨揍。"

齐阳直直盯着我，视线从镜片下透出，有种说不出的阴森感。

"你太干净，身上连奶味都没消，还是个一派天真的小崽子。"他毫无畏惧道，"你这样，是永远也无法走近他的，他只会离你越来越远。怪物只会喜欢怪物，异类吸引异类，这点道理你都不懂吗？"

他的话瞬间使我怒火万丈，手起砖落……重重拍在他身后的水泥墙上。

那半块砖不知道受了多少风吹日晒，早已变得酥脆不已，立时便四分五裂，碎屑刮擦着齐阳的侧脸簌簌落下。

他唇角掀起一抹讽笑，眼神好像在说："看吧，我就说你是个乳臭未干的臭小子，连见血都不敢。"

我攥紧他的衣领，一字一句道："关你什么事！"说完猛地一个头槌，袭向他面门。

齐阳霎时发出痛苦的呻吟，颤抖地捂住了自己的鼻子。

我退后几步，见他蹲在地上，从指缝里不住透出鲜血，嫌弃地擦了擦脑门。

"无论他是什么，都不属于你。"

我转身离去，将齐阳一个人丢在小巷。之后几天我都有些忐忑，怕齐阳那个神经病跑到盛珉鸥面前乱说。

但好在风平浪静，辅导继续，盛珉鸥之后并没有提任何有关齐阳的事。

就这样，我将自己那些纠结的情绪深埋心底，寻找任何与他独处的机会，整个寒假几乎都和他粘在一起。

寒假的最后两天，经过多日死皮赖脸的苦苦哀求，盛珉鸥终于同意让我留宿。

我兴奋不已，那一整个晚上几乎都没有睡着。

实在睡不着，黑暗中，我盯着他的侧脸，忍不住撑起身，挨近了用眼睛仔细描摹起他的五官。

"你是人，我就是人；你是怪物，我也是怪物。"我看他看出了神，连自己发出了声音都不自知。

许久后，我慌张地抬头去看盛珉鸥的双眼，发现他并没有因我的骚扰有醒来的迹象，跳到嗓子眼的心这才落回原处，后怕地悄悄呼出一口气。我躺回自己那边，这次终于得以安睡过去。

翌日一早醒来，盛珉鸥已经穿戴整齐准备去打工。我揉着眼起身，大大伸了个懒腰。

他从我身边的柜子上拿钥匙，不小心碰落一本书。我弯腰替他去捡，两人的手叠到一起。还没等我反应过来，他便像触电一样将我一把挥开。

我愣了愣，有些委屈地收回手。

他并没有解释什么，只是看了我一眼，道："睡醒了就自己走。"之后他将书放回原位，头也不回地出门去了。

那天之后，他就疏远我。

先是以自己学业繁忙为由，推掉了对我的辅导，再是无论我怎么撒娇要赖，都拒绝与我见面。他完全将我隔绝在他的生活之外，不允许我靠近。

上学时，我曾听老师讲过这样一个故事：

从前有一位渔民，每当他出海捕鱼，成群的鸥鸟便会落到他的船上，与他亲昵嬉戏。他的父亲知道后，便和他说："我听闻你很受鸥鸟的喜爱，它们都会聚集到你身边。你去抓一只回来，让我玩一下。"

可当这个人第二天再去海边时，那些鸥鸟却只是在上空盘旋飞舞，再也不曾落到他的身边。

鸥鸟感知到渔民的心思，舞而不下。

盛珉鸥也感知到我的心思，从此以后再也不亲近我。

| 第二十六章 |

第二次开庭，天气仍然不好。

我起了个大早，在约定的时间前到达了法院。

出于对受害人的保护，媒体虽然允许报道这起案件，但不得公开莫秋和我的姓名长相。无论外界做出多少揣测，线上新媒体还是线下纸媒，莫秋都只能以"莫姓男子"代称，我也只是"陆姓男子"。因此只要不看网上那些恶意中伤，对我的生活影响其实不大。

倒是莫秋，上次开庭后，不知道是哪家无良媒体还是旁听的罗峥云粉丝泄露了他的职业信息，导致网上出现一大拨扬言要"人肉"他的人。

后来也真"人肉"了，但"人肉"错了，把另一名无辜插画师卷入进来，不分青红皂白网暴了一番。一时粉黑大战，血雨腥风，将网上搅得乌烟瘴气，关停无数账号。

这些都是沈小石告诉我的，还说自己也参与了这场"世纪大战"，与脑残粉酣战三百回合最终杀得他们片甲不留。

我当笑话听了，也不知真假，反正应该是挺热闹的。

虽然已是第二次庭审，但莫秋还是很紧张，从站在法庭外开始就止不住地发抖。我拍了拍他肩膀，本想让他放松些，他却被我吓得一哆嗦，跟只有严重应激反应的兔子似的。

入场时，罗峥云一行在我们前面，鉴于莫秋心理素质不太行，我和孟璇君下意识地将他护在了身后，让他避免直面罗峥云。

"那是他们这次的新律师，汪显。"孟璇君抬抬下巴，示意我去看站在罗峥云身后的中年男子。

对方四十多岁的样子，蓄着精心打理的络腮胡，身板笔挺，着一身银灰西服，胸前口袋露出一方红色的三角帕巾。鬓角的白霜并没有让他显老，反而增加了他成熟知性的韵味。比起上庭，他倒更像是来参加晚宴的。

孟璇君道："他可是老油条，不好对付，你要做好心理准备。他可能会就你与莫秋的关系提问，并且利用你有案底这点来质疑你的可信度。"

这就是盛珉鸥嘴里的王牌之一了。

我对孟璇君点了点头道："我明白的。"

易大壮这次总算抽到了旁听证，入场时我一眼便看到了他，从而也看到了坐在第二排的盛珉鸥与吴伊。

三人的目光同时聚焦到我身上，而我只是看着盛珉鸥，冲他眨了一下眼。

盛珉鸥微不可察地蹙了蹙眉，视线并无留恋地移到了别处。

庭审开始，起誓后，孟璇君让我陈述了案发当日的大致情况，以及在会所时罗峥云对我的所作所为。

我毫无保留地将那天发生的事全部吐露，包括拍摄视频的动机，以及与莫秋的老同学关系。

到交叉询问阶段，汪显果然如孟璇君所料，在我的诚信方面做起文章。

"陆先生，这里有一份你十六岁时的犯罪记录，你坐过牢。"

"是。"

"能告诉大家你是因为什么罪名坐牢的吗？"

"故意杀人。"

他背着手，脸上是独属精英阶层的傲慢微笑，好像一切尽在掌握，自信能够解决掉任何挡路的小石子。

"你在法庭上发过誓不能说谎，现在我问你一个问题，请你如实回答我好吗？"

我点点头："可以。"

"你为自己的行为后悔过吗？"

我一愣，没想到还能这么玩。

孟璇君立时反对，称这个问题与本案无关。

法官看向汪显。

他马上解释："这个问题只是为了确认陆先生看待犯罪的态度，以及他自己是否身处在一个大众认可的道德层面里。"

法官想了一下，表示反对无效，让我回答这个问题。

我坐在证人席上，面对旁听席与陪审员，恍惚中好像回到了十年前。

这位汪律师，难道调阅了我的庭审记录吗？当年在法庭上，那名承办我案件的检察官，也问过我同样的问题：

"你后悔过自己的行为吗？"

当时我是怎么回答来着？

我望着旁听席上的盛珉鸥，与他遥遥对视，复杂又苦涩的心绪纠缠着我，让我一遍遍自问："后悔吗？后悔吗？你后悔吗？"

时间一分一秒过去，没有人催促我。

"不，我永远不会后悔。"反应过来时，我已经用所有人都能听到的音量，回答了检察官的问题。

那时候我真的非常倔强，一身的臭毛病，桀骜不驯、冥顽不灵。明明可以换个没那么强硬的回答，我偏不，就是要让所有人知道，我做过，便永远不后悔。

现在，我坐在证人席，盛珉鸥坐在旁听席，一切与当年完美重合。时光仿佛倒流，岁月宛如停滞。

我再一次望向他，回答与当年同样的问题。而他也如当年那般平静冷漠地注视着我，似乎并不为我的任何回答所动摇。

我为造成的痛苦而沮丧，为不定的将来而怅惘，为触犯了法律而感到万分抱歉。

但你要问我有没有后悔……

"没有，我从不后悔。"我将视线转向穿得花枝招展的中年律师。

我不会后悔为盛珉鸥做的任何事，哪怕一分钟，一秒钟，也不会。

你可以说我死性不改，我的确就是死性不改。

场上众人无不为我的回答感到震惊，旁听席上开始交头接耳，法官敲了敲法槌，示意安静，并请法警维持秩序。

孟璇君豁然站起，急急对法官道："请允许我申请暂时休庭。"

法官看了一眼腕表，道："给你五分钟。"

孟璇君气疯了，她拍上谈论室的门，呼吸急促地质问我是不是有毛病。

"你怎么可以那么回答？你疯了吗？"

莫秋站在角落，将自己缩成一团，想劝两句，刚吐出一个字就被孟璇君的声音盖了过去：

"审判员和陪审员不在乎你背后有什么故事，你这么回答，他们会觉得你的道德品质有问题。"

之前莫秋还说她温柔，看来也是没戳中她爆点而已。

我掏了掏耳朵："我以为法庭上不能说谎。"

孟璇君一时语塞，想骂我，没有什么正当的理由，不骂我，又实在憋得慌。

最后，她长长叹了口气："我们的最终目的是要将罗峥云定罪，记得吗？你说过，有第一个就会有第二个，不被惩罚，他就永远不会停止。"

我当然记得。

因为她的话，我迅速冷静下来，意识到自己刚才的确有点意气用事。似曾相识的庭审环境和盛珉鸥的到场，让我难免心浮气躁。

我以为我比莫秋更强大、更抗压，其实我也没好到哪里去。

抓了抓头发，我朝孟璇君道："抱歉，我之后会谨慎回答。"

还有几分钟，同两人打了招呼，我独自去到法院外面透气，结果在角落的吸烟点撞上了盛珉鸥。

看到我，原本与他同行的另一个人迅速按灭烟蒂，擦着我便走了。

我追着她的背影看了片刻，模糊记得那好像是旁听席的一员，而且在第一次庭审时我就在前排见过她。她两次都穿着一身黑裙，面色憔悴，但很漂亮，所以我有点印象。

我轻咳一声："你怎么来了？"

真是奇怪，我好像天生就缺少对盛珉鸥生气的能力。明明先前还言之凿凿，口口声声要把他彻底戒除，可只是几天工夫，再见到他，曾经那些豪言壮语就仿佛是上辈子的事了。

"好奇。"盛珉鸥喉结滚动，简单有力地抛下两个字。

我看他面对我时表情全无心虚，甚至态度比我这个苦主还要横，不禁也要叹服他的淡定。

真会装啊，要是我把那段视频甩在他脸上，不知道他还能不能维持现在这样镇定自若的表情。

救我时他到底怎么想的？总不会是全然讨厌吧？

理智天使与情感恶魔这时候又跳了出来。

理智让我别做梦了，大叫着道："盛珉鸥是没有心的，这么多年了，你还对他抱有不切实际的幻想，你能不能醒一下？"

情感也认同理智的说法，但很倔强："没有心就没有心，还认我这个弟弟就行，我不在乎。"

理智气厥："你要求不要这么低啊！"

我要求就是这么低。

"哥……"

我正想说等这件事解决了，大家要不要找个地方坐下来吃个饭好好聊聊，他却与我同时发声。

"检察官要确保定罪，不会跟你们说其他多余的事。郑法官不喜欢有污点的受害人，比如你。"他缓缓凑近，锋锐的言语同口中呛人的烟一齐袭向我，"郑法官大概率只会判他缓刑或者社区矫正，毕竟强制猥亵不是重罪。"

他问："为了一个必败的案子，值得吗？"

我没想到他会对我说这些。

"值不值这种事，怎么说呢，看个人吧。"我笑道，"我觉得值得做的事，再折腾也做。"

我意有所指，他听明白了，却当作没懂，抬手看了一眼时间："到时间了。"

五分钟到，庭审即将继续。

罢了，和盛珉鸥的账可以慢慢算，先把眼前的难题解决了再说。

"走吧。"

我将烟丢进垃圾桶，手插着口袋往回走。

┃第二十七章┃

汪显的询问继续。

"陆先生，你和本案的另一位受害人是初中同学关系吗？"

"是。"

"你们这十多年，据我所知并没有很密切的来往。"

"去年冬天我们刚刚重遇。"

汪显露出疑惑表情："你已十几年没有联系，为了这样一个连朋友都算不上的老同学出头，实在是很少见的行为。能告诉我，是怎样的动机促使你当晚与我的委托人前往圣伊甸园，并且非常有预见性地架好手机拍下了那段你所提交的视频证据吗？"

孟璇君算得不错，对方律师果真在我同莫秋的关系和我的可信性这两点上做起文章。

我笑了笑，并没有急着辩解："看得出来你应该没什么朋友。"

旁听席与陪审员发出一阵轻笑，汪显脸色微微一变，眼里升起被冒犯的不悦。要不是在法庭上，我真想再补一句，他这样更像被我戳中痛楚的样子了。

"初中时，莫秋是老师安排给我的结对帮扶对象，我负责辅导他的功课，让他免受同学的欺负。虽然我是个有前科的人，但我上学时学习成绩不错，也很乐于助人。"我看了一眼控方席上的莫秋，发现他眼圈通红，好像又要哭，心中不由得暗叹口气，"莫秋是个性格十分内向敏感的人，一开始我也劝过他报警，但他因为学生时代受过霸凌一直很在意别人对他的看法，我就想用自己的方法替他解决这件事。"

汪显似乎正在这里等着我，我见他双唇微动，立马抢在他之前接着道："当然，这个方法并不明智，它让我遭遇了非常可怕的暴力。报警在什么时候都是第一选择，我相信法律最终会还我们公正。"我看向审判员和陪审员，让自己的声音尽量饱满而富有情感，"无论我们以前是哪种人，和什么人交往，追不追星，追几个明星，都不是某人实施暴力侵害的借口。"

汪显的脸色越发难看，显然我的发言出乎他的意料，打乱了他的节奏。

不过他能成为王牌，随机应变能力自然高超，很快便表示，罗峥云一直口碑良好，从未有过性情暴戾等负面传闻，试图在审判员和陪审员面前塑造一个无辜蒙冤的绅士形象。

在接下去的庭审中，控辩双方你来我往，战况胶着。孟璇君出示了更多的证据，来证明罗峥云对莫秋所造成的身心伤害，这里面包括莫秋不对外开放的博客。

跨度从他与罗峥云相识开始，到他试图自杀那天结束。

"两个月，他整整忍受了罗峥云超过十次的暴力侵害，却只能将这些记录在没有人可以发现，只有自己知道的网络日志里。"她随意地念出了其中一段，"我真的很害怕，他突然变得我不认识了。我该怎么办？没有人能帮我，我好像在腐烂枯萎，我好痛苦，到底要怎么办才能摆脱他？"

罗峥云脸上丝毫没有愧疚，老神在在地坐在被告席，甚至还有闲心摆弄手指，欣赏自己保养良好的指甲。

孟璇君举起一份文档："我手上还有一份心理专家的评估，证实莫秋患有中度抑郁症，需要长期接受心理治疗。"

这时，旁听席最后一排有人站起来，穿过人群向外走去。我看了一眼，发现是那位黑裙女士。她低垂着头，长发掩住面容，快步离开了法庭。

此次庭审持续了两个多小时，结束后如同上次一般，罗峥云一走出法院便被蜂拥而上的媒体包围。

审判结果将在之后宣布，孟璇君对此没有太多的担忧，称战役才刚打响，我们赢面很大。

我总觉得她口中的"赢面"和我理解的不大一样。罗峥云只要被认定有罪，检察官便也算完成了使命，但如果罗峥云只是被判处不痛不痒的缓刑加社区矫正，在我看来这场仗可不算赢得漂亮。

纵然一开始我掺和进来并非为了什么正义，不过是想同盛珉鸥较劲，但都到这一步了，要是最后还不能让罗峥云得到应有的惩罚……那简直太憋屈了。

"走，吃火锅去，好好去去人渣味。"易大壮上前搭住我肩膀，招呼着莫秋往法院外走去。

我："人渣味？"

"与罗峥云那种人渣待在一个屋檐下久了，就会沾染气味。"易大壮解释道，"我已经让三哥和小石先去占位了，咱们直接去就好。"

莫秋显得有些局促，他本来就是不善交际的性格，要他和一群不熟的人一起吃饭，实在是为难他。而且说实话，我也不是很有话题和他聊，叫人家去吃饭，到最后反而冷落了人家，那倒不如一开始就不叫。

于是我对莫秋说，他要是不想去就别去了，早点回家休息。

莫秋瞬间如蒙大赦，但还是压着小表情客套了一番："抱、抱歉，我今天觉得有些累了，下次，下次再和你们去。"

他和我们道别，掉转方向要走，才跨出一步，忽地身形一僵，把脚又缩了回来。

我顺着他视线看过去，正看到盛珉鸥与吴伊先后走出法院。

可能法庭内有点闷热，盛珉鸥脱下外套搭在臂弯，露出其下规整的灰蓝色衬衫。从上到下，系紧每一粒扣子，除了头颈双手，再也没有一寸肌肤裸露在外。

吴伊见到我，朝我挥了挥手算打招呼。盛珉鸥并不顾他，目不斜视直往前走，连看都不看这边一眼。

"要不要叫你哥一起？"易大壮晃晃我的肩。

我像看外星人一样看他："你疯了吗？"

我现在去请他吃饭，他有九成的概率会直接让我滚。而且我实在难以想象盛珉鸥西装革履一派禁欲坐在大堂吃火锅的模样。

我到现在连他救我的样子都无法想象。

若不是亲眼所见，那种画面是单靠我贫瘠的想象力所想象不出的。

易大壮摸摸鼻子，讪笑道："那我去跟你哥说两句话，你在这儿等等我哈。"说完他不等我反应便追着盛珉鸥而去。

我远远见易大壮一脸谄媚，掏出手机像是在问盛珉鸥要联系方式，盛珉鸥倒是没给他脸色看，偏头冲身后吴伊说了什么，对方很快从兜里掏出一张名片递给了易大壮。

易大壮眉开眼笑地接过了，连连朝盛珉鸥点头，目送他离去。

"干什么呢？"易大壮笑嘻嘻地跑回来，我问道。

"关于案件想问你哥点专业看法，小报记者伤不起，混口饭吃不容易啊。"他叹了口气，不无苦恼道，"我一个娱乐圈从业人员，谁能想到有朝一日要写刑案追踪呢？真是太难了。"

每一起惊动世人的案件，在庭审过程中难免会引起各方媒体关注并争相报道。而为了更吸引眼球，媒体记者们也是各显神通，各凭本事。

蹲守在第一线时刻关注案件动态是常规操作，撰写新闻稿时加入专业分析，是加分项。

易大壮他们公司本也是不入流的八卦小报，追踪报道不过是为了与时俱进，在热点事件里分一杯羹，蹭一蹭热度，之前他写的稿件也是胡说八道，怎么劲爆怎么来，被一干罗峥云的粉丝狂踩不止，路人也不屑帮他们。

可他最新的一篇报道，不仅完美厘清了时间线，还原了庭审的控辩对峙，甚至配上了罗峥云坐在被告席满脸傲慢的铅笔稿彩插，可谓与之前的三流文笔大不相同。

也因为它的详尽，就算罗峥云方不断在撤热度，但它的转发量仍然节节升高。

"有律师分析指出，新受害人的出现或许并不能为检方带来多少有利影响，反而会削弱受害人的可信度，为辩方带来新思路。啧，这个律师的分析怎么这么眼熟呢……"我坐在电脑前，一边抽烟一边滑动鼠标继续往下翻阅。

与旁的报道不同，易大壮这篇稿子更像是给不了解娱乐圈的路人看的，底下详尽解析了罗峥云的出身、成长以及从业历程。

罗峥云出身优越，母亲和舅舅都是外交官，他进入娱乐圈五年来一帆风顺，除了因为容貌演技尚可，与他的家世也不无关系。就算被定罪，他大不了退出演艺圈，换个身份继续为恶。

怪不得盛珉鸥说我必败。

用巨大的代价换来的那点微末正义，可能连在罗峥云的指甲盖上留下一道浅白的印痕都不配。

再次开庭，盛珉鸥仍旧坐在原位，易大壮也是，不过吴伊没来。我扫视了一圈后排，发现前两次都会旁听的那位黑裙女士这次亦未到场。

由于上次汪显对我的可信度质疑，孟璇君不得不进行反击，请来了我在清湾市第一监狱服刑时所属监室的管教狱警为我做证。

我以为出狱那天我和老黄便就此别过再也不见，想不到啊想不到，不到一年，又见着了不说，还是在法庭这样尴尬的地方。

"您认为陆枫是个诚实的人吗？"

"是的。"

"能说一下对他的评价吗？"

老黄耸耸肩："他心很软，但他从来不承认，他也不承认自己热心肠，但大家都知道，67 号房的小孩儿和其他那些大奸大恶的犯人不一样。"

我坐在控方席，被他说得脸皮微烫，有些受宠若惊。我知道老黄挺喜欢我，但不知道他对我的评价竟然这么高。

孟璇君道："陆枫在任何时间任何场合从不隐藏自己的真实想法，这正是契合了他诚实的品行。他并不是一个会为了达到某一目的随意撒谎的人。希望审判员和陪审员能考虑到公共人物外在人设和私下为人的差异性，不对特殊人群心存偏见，接纳他的证词，谢谢。"

轮到汪显对老黄进行问询，他站起身，整了整衣襟。

"您做狱警多少年了？"

"二十多年了。"

"负责陆枫有多少年？"

"八年，从他十八岁开始。"

"那您一定对他感情很深，几乎是看着他长大的。"

"还好，我们分得清公私。"

由浅入深，汪显一点点露出尖锐的爪牙。

"他在服刑时被关过禁闭吗？"

老黄想了想，道："关过。"

汪显仿佛一条嗅到血腥味的鲨鱼，表情立时兴奋起来。像他这样的"大状"，不会放过任何可乘之机。

"只有犯了错的犯人才会被关禁闭吗？"

老黄显然不想回答这个问题，但法官催促他："证人，你必须回答。"

他无可奈何，只能点头道："是的。"

汪显露出得意的笑容，显然，局势正在往被告有利的方向倾斜，但他并未停止询问。

"起因是什么？"

他似乎觉得，只要让审判员和陪审员知晓我被关禁闭的原因，无论是由多小的愤怒升级而成，他都有办法彻底将我打成一个毫无道德、不知悔改的恶徒。

老黄十指交叉平摆在席案上，有些无奈地冲话筒清晰说道："为了阻止五名犯人对一个孩子的霸凌。那孩子当年才十八岁，是名新来的犯人。这事不怪陆枫，但……规矩就是规矩，他们几个最后都被关了禁闭。"

"哇哦。"孟璇君用非常小的音量在一旁幸灾乐祸道，"好问题。"

我去看旁听席的盛珉鸥，他微微抬着下巴，双手交叉环胸，眼里满是疑惑和嫌恶。仿佛一场流畅优美的交响乐演出中，莫名出现了一个不和谐的音符，导致整场表演尽毁。

汪显显然也意识到了，他不该问最后那个问题，但覆水难收，他既已问出，便只能黑着脸饮下苦果，结束盘问。

当日庭审结束后，罗峥云戴着口罩、黑超匆匆往外走，易大壮追着去拍照，我与莫秋故意等了片刻才走出法庭，就为了与罗峥云拉开距离。

有罪还是无罪，宣判时便会揭晓。

见盛珉鸥缓缓走在最后，我与莫秋说了一声，向对方那边跑去。

我知道盛珉鸥不待见我，但我就是忍不住要去撩闲，看他为我皱眉，似乎也成了一种独特的乐趣。

我可能上辈子是只陀螺，特别欠抽。

"盛大律师，今日庭审过后，你是否会对自己早前做下的预测进行更改？"我好似握着一个透明的话筒，将手递到他面前。

盛珉鸥可能越发确信我有毛病，斜斜看了我一眼，脚下没有丝毫停顿，大步朝着台阶下走去。

而就在这时，法院门口突然爆出数声尖叫。

我循声望去，发现人群惊慌逃散，心里有些不妙的预感，加快脚步不由得往台阶下走去。

奔逃的人群中，我看到易大壮连滚带爬向上跑来，没工夫细想便去搀他。

前方隐隐传来法警的怒吼："放下武器！"

"听到没？放下武器！"

如此吼了几遍，忽地响起一道尖锐的女声，哀戚刻骨：

"儿子，妈妈来找你了！"

我连忙俯低身体，下意识地看向声源处。

透过人群缝隙，一抹黑色的裙摆翩然坠地，沾着血光的匕首随之掉落。不远处，罗峥云倒在血泊中，胸口洇出一大片鲜红的血迹，面如金纸，对周围呼唤没有一点反应。

离他最近的汪显直接吓得瘫软倒在地上，一时站也站不起来。

"吓死我了！"易大壮白着脸爬到我身边，回头看到这一幕，声音都在抖，"不知道哪里来的一女的，冲上去唰唰连捅罗峥云五六刀，刀刀致命，让他还儿子……我的天哪，太血腥了，我都要吐了……"

我张了张口，想说点什么，心里却没来由地有些乱。

伏在台阶上，盯着那个已气绝身亡的黑裙女人，我脑海中不知为何开始回忆上次庭审时看到的画面。

在我到吸烟地点前，她是不是在和盛珉鸥说话？

但……说了又怎样？

人家说不定只是在跟盛珉鸥借火，这和今天发生的一切并没有必然关系，我不该思维那样发散，我甚至不明白自己想这些有的没的做什么。

我下意识地回望身后长阶。

高耸的法院建筑在台阶上投下灰暗的阴影，别人都好狼狈，唯独盛珉鸥低垂着眼眸，居高临下地俯视着此处发生的一切，平静地将所有罪恶、血腥、暴力尽收眼底。

冰冷的表情让我无端想到西方神话中的正义女神——左手提秤，象征公平公正；右手举剑，表示绝不姑息；蒙住双眼，代表永远理智，不为杂音所惑。

| 第二十八章 |

现场一片混乱，尖叫哭泣，夹杂着敬业的记者们不断按响的快门声。

"你们……你们没事吧？"莫秋从远处苍白着脸赶来，眼里满是惊惶。

"没事，咯……"易大壮不知是刚才跑得太急还是真被恶心到了，索性趴台阶上干呕起来，但他仍是冲莫秋不断摆手，示意自己并无大碍。

"到底怎么回事？"莫秋望向台阶下重新围拢起来的人群，一屁股坐到台阶上。

我也想知道到底怎么回事。

回头再看身后，只是一会儿工夫，盛珉鸥已不在原地，我站起身四处搜寻，在远处拐角捕捉到他的身影。

"你们等我一下，我去……处理点事。"匆匆留下一句话，我追着盛珉鸥而去。

转过拐角便是法院的停车场，我赶到时，盛珉鸥已坐到车上，只差一踩油门开走。

我怕自己叫不住他，也没多想，冲过去就直接拦在他车前。他看到了我，没有熄火，但也没有直接撞过来。

喘着气，我绕到驾驶座旁，示意他降下车窗。

过了一会儿，深色玻璃缓缓下降，露出盛珉鸥俊朗的面孔：

"什么事？"

我手指扒着车窗，呼吸急促地问："你、你做了什么？"

他微微挑起眉梢，似乎并不懂我的意思。

心里一阵急躁，我也不想和他绕圈子，开门见山道："你和那个女人说了什么？"

他的食指十分有规律地敲击着方向盘，好似一个象征着他耐性的计时器，每敲一下，他的耐心就少一分。

"女人？"

哈，要不是见识过他的高超演技我都要信了。

我一指大门方向，忍不住提高音量："门口躺着的那个女人，穿黑裙子的，和你在吸烟点一起抽过烟，你别跟我说你不记得了！"

我感到愤怒，又感到恐惧。然而这些情绪的爆发和方才的突发事件并无太多关联。罗峥云死不死，怎么死，什么时候死，我都不在意；他是否真的能受到法律的严惩，这世道是否真的公平，不是我最在意的；我最在意的是……盛珉鸥有没有扯上这些事。

只通过目睹的一个偶然画面便认定盛珉鸥与这件事有关，连我自己都觉得莫名其妙，这实在连第六感都解释不过去，而且逻辑不通。他为了什么呢？维护正义还是维护我？无论是哪一个原因套在他身上，都无稽又好笑。

"哦。"盛珉鸥经我提醒，好像这才想起有这样一号人物，"我们是一起抽过烟，说了两句话。"

我的心一下子被吊起："你和她说了什么？"

盛珉鸥眼眸又黑又沉，直直望着我，半晌没说话。

这样的无声对峙，只能让情绪更焦灼。

我忍不住拍着车门又问了一次，语气更急："你到底说了什么？"

"实话。"他轻声吐出两个字。

我哑然片刻，一时不知该如何开口。

我脑海一片纷乱，一会儿是大门外那个黑裙女人，一会儿又是十年前被我杀死的齐阳。只是十年前我是心甘情愿替他做一切，如今这把刀又是为了什么？罗峥云难道哪里得罪了他？

盛珉鸥仿佛洞察了我的想法，指尖一顿，突兀地停止了敲击的动作，视线逐渐冰冷，唇角露出讥诮的弧度。

我心中一凛，嗫嚅道："我不是……"

"是，"他大方承认，"身处罪恶带给我无限快乐，这么说你满意了吗？"

手指不自觉收紧力道，突如其来的一切让我失去了判断，叫我有些分不清他说这话到底是出自真心，还是单纯在刺我。

"你记得爸爸临死前和你说的话吗？他说你一定会成为一个很好很好的人，你记得吗？"我忍不住去抓他的胳膊。

他缓缓沉下脸，收起所有表情，不再说话，只是沉默地盯着我。

我爸有时候很好用，有时候又会带来反效果。他是一剂灵药，也是长在我们心间无法抹去的一道疤。

跑车骤然发出一阵可怕的轰鸣，仿佛野兽对旁人发出的愤怒警告。

"让开。"他粗鲁地挥开我的手，耐心正式告罄，已不想继续谈下去。

我的手敲在窗框上，一阵发麻，不自觉地往后退了两步。

车窗缓缓升起的同时，银白跑车风一般擦过我面前，急速驶出了停车场。

揉着手背，我望着他的车尾气，心烦意乱地踢了一下脚边的空气。

罗峥云送医抢救了三天，最终还是没能救回来。而案子也因为被告的突然死亡，不得不终止审理。

行凶的黑裙女在网上一时引起热议，说什么的都有，罗峥云的前女友、黑粉、被开除的员工，各种说法甚嚣尘上，直到……一条定时微博的出现。

发布者 ID 名为"乐乐的妈妈韩雅"，今年三十六岁，有个孩子，是她二十岁的时候生的，父不详。她的孩子如果活到现在，应该也有十六岁了。

说"如果"，是因为这个孩子去年春天死了——自杀。

她承认是她杀了罗峥云，并且也预见了自己的死亡。她希望在想象里预演了上千次的复仇没有失败，如果这世界还不了她公道，那她只能自己去讨。

这条定时微博，其实是一封遗书，可以算是她留给这个世界最后的东西。全文洋洋洒洒几千字，血泪交织，详细阐述了她的杀人动机。

她的孩子韩乐在去年春天跳楼自杀了，一开始她只以为是自己对孩子关心不够，又因为升学压力大才导致的这起悲剧。她心怀愧疚，懊悔不已，从未想过别的可能。

韩乐一直很喜欢罗峥云，墙上贴的海报是他，手机屏保是他，钥匙扣上也是他，韩乐狂热地爱着罗峥云，不允许别人说他一点不好。韩雅有次故意说了句罗峥云的坏话逗儿子玩，韩乐为此三天没有理她。知道这是孩子的心头好，收拾遗物时，韩雅特地仔细将这些东西连同儿子的日记一起收进了箱子里。

这样过了一年，心伤并未痊愈，悲痛依然存在，但韩雅还是努力积极地继续生活着。

而就在此时，罗峥云施暴粉丝的爆炸性新闻映入她眼帘，铺天盖地的报道让她不去关注也将案情知道了七七八八。

她开始不安，身为母亲的某种神奇预感，让她焦急地回到家，翻箱倒柜找出孩子的日记翻看起来。

这一看，她便陷入了比孩子自杀更深的绝望。

她的孩子韩乐，才十五岁，竟然也惨遭罗峥云的毒手。

不过韩乐与莫秋不同，韩乐爱罗峥云，像信徒热爱神明。所有的暴力他都不觉痛苦，反而将此看作爱的奉献，绝不反抗。每当罗峥云约他见面，他都无比幸福。

然而罗峥云是要看到粉丝痛苦才会快乐的变态，对方越是温顺乖巧，他越是食之无味，很快便腻了，将韩乐一切联系方式拉黑，就此抛弃了韩乐。

被"神"抛弃的韩乐信仰崩塌。他不能理解为什么罗峥云一声不吭便将他抛弃，他总觉得他们之间有什么误会。他明明那么乖，从来不反抗。他疯狂地寻找罗峥云，可他只是个初中生，也不过认识身边几个同学，哪里又有能力找到罗峥云那个人渣？

"我好像又变成了那个没用又平庸的韩乐。好恶心。"

被剥夺了信仰的痛苦，将这个才十五岁的孩子推向了绝路。

午休时，韩乐从高高的教学楼一跃而下，结束了自己年轻的生命，只留下简短的不足一百字的遗言。

而韩乐的母亲，直到一年后才知道真相。

"我的孩子，我的孩子才十五岁，永远不会长大，也没机会再长大。所有美好的未来都和韩乐无关，韩乐上不了高中，也上不了大学，别的同龄人结婚生子时，韩乐只能躺在冰冷的地底，忍受日复一日的孤独！可是罗峥云呢？他仍然有钱有势，对所作所为毫无愧疚。

"十几年来，我努力赚钱，辛辛苦苦将孩子养大，从没有伤害过任何人，我的孩子也从来没有做过坏事，可老天并不保佑我们。罗峥云一次一次伤害别人，却得不到相应的惩罚。千辛万苦地审判他，最后如果只是让他随随便便坐两年牢或者干脆定不了他的罪，这种事我不能接受！我的孩子已经没有了未来，凭什么他就能好好活着？他必须为自己的行为付出代价，他必须死！！"

柳悦边流泪边读完了韩雅的遗书，电脑旁的纸巾都堆成了小山。

"太可怜了，这个罗峥云怎么这么不是东西啊，人家小孩子才十五岁啊，他也下得去手。"

要不怎么说他是畜生呢？我以为莫秋是第一个，想不到韩乐才是。

因为这起案件，网上不少人呼吁完善法律条文，将团体或者个人之间的霸凌进行单独立法。未来如何还未可知，但至少已有了微光。

有人说，法律总是在不断的牺牲中得以完善，说它是全人类血泪铸成的宝典，也毫不夸张。

我看了一眼墙上时钟，快八点了，于是我合上手上杂志，准备下班。

"虽然这么说好像有点不正确，但罗峥云这一死，韩女士也算是为民除害了。"柳悦双手合十，四不像地做了个祈祷，"韩雅女士，韩乐小朋友，安息吧，下辈子离人渣远点，阿门。"

罗峥云的事一结束，我与盛珉鸥再次失去了交集，我以为我得有一阵见不到他。

可事情就是这样巧，我不惹麻烦，我身边的人却总是在给我找麻烦。

又是一天深夜，我的手机突然疯了般振动起来。

迷迷糊糊睁眼一瞧，是沈小石打来的，本来我不想理，感觉也不是什么大事，但他一个电话接一个电话，好像我不接他就不罢休一样。

"喂，你有毛病啊……"最后我只好带着浓浓的起床气，将电话接起来。

沈小石可能已经绝望了，以为我不会接，一下子听到我声音还有些蒙。

"枫哥，你终于接电话了！"他说话时带着浓浓鼻音。

我一听他声音不对，挣扎着坐起身，多了几分耐心："怎么回事？"

"三哥、三哥被抓了！"沈小石又气又急，"怎么办啊？"

魏狮半夜和沈小石去吃路边摊，那边不好停车，他就坐在车上等，让沈小石下车去买吃的。等沈小石买好烤串回来一看，嚯，路边停着两辆警车，他还以为是魏狮乱停车惹怒交警把车都要给拖走了。

结果跑近一看，魏狮给人铐在地上，警察说他故意伤人。

沈小石惊道："他伤谁啊？"

警察给他指了指坐路边捂着鼻子，胸口红了一大片的中年男人，道："喏，人家路上走得好好的，你这朋友上去就给人一顿打。"

沈小石知道魏狮不是这样无缘无故乱动手的人，努力替魏狮辩白，奈何警察不听他的，押着魏狮就走了。他举着两把烤串立在马路上茫然无措，只好给我打了电话。

大晚上的还要处理这种事，我深吸一口气，努力让自己心平气和。

"你先别急，哪个派出所知道吗？去那边等我，我……马上到。"

挂了沈小石电话，我翻出通信录里盛珉鸥的号码，犹豫良久，还是选择拨通。

我认识的，这个点还能找到的厉害的律师，也就只有他一个了。

此时已是凌晨一点，盛珉鸥很有可能早就关机休息了，打这个电话，我也不过是抱着试试看的心理，没有太大期望。

可不知道是不是魏狮运气好，盛珉鸥竟然还没睡，虽然电话响了很久，但他最终还是接起来。

"帮我一个忙。"不等盛珉鸥开口，我抢在他前面道。

他似乎正在做什么剧烈运动，说话时声音带着明显的喘息，还有些沙哑。

"凭什么？"

我就知道他会这么问。

"我救过你的员工，就当还我一个人情。只需要你出面帮我'捞'一个人……"

他打断我："那是我的员工欠你人情，你去找她还。"

我一咬牙,手机都要捏爆。怕他下一秒给挂断了,我也顾不得说话的艺术,怎么浅显直白怎么来:

　　"那天在会所请我喝了一晚浴缸水的总是你吧?折腾我折腾得爽不爽?你就看在我被折腾得那么惨的份儿上帮帮我,行不行?"

| 第二十九章 |

沈小石焦急地与我一同等在派出所门外，遥望远方来车。当看到盛珉鸥那辆拉风的银色跑车出现在视野内时，我俩不约而同发出一声惊呼，好似看到了末日救星。

"来了来了！"沈小石冲来车大力舞动双臂，兴奋得就差原地起跳。

盛珉鸥下车时，远远看了我一眼，随后便熟门熟路往办事处走去。

我和沈小石快步跟上，最终在大门口与他会合。

盛珉鸥出门前似乎洗了个澡，靠近脖子的发尾处还带着点潮湿的水汽，凑近了，能闻到一股浅淡的香皂气息。

我握住门把手正要开门，横向伸出一只大手按在门上，阻止了我的动作。

"你们在这里等着。"没有多的解释，盛珉鸥丢下一句话，拉开门头也不回地走进去。

玻璃门再次合拢，隔在我和他之间。

愣怔须臾，我冲他背影喊道："行，那你快去快回！"

我靠在门边，沈小石坐在底下台阶上，两人有一搭没一搭地聊着天，等着盛珉鸥的消息。

"早知道不去那家吃消夜了，最后烤串没吃成，还害三哥蒙受牢狱之灾。不值不值。"沈小石有些气闷地揪着脚边一丛野草，"我突然想起来上次我就是吃完那家烤串第二天崴了脚的，太晦气了。那家一定有问题，下次可不能再去了。"

此时已接近凌晨两点，派出所大门外那条马路，除了警车来来往往，再见不到旁的车辆，且黑漆漆的，光线十分昏暗，不似派出所这块，被大灯照得亮如白昼。

"你便秘是不是还要怪他们肉太瓷实？"等待实在令人焦虑，我掏了掏口袋，摸到不知道什么时候落在牛仔外套里的半包烟，正要感叹一句好运，却发现自己没有火。

幸运还是倒霉，实在是不到最后都说不清的一件事啊。

"不，我怪我们家马桶吸力太差。"沈小石摇摇头，一本正经道。

我愣了愣，骂他："滚！"

等了半个多小时，玻璃门再次被推开，盛珉鸥一马当先走在前头，身后跟着蔫头耷脑的魏狮。

魏狮一见我，上来就是个熊抱："谢了，兄弟。"说着他还大力拍了两下我的背。

他力气颇大，两掌下去我就有些吃不消了，忙挣脱了他的桎梏。

"到底怎么回事？"我问。

不提还好，一提魏狮整个人瞬间憔悴起来，佝偻着背，莫名沧桑。

"唉，事情是这样……"

沈小石下车去买烤串，他就在车上打盹，突然听到有个女孩大叫"抢劫"。一睁眼，就见一道黑色身影从车旁飞奔而过，他二话不说下车去追。

他体格好，腿又长，三两下就让他追到了。不仅追到了，他还把人一把揪住打得鼻血横流，躺地上说不出话。

到这里，都是正常的见义勇为剧情。

但下一秒画风突变，大叫抢劫的女孩报警把魏狮抓了，理由是他无缘无故打了她爸。

原来魏狮睁眼那会儿，抢劫犯早已开着小电驴窜出二十米，女孩的爸爸第一时间追了上去，结果被魏狮误认为是抢劫犯给胖揍了一顿。而女孩也误会他和抢劫犯一伙儿，上去就对他一阵高跟鞋踢踹外加包包扇脸伺候。

"我小腿都被她给踹青了。"魏狮拉起裤腿给我看，小腿肚上果然青了一块。

这真是一出荒谬中夹杂着惨淡，惨淡中透出滑稽，滑稽中又很能体现人性光辉的现实主义闹剧。

"没事的话，我就先走了。"盛珉鸥在魏狮手舞足蹈给我们解释时，一直安静地站在一边，显得修养十足。

只要有第三人在场，他就会戴上那张属于"精英律师"的假面，漠然有礼，谈吐不凡，笑容总在该出现的时候出现，得体又不会过于夸张，将只针对我的恶劣悉数隐藏。

"这次真是谢谢你了，盛律师。你等会儿忙吗？不忙和我们一起去吃顿火锅呗？我请你啊。"魏狮生意做惯了，总喜欢什么事都摆到酒桌上，也不看看现在几点了。

我刚要替盛珉鸥拒绝，远远的警察押着几个醉醺醺的酒鬼往这边走来。我与盛珉鸥、沈小石与魏狮分站两边，让开中间一条道容他们通过。

"我没醉……你们不要铐着我……"其中一个酒鬼在进门前突然毫无预兆地挣扎起来，挥舞的双手危险地砸到我面前。

我下意识出手去挡，脚下凌乱地退后避让，撞上了身后盛珉鸥结实的胸膛。可能是为了维持我的平衡，他伸手扶了一下我。

然而那醉鬼并未因此停下，下一秒整个身体歪斜着冲我撞来。我惊得瞪大眼，只来得及吐出个"我"字，连脏话都没机会骂出口，就被山一样沉重的人体撞得往后一仰。

天旋地转，视野里掠过派出所门前明亮的探照灯以及晴朗的星空。

倒下的刹那，腰间手臂陡然收紧，我耳边响起带着一丝痛楚的闷哼。

我垫着盛珉鸥愣了片刻，回过神立马跳起来查看他的情况。

"哥，你怎么样？"派出所门口那阶梯虽然不长，才三级的样子，但摔下来就是水泥地，硌得半点不含糊。摔得不巧，小则伤筋动骨，大则一命呜呼。

我急得上下左右把他身上都摸了个遍，就怕他哪里被我压折了。

盛珉鸥眉心皱起，额角迅速出了细汗，盯着自己的右脚面色不善。

我一看，发现他右脚脚踝已经迅速肿胀起来，就一会儿连脚脖子都粗没了，知道他这是崴了脚。

那个烧烤摊不是真有毒吧？上次沈小石崴脚，这次盛珉鸥崴脚。

"没事吧？"魏狮三步并作两步跨下台阶，担忧地蹲下询问。

盛珉鸥没有回他，只是将手伸到我面前道："扶我起来。"

我连忙一把握住了，小心将他从地上搀起。

"你喝的投胎酒啊，有病吧你！"沈小石气哼哼就要上去教训那酒鬼，被警察拦住严厉地喝止了。他虽然生气，但也只能不情不愿退到一边。

其中一位警察看盛珉鸥伤得不轻，问道："要告吗？要告就进来做个笔录。但我实话说，意义不大，这几个人一看就是泼皮无赖，没有钱的。"

盛珉鸥垂眼注视着脚下，吃痛得转着脚踝，不甚走心地道："不告。"

警察闻言只说了个"行"，押着人进了门。

魏狮不好意思地挠了挠头："感觉有点严重，要不要去医院看看？都是因为我盛律师才受的伤，这个主要责任在我。"他看向盛珉鸥，"您不用担心，一切医药费我出。该住院住院，该治疗治疗，我绝对负责到底。"

"不用。"盛珉鸥想也不想就拒绝，挣脱我的搀扶试着走了两步，眉间皱得更紧。

我忙过去再次扶住他："你别逞强了，还是去医院看看吧。"

困境摆在眼前，非人力能够解决。他思考片刻，或许也觉得现在不是逞强的时候，没有再拒绝，任我将他扶到了魏狮的车上。

魏狮开着车，载着我和盛珉鸥在前面领路，沈小石则驾驶着盛珉鸥那辆银色跑车跟在后头。

到医院看过后，医生说问题不大，没有伤到骨头，只是需要绷带固定再静养两周。

虽然医生再三叮嘱，要盛珉鸥好好休养，还说若不养好，以后这只脚很容易习惯性扭伤，但盛珉鸥十分不以为然，我怀疑他脚一消肿就会把固定绷带给拆了，然后没事人一样去律所上班。

走出医院时，天色已近黎明，同样，沈小石跟在后头，魏狮驾车又将盛珉鸥送回了他的高级公寓。

将车停好，沈小石蹿上魏狮的座驾，探出头问我："真的不用帮忙吗？"

我朝他挥手，让他们快回去睡觉。

"那我们走了哈，晚安！"沈小石乖乖和我道别。

魏狮的车转过拐角，再也看不到了，我才扶着盛珉鸥进楼。

电梯里，盛珉鸥一路无话，我便也沉默着。

由于是电梯入户，门一开就是个不小的门厅，正对着一扇上了电子锁的大门。

盛珉鸥用指纹开了锁，由我扶进门。

整个公寓与他办公室的装修风格颇为相似，极简主义，将断舍离诠释得淋漓尽致。

客厅空空荡荡，没有沙发，没有电视，只有一块纯白的长毛地毯铺在墙边。正中本该装豪华水晶灯的地方，煞风景地垂吊着一个黑色的拳击沙袋，一旁地上还随意地散落着两条来不及收拾的缠手带。

我瞬间明白过来，我每次打电话给他他都那么喘是在干吗了。怪不得上次能轻松制服仗醉行凶的刘先生，原来他一直在练拳。

将搭在肩上的手臂上抬，盛珉鸥挣脱我的搀扶，自己扶着墙往里走去。

"好了，你可以回去了。"

这还真是……用完就扔啊。

我撇撇嘴，快步上前："别啊，让我看看你的香闺呗。"说着我不管不顾再次将他架住，半强迫地带着他往前走。

整个屋子一共有两间卧室，一间上了电子锁，另一间没有。以我的判断，盛珉鸥应该还没变态到给自己卧室上电子锁的地步，便选择了那间没锁的开门。结果真是被我赌中，房里只一张床垫、一只枕头、一床被褥，除此再无他物。

我正要进去，盛珉鸥一掌撑住门框，阻止我再向前。

这是他私人领地中的私人领地，我知道我不能再进一步，否则他绝对要发怒。

退后一步，我示意他"请进"，不再碰触他。

"你有需要就叫我，我就在外面待着。"

我转过身，没走两步，身后盛珉鸥叫住我：

"陆枫，你是不是误会了什么？"

他的语气里带着点我不喜欢的东西，几乎可以预见，接下来又是一场鲜血淋漓的诛心之论。

我闭了闭眼，深吸一口气，回身看向他："我误会什么了？"

他倚在门边，凉凉睨着我，没说话。

我笑起来："误会你救我是因为你在乎我这个弟弟的命？那你说说，你干吗那天要救我？我硬让你救的吗？"

我以为他起码会找个体面点的理由，结果他只是轻描淡写地回了我一个字：

"是。"

我一蒙，突然找不到话接。

他，盛珉鸥，真的是人类吗？他怎么能一本正经、眼也不眨地说出这种话？

"我硬让你救我的？"我都要气笑了，"那你……你就救了？你不是恶心我，让我离你远点吗？你这时候倒不觉得恶心了？"

他这么理直气壮，我瞬间有点茫然那天被打药的到底是谁。

"这些年我一直把自己的情绪掌控得很好，你也看到了客厅里的沙袋，我找到了合理发泄那些过剩欲望的途径。"他并不心虚，也不愧疚，说出来的话就像个冰冷不近人情的机器人，"那天，可能是喝了些酒的关系，整晚都在陪愚蠢的客户聊天，使我心烦意乱，我有些失控的趋势。好不容易忍到结束，正要赶回家，你就撞了过来，所以……"

我紧抿住唇，脸上的笑一点点消失，我已经预感到他要说什么了。

"刚好遇到了而已。"他环抱着双手，果然一字一句都是朝着我心肺最柔软处戳来，"你不过是个替我解压的沙包，我对你的态度并没有变，别想太多了。"

说完，他转身进屋，对着我拍上了门。

我站在原地缓了好半天，默默做了几次深呼吸，随后走到客厅，倚着墙滑坐下去。

"轻敌了，好痛啊。"闭上眼，后脑抵住墙壁，我摸着自己的心口，低声骂道。

| 第三十章 |

我爸去世后，家里少了一份经济来源，我妈为了养家总是很忙碌。早上，她会把一荤一素两道菜预先烧好，放进冰箱，再将电饭煲定好时间。这样我们放学回到家，用微波炉热一下菜就行。

我十一岁那年的寒假，天特别冷，南方也下起了大雪。那是我有生以来第一次见到真正的雪，轻柔的，寒冷的，遮天蔽日，将整个世界都染成白色的雪。

而在那场雪下得最大的时候，我抱着马桶吐得昏天暗地，连胆汁都要吐出来。

吐过后，会有短暂的舒适期，五六分钟之后又会胃痛不止，产生强烈的呕吐欲。

盛珉鸥听到动静来到卫生间门外，远远地并不靠近我，看了片刻，用并不怎么关心的语气问道："你怎么样，要不要去医院？"

我按下抽水键，眼泪鼻涕一把地回头冲他摆手。

"没……没事，不用去。"

我爸的惨死给我造成相当大的心理阴影，很长一段时间我对医院总是莫名排斥，能不去就不去，一定要去，也是快进快出。所以哪怕那时候难受得要死，我也坚决地表示不需要去医院。

而盛珉鸥那时也不过是觉得"应该"来问一句，所以就问了，问了之后我既然不需要帮助，那是我的事，他也不再多问，转身回了自己卧室。

我坐卫生间地上歇了会儿，摇晃着起身回屋，缩在床上忍过一阵又一阵的胃部不适。

一直忍到晚上九点，钝痛变为激烈的绞痛，不适没有好转，反而越发严重。

冷汗不断自身上的每个毛孔往外冒，疼得我逐渐失去力气，看东西都有了重影。

这种状态让我意识到，我要是再不去医院，我妈回家大概就要替我收尸了。

靠意念撑起最后一点力气，我一步一挪地出了卧室，去敲盛珉鸥的房门。

我们的屋子其实是相邻的，原本的一间大卧室一分为二成两间房。又因为是后改的，盛珉鸥那间房完全没有窗户，逼仄憋闷，总是显得很黑。

后来他搬走了，我妈就将他的屋子当仓库用，把杂物堆得乱七八糟。

"哥……"我吃力地挪到他卧室门口，敲响房门。

过了一会儿，里面传出下地的动静，很快盛珉鸥拉开门出现在我面前。

他那会儿十五岁，已经开始长个，比我高上不少，以至于站得近了，我还需要仰头才能与他对视。

"哥，我难受。"我支撑不住，捂着胃，一头栽进他怀里。

他托住我，往后踉跄两步，让我先站好。

"我没力气……"十一岁到底还是个孩子，没依靠的时候还能硬撑，有了依靠安心的同时，人也脆弱起来，"哥，我感觉自己要死了……一会儿冷一会儿热的……"

盛珉鸥抽出手摸了摸我的额头，说："你好像发烧了。"

怪不得身上一点力气都没呢，我越发将自身重量朝身前少年靠过去，说出的话都带着哭腔："哥，我会不会死？"

盛珉鸥大概觉得我是烧糊涂了，架着我将我丢到沙发上，然后拿起客厅的电话拨通了一个号码。

几声之后，对面接起，盛珉鸥声音带上明显的忧心，表情却完全分离开来，平静得犹如被大雪冰封的湖面，不见一丝波澜。

"妈，阿枫好像病了，我现在打算带他去看病，您下班后直接去医院吧。"

我妈焦急地询问他要不要紧，严不严重，他一一回答了，又让她不要着急，说自己会处理好。

挂了电话，盛珉鸥先进自己屋换了衣服，又去我房间拿了厚外套给我穿上。

拿上钥匙，他往门口走去，并没有要搀扶我的意思。

我走了两步，捂着胃蹲到了地上，一步也走不动了。他见我没有跟上，掉转方向又回到我面前。

"走不动？"

我抬起头，眼含泪花，对着他吸了吸鼻子："嗯。"

他蹙了蹙眉，脸上几乎要现出"麻烦"两个字，我咬着唇，眼泪在眼眶摇摇欲坠。

忽然，盛珉鸥在我面前蹲下身。

我一愣，就听他说："上来，我背你。"

毫不夸张地说，那一刻我脑海里跳出了一行字，那行字写着——"世上只有哥哥好，有哥的孩子像块宝"。

我眨了眨眼，眨去即将溢出眼眶的泪水，慌手慌脚地爬到他背上。

盛珉鸥花了些工夫站起身，随后背着我出了门。

雨雪天道路湿滑，车很难叫，我们家附近那条路又比较偏，盛珉鸥在路边站了会儿，见没车来，只好往前面路口碰碰运气。

"哥……我胃疼……"我缩在他背上，带毛边的羽绒帽遮住头脸，形成一个十分安全又温暖的狭小空间。

盛珉鸥可能被我帽子上的毛毛弄得有些痒，偏了偏头。

"到医院就不疼了。"

对我絮絮叨叨、翻来覆去的那两句撒娇，他总是采取无视的态度，但有时被问得烦了，也会选择回我一下。

雪下得好大，成片落在他的发顶，甚至落在他浓黑的睫毛上。他一眨眼，又都融化成水沿着眼角滑落，和鬓边的汗水混作一块。

我替他用手背擦了擦，忍不住问："哥，我会不会死？"

平时我其实不是那么怕死的人，但可能那会儿年纪小又因为生病十分虚弱，总是会想得比较多，也显得很莫名其妙。

盛珉鸥没有回答我的问题，一步一步缓慢地走在雪地上，不时观察有没有空车经过。

"哥，我难受……我觉得自己要死了……"

盛珉鸥将我往上托了托，气息不稳道："不会。"每说一个字，他嘴里就会冒出一股白雾。

远处有一辆亮着绿牌的车缓缓驶来，盛珉鸥忙上前招手，我的注意力也被吸引过去。

出租车停靠过来，盛珉鸥将后车门打开，随后放我下地，按着我的帽子将我塞进了车里。

"你这……讨厌，怎么可能……说……就死。"

随着关门声，模模糊糊地，我好像听到他接着之前的话又补了一句，但那会儿我因为再次升起的剧烈胃疼彻底失去和他撒娇的心思，只能缩在后座瑟瑟发抖，也就错过了跟他确认的机会。

我平时不是容易生病的体质，就算病了往往也很快就会痊愈，最多两天就又生龙活虎。但那次急性胃炎，我足足在医院挂了三天的水。我妈同兼职的单位请了一天假，之后便怎么也走不开了，只能让盛珉鸥在医院陪我。

挂水一挂就是五六个小时，我有床位，累了还能睡觉，但盛珉鸥只能坐在不舒服的木椅子上一直观察输液情况，累了也不能好好休息。

输液的第二天，我其实已经感觉好多了，烧也退了下去。当我睁开眼时，第一眼看到的便是盛珉鸥。

他撑着下巴，手肘支在我的床边，微微偏头盯着上方的输液袋，显得有些无聊，又有些疲惫。

我动了动手，他发现我醒了，视线转过来。

病痛远离后，对人生对生命，我有了新的体悟。我开始无比热爱这世间的一切——窗外的白雪，叽叽喳喳的小鸟，吵闹的人群，我妈和盛珉鸥。

尤其是我妈和盛珉鸥。

我用插着输液针的手去拽盛珉鸥的袖子，心中生出一种柔软的、满胀的情绪和一些奇怪的自我感动。

"哥，等我长大了，一定会好好孝顺你和妈妈。"体力还没完全恢复，让我声音有些虚弱，但也足够清晰到让盛珉鸥听清了。

盛珉鸥撑着下巴，微挑眉梢，唇角有些好笑地翘起：

"孝顺我？"

我怕他不信我，不自觉收紧手指，加重语气道："嗯，等我长大工作了，赚了钱，一定会对你很好很好，比别的人对你都好。"

小朋友是很天真的，觉得长大就能工作，有钱就可以让人变得快乐。那时候的我，完全没想过自己的人生还有另一种可能，长大了，不仅没能为社会做贡献，还成了社会的负担的……可能。

盛珉鸥长久地凝视着我，眼里的错愕一点点抹平，全都化为漫不经心。

他一哂："行啊，随便你。"

对于他来说，那只是小孩子的童言童语，恐怕从听到的瞬间起就没想认真记在心里。可对于我来说，那一天的每个场景我都记得清清楚楚，每个字都发自肺腑，绝不掺假。

盛珉鸥总觉得，我对他的种种言行，那些恼人的、缠人的、烦人的一切，都是因为弟弟对哥哥的幼稚的独占欲。我与齐阳一生一死，闹得如今这番田地，也全是出自对他的独占欲。

其实不是。

至少不全是。

我对他的种种，是因为他始终是我的哥哥。

我说过我会好好对他，我会替爸爸照看好他，我决不食言。

哪怕他并不稀罕。

炉上的粥满溢出来，我猛地回神，惊慌失措地将火关小，到处找抹布，结果发现盛珉鸥的厨房根本没有这种东西，只能退而求其次，赶紧扯了几张纸巾垫在溢出的米汤上。

与此同时，卧室传来响动，我看了一眼时间，猜测应该是盛珉鸥醒了，连忙将火关了，往卧室方向快步走去。

穿过餐厅，来到走廊，我停下脚步，正好与从卧室走出来的盛珉鸥四目相对。他似乎没想到我竟然还在，握着门把手愣愣地看着我的样子显得有几分可笑。

"嘿。"我朝他打了个招呼，"我煮了粥，要吃点吗？"

| 第三十一章 |

我吃着碗里的粥，间或看一眼对面的盛珉鸥。

他一副商务人士的打扮，戴好表，系着领带，等会儿就要出门的样子。也是我低估了他，我原以为他起码脚消肿了才会去上班，哪晓得他根本没想过休息这回事。

要不人家怎么是成功人士呢，对自己真是狠得下心。

这样一想，我都觉得他对我其实还不错了。

"别光吃粥，也吃点菜啊。"我夹了一块嫩滑的炒蛋到他碗里。

盛珉鸥的冰箱承袭了他的一贯风格，干净得就像完全没有被使用过，打开的时候我差点儿以为自己出现了幻觉。同时又很迷茫，如果不用，这个冰箱到底是买来干吗的？装饰吗？

巧妇难为无米之炊，没办法，我只好用手机订了些大米、培根、鸡蛋之类不容易腐坏的食材，要外卖尽快送来。

附近菜场七点开始配送，到我手上也不过用了半个小时。只是在接过大包小包、关上门的一瞬间，我内心深处忽然冒出新的迷思——既然一样要叫外卖，为什么我不从一开始就叫个早餐呢？

但东西到都到了，就跟"来都来了"一样，还能怎样呢？我只能硬着头皮上了。

盛珉鸥在确定赶不走我后，似乎也放弃了抵抗，改换策略，再次将我彻底无视。能不交流就不交流，能不对视就不对视，能自己站起来，就绝对不要我扶。

我们似乎进入了一个古怪的循环——恶性争执；彼此冷战；我主动求和，他断然拒绝；我死皮赖脸，他选择无视。

他无视我，拿我毫无办法，可算是循环中最平和无害的环节。

而如今这一循环俨然到了最后，只是不知道，下一个"争执"在什么时候开始。

我见他不跟我说话，倒是把粥和夹给他的蛋都吃了，便也不去讨嫌。

用完早饭，我主动将碗洗了，走出厨房，发现盛珉鸥已经穿好西装在门口换鞋了。

他换好了左脚的，右脚却因为打了固定绷带迟迟塞不进鞋里。

我叹了口气，向他走去。

"你别硬来，没听医生说休养不好以后很容易经常扭伤吗？"我单膝跪到他面前，拍拍他右小腿，示意他抬脚，"高抬贵足。"

半天没动静，我仰起脸看他，正与他低垂的黑眸相对。

此情此景，除了暂且屈服，没有别的选择。盛珉鸥是个十分识时务的人，在没有第二种选择的情况下，从不做无谓的挣扎。所以只是思索片刻，他便缓缓抬起了那只受伤的脚。

我拿着鞋小心替他穿上。还好这双鞋是小羊皮的，十分柔软，没多费什么工夫便套了进去。

"紧吗？"我松开他的脚，让他试着落地。

他踩了两下，感受片刻，终于对我说了一句话："可以。"

我站起身，拍了拍手，过去架住他的胳膊。

"走，送你去上班。"

兴旺典当那里，我已经跟魏狮请了一礼拜的假来照顾暂时"残废"的盛珉鸥，魏狮大方地批了我半个月假，还说可以再加，不用跟他不好意思。

他也是想太多，盛珉鸥大半夜去"捞"他，还崴了一只脚，我怎么可能跟他客气。

"你会开车？"盛珉鸥见我十分自然地拿了玄关处的车钥匙，不由得蹙起眉发出了今日的第一个疑问句。

"我会啊。"刚出狱那会儿，魏狮让我去学鉴定，又说反正都要学，让我顺便把车也一起学了。

学车对我来说并不难，就是拿到驾照后，因为我自己没车，也就从来没开过。

但车嘛，还不是大同小异。盛珉鸥的跑车和教练那破桑塔纳，能有多大区别？

"砰！"

银色跑车的左后视镜发出一声惨叫，被停车位旁的立柱结结实实扇了一巴掌，扇得头都偏了过去。

区别有点大！

不用下车看我都知道，后面的漆一定被蹭掉了。

身旁传来盛珉鸥还算淡定的询问："你真的会开吗？"

我摇下车窗，将后视镜的"头"又扳回去，冲他尴尬一笑："真的会开。放心，我有驾照，就是你这车太高级了，我要适应适应。"

缓慢地一路维持四十迈的车速，任后车如何闪灯按喇叭我都岿然不动，直到发现连电瓶车都超到我前面去的时候，我才勉为其难地加了五迈。

盛珉鸥在车里接了两个电话，都是问他什么时候到的，似乎有个相当重要的会在等他。

他回答了对方预计的时间，只说路上有些堵，却从来不催促我开快一些，不知道是不是怕我一脚油门将他直接送进住院部。

好不容易到他公司楼下，我大概花了比平时多两倍的时间。

锦上律师事务所的员工对于老板瘸着腿来上班这件事报以十二万分的注目，但可能盛珉鸥平时积威甚重，除了吴伊竟然没一个人敢上前关心。

"老师，你这是怎么了？"他惊诧地打量着被我搀扶着的盛珉鸥，"骨折了？"

"不小心扭到而已。"盛珉鸥没跟他多做解释，"告诉大家我到了，开会吧。"

吴伊点点头，应声离去。

盛珉鸥让我将他扶到了会议室，我见会议室角落有两张椅子，便挑了一张坐下。要唤作是平常，盛珉鸥肯定会让我滚，但现在他情况特殊，我们又处在一个"我死皮赖脸，他选择无视"的阶段，他也就对我放任自流，没有让我离开。

会议室陆陆续续进来不少人，坐满大半个会议桌。每个人入座前都要看一眼我，对我充满好奇。

我有时会对他们回以微笑，回累了就低头玩手机，假装感觉不到投到身上的那些目光。

盛珉鸥的会一开就是三个小时，连午饭都是前台进来送的餐。让我没想到的是我也有份。

玩了三个小时游戏后，我的手机烫到似乎下一秒就要爆炸，并且电量即将告竭。

我只好收起手机，托着下巴给自己找事做，看看桌子看看椅子，又看看天花板，最后视线落在盛珉鸥那儿。

他支着一只手，无意识地捻动手指，另一只手不时根据会上发言在笔下资料上圈画重点，当遇到有不解的地方时，他会稍稍抬起手指示意，这样，对方就会迅速停下讲话，等他发问。

他的姿态或许随意，但总是能直击重点，有时候甚至会将对方问得哑口无言。

这是他的国度，他拥有这里的绝对统治权。

会议室的气息分外杂乱，我却似乎能准确嗅到从他身上散发的那股独特的香水味——沉郁，但富有进攻性。

它们仿若盛珉鸥勃勃野心的具象体，张牙舞爪地从西装革履的躯体中攀爬而出，沿着地面，顺着双腿，一路侵袭你的大脑，让你只想拜服在他的卓越能力之下。

我看得津津有味，眼一眨不眨，视线若有实质，怕是能直接在他身上灼出两个洞。

他很快感知到，从文件里抬头扫了我一眼。

我冲他咧嘴一笑，丝毫没有被抓包的心虚。

"老师，这是昨天清湾基金会送来的一些公益案件，两起民事，一起刑事。我个人觉得可以接那起刑事的，当事人认罪，但他想要三年以下刑期，我们可以通过'辩诉交易'快速结束这起案子。"吴伊转动着手里的圆珠笔，靠上椅背，脸上露出狡黠之色，"这种公益案件多不胜数，但既然是基金会发下来的，我们只能接受，不过没人规定我们不能选简单的案子接不是？"

到这会儿，我才有点他果然是名律师的真实感。之前老实说，我看他更像是盛珉鸥的司机，甚至一度怀疑盛珉鸥是暂时人手紧缺少个打杂的才会让他跟着。

盛珉鸥打开新的文件夹，一页页翻看："还有两起是什么？"

吴伊想了想："好像是……一起医疗纠纷，一起交通肇事。"

一位女律师研读着面前的文件，道："医疗纠纷有些胡搅蛮缠，原告认为自己服用美腾制药生产的抗过敏药物后得了抑郁症，有强烈的自杀倾向，因此指控美腾制药药品有缺陷。嗯……这可不是基金会能够承担诉讼费用的。"

另一位男律师道："而且美腾说不定以后会成为我们的客户，不宜得罪。"

吴伊道："交通肇事有两个共同被告，货车司机和保险公司，三个律师一庭审本来就够麻烦了，而保险公司的律师又是出了名的不好对付，可以预见是个难啃的官司。而且……"他对着文件上的字念了一段，"货车撞死正常行走的行人，保险公司因货车超载拒绝赔付，行人家属无奈将货车司机与保险公司双双诉诸法庭，感觉没什么胜算。"

几乎同时，我与盛珉鸥的视线一齐投向他，会议室没有人再开口，一时陷入诡异的沉默。

吴伊半天没听到盛珉鸥回应，后知后觉抬起头，一眼看到盛珉鸥一言不发地盯着他，而其他人也因为盛珉鸥的这一古怪行为纷纷看向他。一瞬间，他好似成了会议室里的西洋镜。

吴伊面容一僵，吓得说话都结巴："老、老师，我说错什么了吗？"

盛珉鸥将视线放回文件上，扯下一页滑向会议桌中央。

"把另两个推掉，接交通肇事。"

"好……好。"吴伊讷讷点头。

他一言定下，旁人便再不能置喙。

|第三十二章|

撞死我爸的，是一辆装满货物的集卡。

那天他本不该走那条路，只是再过几天就是我妈的生日，他去给她定做蛋糕，回途时贪近，便走了平时不会走的道。

而意外就是在这时发生的。

他开着电瓶车正常行驶，斜后一辆集卡突然爆胎失控，从后面撞了过来。限载 50 吨的车，超载了 20 多吨。司机全责，然而保险公司却以合同规定"车辆违法、违章载运不予理赔"为由，拒绝赔付。

司机自己那车都是贷款买的，言明要钱没有要命一条，实在不行抓他坐牢。

我妈接受不了我爸平白无故失去性命却连应得的赔偿都拿不到，只得一纸诉状，将司机与保险公司告上法庭。

律师是法院推荐的公益律师，我们只需要付很少的钱就能得到服务，但同时也意味着，我们对服务不能要求太高。

官司断断续续打了两年，律师一直不怎么上心，经常需要我妈不断地催促，他才会告知案件的进展。

最后判决下来，保险公司根据合同条款无须赔付，司机折合医疗丧葬等费用，赔偿我们二十万元。

两年，一条命，二十万元……

我妈不甘心人命被如此轻贱，怒而打官司。不承想，事与愿违。

她在法庭外不顾形象地拉扯着律师的衣袖，崩溃大哭，求他再想想办法，只是换来对方黑沉着脸，万分嫌弃的一句："不知好歹。"

在对方看来，能有二十万元赔偿已经很好，再多纠缠不过浪费彼此时间。识相的，就应该接受这个判决结果，而不是像我妈这样贪得无厌、不知满足。

仿佛，这二十万元是天上掉的馅儿饼，是彩票中特等奖，而不是我们死乞白赖，到处求来的应得赔偿。

律师不悦地一把甩开我妈，大步离去。我妈跪坐在地痛哭不止，喊我爸的名字，问他怎么就这样死了，又骂老天为何如此不公，困惑这世间到底还有没有良知。

我抱着她，不住轻拍她的背，试图让她镇静下来。

法院内铺着厚重的大理石地砖，因为年代久远，每一块都有少许磨损痕迹。当鞋底碰触石面，会发出轻微的磕碰声，没什么人时，这唯一的声响便会在悠长的走廊内回荡开来，反衬得整个建筑更为庄严肃穆。

记忆里，我妈无助的哭声揪扯着我的心，让我第一次尝到了"无能为力"的滋味。可最让我耿耿于怀的，还是那名律师毫无留恋的脚步声和他无比冷漠的背影。

"妈，没事的，会没事的……"我笨拙地安慰着情绪激动的母亲，下意识地想要寻求兄长的帮助。

当我看向盛珉鸥后，发现他正立在走廊正中，异常安静地注视着那名远去的律师，漆黑的眼眸像是覆着一层灰蒙蒙的雾，叫人难以探明他的真实想法。

"哥？"我有些害怕他这样的表情，总觉得这和平时的他不大一样。

盛珉鸥闻声看过来，盯了我许久，忽然开口道："原来这世界，并非杀人就会得到惩罚。"

他没有觉得愤懑，好似只是突然意识到这个问题，进而感慨。

我浑身一震，有些呆愣。盛珉鸥的话，身处的氛围，母亲的哭声，远去的律师，这一切交织在一起，让当时只有十二岁的我茫然又无措。

我不知道自己该怎么回答他，这甚至不能算是一个问题，更像是一块千斤巨石，稀里糊涂，闷头闷脑就砸向了我。

"哥……"我讷讷难言，被他的话压在心头，窒闷不已。

申诉无门，毫无办法，苦涩不甘的眼泪夺眶而出，我撇过脸，怕自己情绪一失控，我妈会更难受，只好咬牙硬忍，将身体都憋得隐隐颤抖。

不知过了多久，可能是几分钟，也可能只是几秒钟，我的肩忽然被一只手轻轻按住，我回过头，就见盛珉鸥已来到我们身边。

他张开双臂，揽住我的同时，另一只手像对待小婴儿那样，轻柔拍抚着我妈的脊背，也拍着我的手。

"别怕，你还有我们。"他低声地，不知在和谁说。

我妈那时候情绪激动，听没听进去我不知道，但彼时彼刻，这句话的确给了我莫大的安慰。

十几年后，差不多的案件兜兜转转到了盛珉鸥的律所，被他选中。我不知道当年他是否也有不甘，是否也感到愤恨，但他去二存一，独独留下这案件，应该也是介意的吧。

下午我感到有些累，毕竟昨晚也没有好好休息，只在盛珉鸥家客厅的地毯上眯了两个小时，光闭眼没睡着，于是我在律所会客室的沙发上打起盹儿。

昏昏沉沉睡着，忽然会客室的门被推开，我从浅眠中醒来，见前台领着一大一小——一个三十多岁的女人和一个小女孩立在门口。

"呀！陆先生不好意思，我不知道你在休息。"前台见我被吵醒，连忙道歉。

我坐起身，揉了揉眉心："没事，是我占你们地方了，你要用尽管用，我去别处待着就好。"

前台退后看了一眼门外某个方向，过了一会儿又看向我道："不用不用，这两位客人就是暂时待一会儿，盛律师那边有空了立马要见她们的。"

她让女人与孩子先坐一下，之后便出门去为两人倒水。

女人神态疲惫，脸色憔悴，衣服上有着明显的折痕和一些污渍，瞧着心事重重的样子。小女孩则一直紧紧挨在她身旁，状态虽然要好一些，但眉宇间始终笼着一层这个年纪不该有的郁色，看人也总是怯怯的。

女人冲我点了点头，随后在我对面坐下。

"娜娜，你看底下楼房多小啊，好不好看？我们去看看好不好？"她试图调动小女孩的情绪，可小女孩对新鲜事物丝毫不感兴趣，只是紧紧靠着她，几乎要缩进她怀里。

女人有些无奈，不知为何长长叹了口气，眼睛有些红。

"孩子几岁了？"我出声问道。

女人一愣，看向我，努力挤出一抹干巴巴的笑："六岁，明年该上学了。"

"是叫娜娜吗？"

女人点点头："是，大名许娜，小名娜娜。"

我将语气迅速切换到轻快的频道："娜娜，叔叔给你变个魔术好不好？"我从桌上抽了两张纸巾，拉了拉身上外套，盖在两手上，道，"这个魔术我一般不随便给人表演的，今天看到你这么可爱的小姑娘才破例一次，你可别眨眼啊。"

许娜仍是不言不语，紧挨着妈妈，眼神却好奇起来。

我捣鼓着手上那两张纸巾，折出花苞，翻出花叶，最后一只手捏住外套衣领，煞有介事地向许娜介绍。

"来了，这是只给小可爱的礼物，噔噔噔噔！"一掀外套，一枝俏生生的纸巾玫瑰出现在我手中。

许娜立时睁大双眼，露出万万没想到的惊叹表情。

我跨出一步，单膝跪到她面前，送上为她折出的玫瑰。

许娜犹豫了片刻，有些害羞地伸手接过，小声冲我道了声谢。

我见她脸上有了笑意，知道她终于放松下来了，于是提议："你想不想学，叔叔教你啊？"

许娜抬起头，看看我，又看看妈妈。

"没事的，娜娜想学吗？想学就让叔叔教你。"女人露出了进门以来第一个真心实意的笑容。

许娜又看回我，冲我重重点了点头，用柔嫩的嗓音道："想学。"

我开始教许娜折纸玫瑰的方法，等她学会后，又教了她折老鼠、折天鹅和折兔子。当中前台进来送了次水，颇为惊奇地驻足观赏了片刻，还问我怎么会这么多折纸技巧。

如果她十年间无所事事，只能日复一日望着高墙外的天空发呆，她也能学会很多无聊的小把戏。

有一段时间，我还会把给盛珉鸥的信折成各种形状寄出，回头再看，简直无聊到自己都受不了。

前台之后又进来了一次，客气地对许娜的妈妈道："杨女士，盛律师可以见您了，请跟我来。"

许娜正和我玩得不亦乐乎，杨女士显然是不想打扰女儿玩耍，不好意思地同我商量，问我能不能暂时照看一下许娜。

"当然没问题。"我一口答应。

杨女士又和许娜解释自己就在隔壁，让她先在此处玩耍，等自己见过很厉害的律师叔叔，她们就可以回家了。

许娜乖巧地点了点头，杨女士走时，还和她挥手道了别。

我陪着许娜几乎折光了一盒纸巾，小姑娘摆弄着茶几上的一排玫瑰花，忽然抬头问我："叔叔，你会折小人吗？"

"小人？"

许娜指指自己："和我一样的小人，要让人一眼看出是我。"

折个火柴人还勉强，折个和她一样的可就真的为难我了。

我遗憾地摇摇头："这个难度有点大，叔叔学艺不精，暂时还折不出和娜娜一样可爱的小女孩。"

许娜有些失落，低低"哦"了一声。

"为什么要折小人？"我忍不住问她。

"因为……"许娜小声道，"妈妈说，给爸爸烧什么，他就能收到什么。烧钱就能收到钱，烧房子就能收到房子，那如果烧个我，爸爸就能收到娜娜了。我好想爸爸，爸爸肯定也很想我……"

我无论如何也没想到答案竟然是这样。

童言无忌，好笑、惊悚、暖心、伤感，酸甜苦辣齐聚，真是好一个人间百味。

| 第三十三章 |

许娜玩累了，在沙发上睡了过去，我将自己的外套披到了她身上。

杨女士和盛珉鸥在办公室交谈了一个多小时，等再回到会客室时，外面已近黄昏。她谢过我，小心抱起孩子，由吴伊将她们送出了门。

我披上外套跟出去，等吴伊送完人，迎上去勾住他肩膀。

"她们是那起交通肇事案的死者家属？"

吴伊惊讶道："你怎么知道的？杨女士跟你说的？"

"靠聪明才智猜的。她们的穿着谈吐和你们的目标客户群相差太大，一看就不是会拿几十万元、几百万元请你们打官司的人。而且……"我露齿一笑，"我刚在会议室听到你说要叫委托人下午过来一趟了。"

吴伊莞尔："原来如此。"

他告诉我，今天叫委托人来，其一是了解一下对方对赔偿金的心理预期，其二是向对方解释接下来要走的法律流程。

他叹一口气："小孩子最可怜了，这么小就没爸爸。"

谁说不是呢？赔偿金再多，娜娜的爸爸也不可能复活，无法再陪她长大。对小孩子来说，这终究是种难以弥补的缺失。

"您好，盛先生订购的加急件到了。"

我与吴伊一同往回看，见门口站着个快递小哥，怀里抱着个狭长的快递盒，正不住往里探看。

吴伊刚要上前，被我勾着肩拉回原地。

"我来我来。"我殷勤地迎向小哥，从对方手里接过快递签收。

牛皮纸盒长约一米，宽不过二十厘米，拿在手上挺轻，不知道是什么。

同吴伊暂别，敲了敲盛珉鸥的办公室门，不等里面回应我便推门而入，嘴上同时道："先生，您的快递到了。"

曾经那张满是印记的办公桌已被换掉，新桌仍是原来的款式，透明洁净，桌面上毫无多余的杂物。

听到我的声音，盛珉鸥从文件里抬头，一言不发地将桌上电脑等物扫到一边。

我明白他的意思，将快递盒放到桌上空出来的地方，又将笔筒里的拆信刀递给他。

他头也不抬地接过了，利落地拆开盒子，从中取出一根精美的绅士杖。

木质杖身纤长坚固，配以苍白的鹿角手柄，实在是高端大气上档次。

如果我没认错，这手杖是意大利牌子，纯手工制作，还挺贵，随便一根就要四位数，特殊材质更是要飙到上万元。像盛珉鸥这根木身鹿角杖，怕是没一万元拿不下。

唉，崴个脚而已，何必费这钱？早说我给他在超市买根老人杖，一百元都不用。

我拖出他对面的椅子坐下，问："你会接下那个案件，是不是因为爸爸？"

盛珉鸥将手杖举到面前细细打量，挑剔又傲慢的姿态，仿若一位正在检阅自己权杖的国王。每一处细节都力求完美无瑕，每一个衔接都要巧夺天工，不然实在配不上他高贵的身份。

"想接就接了。"他握住手柄，将手杖戳在地上，随后试着站起来。

不得不说，鹿角这种材质实在很配他，雄壮美丽，优雅暴力。

一开始还有些不熟练，但很快，他优秀的学习能力充分得以凸显，几乎只用了不到两分钟，他便彻底掌握诀窍，行走自如起来。

亏我还请了半个月的假，结果我这根"人体拐杖"才一天就下岗了。

盛珉鸥在办公室来回走了两圈，可能还挺满意，唇角不自觉露出点笑意。只是在看向我的时候，那点微末的笑又转瞬即逝。

"车钥匙留下，你可以走了。"

我就知道他急着买手杖是为了赶我走。

"我可以开车送你回去。"

他断然拒绝："不用，我可以让吴伊送。"

"那多麻烦他啊。"

盛珉鸥嗤笑一声，用一种"你在明知故问什么"的眼神看着我，缓缓道："我更怕麻烦你。"

我笑容淡了几分，转开视线，不再看他。

只要看不到他轻蔑的眼神、嘲讽的表情，人为降低攻击力度，似乎所受到的伤害也能更轻一些。虽然有点自欺欺人的嫌疑，但这已是我能寻求到的最佳应对：

"我不怕麻烦。"

他的声音沉下来："陆枫，我以为昨天我已经说得够明白了。"

停下椅子的转动，我牢牢盯着地面，忍着满腔苦涩道："我明白，我不会自作多情的。你讨厌我，憎恶我，我比谁都清楚。"

这话不说则已，一说出来，杀伤力大到连我自己都要承受不住。以前就算都知道，有时候也会有鸵鸟心理，不去想就好像不存在，揣着明白装糊涂。可一旦化为语言，便容不得我再逃避。我必须承认，盛珉鸥绝无可能将我当作真正的家人。

一年见个一两次，逢年过节难得打个电话，只要我不和他撕破脸，他绝不会同我断绝来往。我们应该是这样冷漠疏远的关系。

盛珉鸥哪怕心里再看不惯我，表面也会与我客客气气，维持着毫无血缘的兄弟情谊。

事情发展本来应该是这样的，到我十六岁时，都是这样的。可坏就坏在我想求变，想焐热这块坚冰，还让他觉察到了。他再也懒得维持表面的虚情假意，对我的亲近戒心满满。厌恶就是厌恶，不喜欢就是不喜欢，他不屑和我兜圈子，也懒得顾及我的感受。

毕竟，他连对自己都那么狠，又怎么会对一个不在乎的人心软？

"你看你崴了脚，现在行动不便，我正好又对那起交通肇事案很感兴趣。不如你就让我这段时间当你的免费司机，换取一个能够了解案件进展的机会，怎么样？"我同他商量，"我绝不会干涉你的生活，也不会再做什么让你感到不快的事。只是……让我看到你赢。你知道的，这个案件对我来说同样意义非凡。"

我抬头看向盛珉鸥，几乎是祈求着他，而此时，黄昏的太阳正好照射到对面大楼的玻璃幕墙上，窗外的光线陡然刺目起来。盛珉鸥背着光，完全陷入难明的黑暗。

时间一分一秒过去，我紧张不已，就怕如此做小伏低，盛珉鸥也不为所动。

我老实坐在椅子上，让自己尽量显得温顺又无害，真诚且可靠。

他默默注视我片刻，拄着手杖一步步朝我走来，最终停在离我一米左右的地方。

我咽了口唾沫，不自觉地坐直身子。

"约法三章。"他俯视着我，薄唇轻吐，"一、只许旁观，不许发表意见；二、只许旁观，不许随意碰触；三、只许旁观，不许有异议。为期一个月，车你可以开走，但必须在我需要用车的时候接送我。"

简单来说，在案件上他让步了，但感情上，他绝不给我可乘之机。

这样也好，他不用想着怎么防我，我不用想着怎么接近他，这一个月我们暂且抽离感情，和平共处，只专注在共同的目标上。

很好，实在完美。

"明白吗？"盛珉鸥问。

我忙不迭地点头，表示自己明白了，绝不违约，他要是不相信，我还能对天发毒誓。他坐回自己的位子，把纸盒丢到一边，再将自己的笔记本挪回原位。

"对了……"

"一。"本还想问他更多案件细节，他却看也不看我，直接丢了个数过来。

我愣了愣，很快反应过来，约定——一只许旁观，不许发表意见。

这就开始了？

我有些诧异，但仍遵守约定紧紧闭上嘴。见盛珉鸥已经自顾自地继续办公，我只得悄悄从座位上起身往门口走。

走一半，我又退回去，把地上的快递盒也一道拿走了。

之后按照约定，每天早上我会到盛珉鸥公寓楼下接他，将他送到律所，白天就窝在他们会客室刷手机玩游戏，如果有与交通肇事案相关的会议，吴伊会叫我旁听，晚上我再将盛珉鸥送回家，之后自己回家。

如此一个礼拜，虽然还没庭审，但我已将他们律师的那套程序尽数摸清。

同时摸清的，还有盛珉鸥的行程作息。雷打不动地九点到律所，开会，准备材料，询问其他律师案件进展，之后会客，会客，会客，看文件，直到晚上九点下班回家。

有时他也会有其他的安排，比如……去一些高档场所见一些高档的客户，大多是在五星级酒店、高级会所这样的地方，也有一些私人俱乐部，但比较少。一般我就在车里等他，少则半个小时，多则说不好，他见完客户便会原路返回。

这一周别的不说，我车技绝对见长。

"今晚你和我一起上去。"车稳稳停下，盛珉鸥突然道。

我虽然疑惑，但什么也没说便点头应了下来。没办法，谁叫我和他约法三章在前，我不能发表意见，不能有异议，基本就是他说什么就是什么了。

在侍应生的带领下，我与盛珉鸥一同乘上会所金碧辉煌的电梯。上升期间，他又补充警告，说今天的客户十分难缠，要我充当壁花就好，能不说话就不说话，能不动就不动，最好连呼吸都不要有。

"如果你搞砸了，我们的约定就作废。"电梯门缓缓打开，他拄着手杖走出去，只留给我颇不客气的一句话。

那你叫我上来到底是干吗的？我莫名其妙，对着他背影忍不住腹诽。

一进包厢，我便看到屋里有条长长的高尔夫练习毯，一位身材中等，穿着休闲的中年男子潇洒挥下一杆，球擦着边过了。

他轻啧一声，回头看到盛珉鸥，像是刚发现我们的到来，嘴里哎呀呀地叫唤着，带着浮夸的热情，上前与盛珉鸥握手。

"小盛啊，你可算来了。"

盛珉鸥与他握了握手："蔡先生，您好。"

蔡先生只在最初看到我时顺嘴问了句我是哪位，在盛珉鸥告诉他我只是他的助理后，便失去兴趣不再关注我。我也谨遵盛珉鸥吩咐，乖乖站到角落同包厢服务员一起当壁花。

这个蔡先生，的确难缠。客气是很客气，大方也挺大方，但上来就满嘴国际形势、莎翁、尼采，今天拍了什么画，明天要去哪儿吃饭，天南海北，就是不聊正事。

盛珉鸥几次想把话题引入正轨，都被他三言两语揭过。开了一瓶威士忌不够，又开了瓶据说自家酒庄年份很好的红酒，说话绕来绕去，就是绕过主题。

一次两次还行，次数多了，盛珉鸥眼看脸上惯常戴着的精英假面都要挂不住，虽然仍在笑，但眼神一点点冷下来，笑不入眼，显得分外敷衍。

但这是我的视角，蔡先生毫无所觉，仍旧在那儿高谈阔论，还邀请盛珉鸥上去挥两杆。

盛珉鸥一个瘸子，玩什么体育竞技？蔡先生如果不是故意整盛珉鸥，那就真的是个没眼色又自我到极致的人。

这种人，不让他满意就没有合作的可能，怪不得盛珉鸥如此谨慎，恐怕这已不是他们第一次交锋。

蔡先生一番盛情，连位子都让开了，盛珉鸥再坐下去难免气氛要凉。

我正寻思着他该怎么处理，就听到自己的名字。

"陆枫，"他站起身，几步走到高尔夫毯前，将手杖递向我的位置，"替我拿好。"

我忙走过去接住了，见他微笑着握住蔡先生递过来的球杆，从他那若无其事的皮相下竟然看出了一丝阴冷的暴戾之气。

此情此景，我有点怕他下一瞬挥起球杆把蔡先生脑袋打爆，不自觉地向前一步。

盛珉鸥斜斜看过来，摄人的目光霎时将我定在原地，再不敢上前。

双脚分开与肩同宽，上身微微伏低，确认球杆与球的位置，再轻巧而不失力量地挥下球杆。"嗒"的一声，高尔夫球贴着草坪平滑顺畅地落入球洞内，盛珉鸥完成了一次精准的推杆。

如此举重若轻，是高手了。

蔡先生没想到盛珉鸥这么厉害，半张着嘴有些愣怔。

"没什么意思。"盛珉鸥毫不在意地将球杆往地上一丢，从我手中取回自己的手杖，接着对蔡先生道，"蔡先生如果感兴趣，我们下次可以约一场高尔夫球。"

"啊……好。"

蔡先生不知是不是被盛珉鸥的气势震到了，之后终于好好与盛珉鸥坐下来谈了两句正事，表示会尽快催促公司法务审完合同，十分期待与锦上律师事务所的合作，云云。

盛珉鸥喝了不少酒，结束后人虽清醒，脚步却有些浮，这时就需要我扶着他了。恐怕这也是他让我跟来的主要原因。

我们回到车上一身酒气，已是午夜十二点。

盛珉鸥脱去外套，松了领带，解开衬衫最上边两颗纽扣，随后便不再动作，闭目养神起来。

一个小时后，我将车停到他公寓楼下面，见他没动静，只好出声唤他：

"哥？"

他缓缓睁开眼，蹙眉打量四周，发现是到家了，直起身去开门，结果开了几次没成功。

我看他这样不行，怕是他自己无法上楼，便下车绕到他那边，替他开了车门，将手递过去。

他看了我的手半响，没吱声，一把握住了。约法三章，说到底也不过是对我单方面的约束。

"好了，你可以走了。"一进大门，他飞快松开我的手，开始赶人。

我将门关上，不过没出去。

"我给你做点醒酒汤再走。"

才走两步，盛珉鸥将手杖抬起，横在我前方，挡住我的去路。

"我再说一遍，你可以走了。"他的指关节因用力而突起，显出分明的轮廓，不知是不是酒精的关系，杖身轻微颤动着，有些不稳。

我知道这是他最后的警告，潜台词满含危险意味，我憋着气只好转身离去。

我刚到门口握住门把手，就听身后一声手杖落地的轻响，接着是盛珉鸥的闷哼。

我忍不住回头，发现他应该是弯腰拿东西的时候一个没站稳，失去平衡摔倒了，此时屈着一条腿，双手后撑坐在地毯上，正目光不善地盯着自己不争气的右脚。

"哥！"我吓了一跳，忙过去查看，"你有没有摔坏？"

我去扶他，不可避免地要碰触他的身体，刚碰上便被他反应剧烈地一把挥开：

"滚！"

我一个不察坐到地上，呆了呆，也有点恼火。但随后抬头看他时，错愕地发现他双眸紧闭，眉心蹙起，像是极力忍耐什么的样子。再看他撑在身侧的左手，正抓着一条暗红的缠手带，刚刚似乎就是为了拿起它才不慎跌倒。

我恍然明白过来，他都这样了竟然还想打拳。

"盛珉鸥，你多久没宣泄了？"我盯着那条被地毯衬得颜色越发艳丽的缠手带道。

盛珉鸥呼吸一轻，睁开眼看我。

"一……"他当然不会回答我，冷冰冰的数字，分不清代表警示还是代表他的耐心。

任他数到"二"，我自岿然不动。他手边就是鹿角手杖，我怀疑我要是再不走，今晚被打爆头的就是我了。

可在他要数到"三"的时候，我并没有选择起身离开，而是从他手里抽出了那根红色的缠手带。

他声音停顿，目光透出狐疑。

我没理他，将缠手带丢到地上，同时嘴里接着他数道："三……"

话音落下，我退开两步，摆出拳击里防守的姿势。

以盛珉鸥的智商，应该能明白我此举的含义。

我不会发表意见，不会随意碰触，也不会有任何异议。

所以，他可以做任何事，包括打爆我的头。

"再过两天就是庭审了，你现在这个样子，也没办法冷静应对吧？"

我顿了顿，没得到任何回应。盛珉鸥只是看着我，脸上表情并无和缓的意思。

老实说，就是我脸皮再厚，被人这么晾着，也有点难堪。

"不是……拿我当沙包吗？"我讪笑道，"反正一次也是用，两次也是用，有需要就多用几次呗。"

盛珉鸥仍然看着我没说话，我攥紧了拳头，静静等待。

所幸我并没有等太久。"啪"，手杖摔到地上，下一瞬盛珉鸥迅速扑向了我。

我们摔到了地上，缠斗在一起，像两名专业的摔跤选手，施展着各种关节技，试图打败对方。

我顾忌着盛珉鸥的腿，并没有用全力。当然，我怀疑就算我用全力也打不过暂时"残废"的他。

随着时间推移，我渐渐力不从心，喘息声大到仿佛年久失修的抽油烟机。

一恍神，盛珉鸥用膝盖顶着我的腰，将我胳膊扭到身后，抓着我的头发按在地上，彻底宣告了自己的胜利。

"这世上，愚蠢的人实在很多，每天光是要忍耐他们……我就已经筋疲力尽……"抓着我头发的手越发收紧，盛珉鸥的声音到这会儿也带上喘息，"每天我都会自问，为什么我不是其中之一呢？做个愚蠢的普通人……像你一样，该多好！"

我的手很痛，头皮也很痛，但考虑到他现在的状态，我决定暂且忍耐，不和他一般见识。

"很难受？"盛珉鸥伏低身，在我耳边道，"这不就是你想要的吗？像哈巴狗一样围着我转，开心吗？”

大概真是憋太久了，加上酒精催化了他本就不佳的状态，使他恶劣程度呈几何上升。

我真想回他个大大笑脸，再高喊一句"开心，太开心了，谢主隆恩"恶心恶心他。

胳膊上的力道一松，疼痛顿减，随后盛珉鸥抓着我头发将我掀到一边。

我歪倒在地，有些晕头转向。

"现在你可以走了。"

手杖敲击着地板，缓慢远离。

沙包的职责已尽，也就没有用了。

自嘲一笑，我揉着胳膊坐起身。

我从地上站起，整了整衣物，也不管盛珉鸥听不听得到，直直朝卧房方向喊了一句："走了啊！"

说完我径自离去。

| 第三十四章 |

第二天，我准时接盛珉鸥上班，他看起来一切如常，像是完全不记得昨晚发生的事，对我并无不同。他态度明确，我也就做好他所期望的，只当无事发生。

有时候我真的很佩服他，换作别的任何一个人，恐怕都做不到他这样理直气壮、面不改色。而且不知是不是将情绪发泄透彻的关系，他说话的语气都像没那么不耐烦了。早上我刹车不及差点儿追尾前车，往常他早就要发火，今天却只是让我"看着点"。

明天就要庭审，盛珉鸥大概也想精神饱满地迎战对方律师，晚上并没有安排什么应酬，只是召开了一场开庭前的长会，从下午一点开始，不知什么时候结束。

会议冗长，中间时不时穿插专业术语，我听得直打瞌睡，到一半实在听不下去，只好离开会议室出去透气。

莫秋的电话便是这时候打过来的。

罗峥云死了，莫秋的麻烦也没了，但他不是我，一个大活人死在他面前，还是曾经喜欢过的明星，让他本就敏感的内心深受重击，抑郁又应激，他消沉了好长一段时间。所幸他也知道自己状况危急，不自救怕是只有死路一条，便听从心理医生的建议，报了个互动性十分强的旅行团，出去玩了两个多月。

我看他发在朋友圈的那些照片，蓝天、大海、爱笑的年轻人，气色好了，人也精神了，治疗效果堪称卓越。

他这次打电话给我，一来是旅行归来给我带了伴手礼，二来是为了感谢在罗峥云一事上我对他的帮助，要请我吃饭。

感谢不感谢的我倒是不在意，但他既然都这样说了，我也不好再拒绝。最后由我选了盛珉鸥他们律所楼下的一家餐厅作为碰面地点，那是家粤菜馆，口味地道，食材新鲜，性价比也高，锦上的那些律师都喜欢在那儿订餐。

莫秋没有异议，敲定五点见面。

挂了电话，我看了一下时间，发现快四点半，盛珉鸥那边还早的样子，我吃完了都不知道他们有没有散会。

我与前台小妹打了声招呼，说自己下去吃个饭，如果会议结束了，托她给我捎个电话。

前台二话不说冲我比了个"OK"。

我于她有救命之恩，这种小忙，她总是很乐意帮的。

莫秋在五点差两分钟时赶到餐厅，一改往日黑白色系的穿衣风格，上身着一件姜黄的卫衣，下身黑色休闲裤，还剪短了头发。他脸本来就嫩，这一下青春洋溢得简直让我都有点不敢认了。

"怎么了，不适合我吗？"坐下后，他接过服务员递来的菜单翻看起来，注意到我的诧异，有些不好意思。

我替他倒上茶水，解释道："没有，就你一下子改变太大，我有点认不出了。"

莫秋笑容腼腆："我这次旅行，交了很多朋友，其中有位是服装设计师……他说这样会更适合我，也显得更有气色。这一身都是他给我做的穿搭。"说着他低头扶了扶眼镜，嘴角的微笑经久不去。

看来他很喜欢自己的这些新朋友。要是真有人能抚慰他受伤的心灵，让他重拾对生活的渴望，倒也算好事一件。

"对了，给你的伴手礼。"点完了菜，莫秋将随身纸袋递给我。

我接过一看，发现里面是罐有点像发膜的东西，巴掌大，外包装上都是英文，我就看懂了一行，说是可以擦手和身体。

莫秋道："这个是绵羊油，擦皮肤很好的，冬天不容易干。"

我发现莫秋和我在生活态度上还是有很大差距的，他明显比我活得精致不少，除了水，我这辈子就没往脸上擦过别的东西。

他不说，我都不知道这世上竟然还有绵羊油这种东西。

"挺好，清湾的冬天是挺干燥的，身上经常起静电。"我谢过他，将纸袋放到一边。

菜陆陆续续上桌，莫秋开始跟我聊他这两个多月的所见所闻。

山川美景，风土人情。世界何其大，善良的人有很多，他走过的地方，人们或许贫穷，但绝不放弃对生活的热爱。别人不理解他们的乐观，他们也无须别人理解。活着并不是为了思考过去、将来，只是为了享受快乐的每一天。

莫秋几乎要被这样简单直白的生活态度迷倒了，直言那里是他梦中的桃花源，如果可以，希望自己年纪大了后能在那边买一套小公寓定居下来。

与他相比，我显得十分没有追求。我从来没想过离开清湾市，我从小生活在这里，我的父母葬在这里，盛珉鸥也在这里。虽不是鸟语花香的理想乡，甚至繁华喧闹到让人头疼的地步，但这里的确是唯一让我心生安逸的地方。

这是我的家，是属于我的"桃花源"。

莫秋握着热茶，道："以前，我觉得自己的生活无望，所有倒霉事好像都被我碰上了……其实每个人都有每个人的烦恼，世上哪有百分之百的幸福。不过是如人饮水，冷暖自知罢了。"说完，他将茶杯往前推了推。

短短两个多月就能有这觉悟，要不是他言行如常，正能量满满，我都要怀疑他不是参加旅行团，而是加入了什么传销组织了。

聊到六点半左右，我手机忽然振了振，前台来了消息，说盛珉鸥他们会开完了，大伙儿已经在收拾东西。

莫秋见我不时关注手机，可能已经猜到我接下来有事，于是主动叫来服务员埋单，宣告此次聚餐圆满结束。

"不好意思，下次我请你。"

拎着伴手礼同莫秋一道走出商场，我站在路边等车。

莫秋闻言摇了摇头，道："没事的。其实我正在着手申请一些国外大学的留学名额，目前正在准备材料，过段时间还要考试，晚上也有一大堆功课等着我呢。你就算一会儿没事，我也是要早点回家温书的。"

我惊讶道："你要出国读书？"

"就……想尝试一下不同的人生。"莫秋笑笑道，"也不一定成功。"

我冲他抱拳："那就祝你一帆风顺，学有所成。"

莫秋也回我一礼："借陆兄吉言，也祝陆兄万事如意，此生顺遂。"他注视着我，眼里映照着周围碎星般的霓虹光影，"陆枫，你一定会好人有好报的。"

猝不及防被发了"好人卡"的我，正觉好笑，他突然上前一步紧紧抱住我。

"你不知道，小时候你可是我的大英雄。"他长长叹了一口气道，"真的，谢谢你。"

这种情况我也没遇到过，一时有点不敢动，僵在那里也不知道该作何反应。过了片刻，莫秋自己松开我，眼里闪着泪光，手掌轻轻拍在我肩上。

"你……"他刚张嘴要说什么，不远处突然传来吴伊诧异又无措的惊呼：

"陆、陆先生？"

我和莫秋同时转头看去，就见锦上律所的一大帮律师站在离我们三米远的地方，每个人都表情莫测，像是围观了什么超级大戏。

特别是吴伊，一副吃了过期馊瓜的表情。他可能实在无法理解，我和莫秋，两个罗峥云案的受害者，大马路上，众目睽睽之下，到底在搞什么鬼。

我的视线移到最前方高大的身影上，盛珉鸥单手插兜，扫了一眼莫秋搭在我肩上的手掌，莫秋立马像被烫到一样弹开。而几乎同时，盛珉鸥的目光也游离而去，脚步毫不停留地与我擦身而过，往商场方向行去。

其余人皆快步跟上，恨不得插着翅膀飞离这个是非地。

吴伊面容尴尬，指了指人流如织的商场道："我们开完会，来……来用餐的，那个……不好意思啊，你们继续。"说完他冲我拜了拜，脚下抹油般一溜烟跑走了。

真是见鬼了，我在他们那儿搭伙了大半个月都没见他们外出用过餐，就今天来外面吃了一顿饭，他们也跑外面吃，是针对我吗？

"他们……他们好像误会了，要不要我去解释一下？"莫秋紧张起来又开始结巴。

我糟心地看了他一眼："不用，走你的吧。"

| 第三十五章 |

　　我厚着脸皮跟盛珉鸥他们又去蹭了顿饭，但因为之前刚吃过，其实也吃不下什么，就在边上喝喝茶，听他们聊天。

　　我试着解释自己和莫秋的关系，再三申明我们只是也只会是老同学关系。说这话时，我特地看着盛珉鸥，他却只是自顾自地用餐，好像对我说的并不感兴趣。

　　其他人信不信我不在意，就算他们脑补出五十八集苦情小电影，我也无所谓。但盛珉鸥不同，无论是从哪个角度出发，我都希望他不要误会我。第二顿饭也吃完，我与盛珉鸥彼此沉默着下到地库，又沉默着一同上了车。

　　好不容易进入安静的小空间，等红灯时，我一边用余光观察他的反应，一边斟酌着该如何开口。

　　而就在此时，盛珉鸥先一步道："明天你不用来了。"

　　我心头一紧，看向他："可是约定……"

　　"我知道我们有约定，我坏的是脚不是脑子。"他蹙眉打断我，拇指在鹿角的顶端反复摩挲，"我的承诺始终有效，只是我不再需要司机。"

　　这个消息实在有些突然，打了我一个措手不及。

　　搜肠刮肚，思绪万千，想着这几天也没哪里得罪他，昨晚甚至还无私奉献帮了他一个小忙，他到底为什么毫无预兆就要和我闹掰？

难道，我帮忙还帮错了？

"是不是因为昨天的事？"我试探着道，"你不用这样紧张，我说了不会干涉你就绝不会干涉你。你现在脚还没好利索，自己开车不方便吧？"

盛珉鸥唇角勾起讽笑，像看傻子一样看我："我难道还缺你一个司机吗？没有你我也可以找到别人为我开车。口口声声说不会干涉我，如今又为什么要追根究底？"

我被他反问得胸口一紧，瞬间跟被块千斤巨石砸中般，几乎要憋闷得喘不过气来。

红灯已经跳绿，我迟迟没动静，造成后车不断地朝我按喇叭。

我深吸一口气，换挡的同时，冲盛珉鸥笑了笑道："因为我始终做不到和你一样冷酷无情。"

话毕，我迅速冷下脸再不看他，一路无声到了他公寓楼下。

车才停稳，盛珉鸥便开门下了车。

"好心当驴肝肺。"冲着重重关上的车门嘀咕一句，我熄了火，也跟着下了车。

将钥匙丢还给盛珉鸥，之后他往公寓楼方向走，我往大门方向走，两人分道扬镳，谁也没说再见。

走出十几米，我脚步一顿，终是忍不住回头看了一眼身后，却只来得及在透明玻璃门后追到盛珉鸥的一片衣角。

沿着马路慢慢往家走，因为有点想不开，我就没叫车。

夜空晴朗，星星却很少，我脚步不停地走，走过一条又一条街，直到走过五条街才觉得腿有点酸，在路边拦了辆出租车回家。

我跟盛珉鸥互相伤害的日子，也不知道什么时候是个头。

放弃不开心，坚持也不开心，我怎么这么难呢？

第二天，由于杨女士他们家的交通肇事索赔案在下午一点开庭，我难得睡了这段时间的第一个懒觉，直到十点才起，之后吃了顿早中饭便赶赴法院。

这次不是什么引人注目的大案件，在场并没有几个人旁听，因此我坐到了第一排，可以清楚地看到控辩双方席位上每个人的细微表情。

被告席坐着两名被告，一名身形佝偻面相凄苦的中年男子，看起来是肇事司机；还有一名西装笔挺的眼镜男，应该是保险公司代表。奇怪的是，只有一位律师。

难道是共用一位代理律师？这样想着，陪审员与法官先后入席后，庭审开始。

盛珉鸥身为原告律师，先行做了开场陈述，主张保险公司作为第一被告根据保险合同赔付杨女士一百四十万元，肇事司机王有权赔付十万元。

"许勇去世后，杨女士独自抚养女儿。一百五十万元是根据清湾物价综合得出的一个数额，除去丧葬费等费用，也包括了失去父亲的许娜小朋友直到成年的抚养费。"

总价一百五十万元的赔偿款让保险公司代表听了眉毛直抽抽，不停摇头。肇事司机则握紧双手，低垂眉眼，满面纠结。

盛珉鸥陈述完毕后，换被告律师做陈述。

保险公司的代理律师一脸荒谬，直言他们一切都是按照合同条款在合法合理的前提下行事，原告将他们列为第一被告简直莫名其妙。

"根据条款，安起保险有权利在保险人违法违规时，对其造成的交通事故进行免赔。王有权既然签了合同，就该知道超载不赔。原告律师的赔付要求与金额完全不合理。"

轮到第二位被告，也就是肇事司机的代理律师陈述时，王有权自己站了起来。

"我、我没有钱请律师，他们说要给我找一个，我寻思着也不需要。"王有权绕过被告席，走到法庭正中，突然对着杨女士跪了下来，"我有罪，我都承认，你让我坐牢吧，我真的没钱。我那辆车还有十几万元贷款要还，这几个月车被扣着我干不了活儿，只能到处借钱还贷，亲戚朋友都被我借遍了。"

他朝杨女士拜了拜，磕了个响头："我真的不是故意撞死你老公的……"他声泪俱下，忽然开始抽自己巴掌，"对不起，真的对不起。"

这样的行为在法庭上简直是闹剧，陪审员面面相觑，盛珉鸥蹙紧了眉头，法官忍不住一再敲响法槌。

"被告王先生请注意控制你的情绪，你现在的行为已经对庭审造成影响，如果你再不停止……"

"对不起，有钱我一定赔你，但我真的没钱。你把我逼死我也没有钱，求你放我一条生路吧！"

杨女士在王有权的不断哀求的过程中，眼圈也逐渐通红起来，最后法警将王有权带走时，她别过脸，默默落下了两行泪。

一场悲剧，最后却要完全无辜的受害者来承担所有的恶果。

王有权或许是不容易，可这个社会谁又容易？

许勇只是好端端在路上走着就被卷进车轮下；杨女士好好过着自己幸福的小日子，忽然便失去了丈夫；许娜更是小小年纪没了爸爸。

谁都不容易，所以谁都希望别人体谅自己。

由于第二被告情绪激动，法官宣布暂且休庭，半个小时后再开庭。

讨论室里，杨女士也崩溃了。

她捂着脸，在室内来回走动："他让我放过他，谁来放过我？我的孩子才六岁，六岁啊！十年后，她可能都不会记得自己的爸爸是怎样的人，曾经又是多么爱她！"

盛珉鸥不是个会安慰人的人，只是靠在门后，转动手杖，沉默地任她哭泣。而他的副手，一位年轻的女律师则有人情味得多，连忙上前抱住杨女士轻声安慰。

这气氛太压抑，杨女士也很容易让我想起我妈。同样无助又悲伤的女人，被不公的命运玩弄。

我妈最后也没讨回属于自己的公道，获赔二十万元，对方却无法一次付清，像挤牙膏一样一年还一万元，再一年还两万元，到我坐牢，还有十万元没还清。

后来有一次我妈来看我，无意中提起对方，说是钱终于还清了，而且不知是不是对方良心发现，竟然多打了十万元给她。

"应该是突然走狗屎运发了大财，唉，真是好人不长命，祸害遗千年。老天要是开眼，就该一道雷劈死这些妖魔鬼怪。"

她话里有话，意有所指，我只当没听懂，迅速跳过了这个话题。

"还有五分钟开庭，杨女士，您如果坚持不了，我可以申请延期。"盛珉鸥看了一眼腕表，"只不过这样一来，您和您女儿拿到赔偿金的时间也会延后。"

杨女士闻言手里攥紧纸巾，忙不迭地摇头："我可以、我可以，不用延期！"

盛珉鸥一开始就没想延期，甚至对杨女士的哭哭啼啼很是不耐烦。他客客气气给出选择，又轻描淡写抛出利弊，不过是为了让对方跟着他的思路走。

杨女士被他一惊，眼泪索性也不落了，她丢掉纸巾，做了几次深呼吸，努力平复心情。

再次开庭，王有权的情绪经过法警的教育，同样恢复平静。法官问他还有没有要说的，他只是摇头。

法官一敲法槌，宣告进入举证环节。

盛珉鸥站起身："法官阁下，申请传唤一号证人李俊山，他和本案被告王有权一样，也是一名货车司机。"

名为李俊山的货车司机在法警指引下坐到证人席，又由法官助理引导宣誓。

发下不可欺瞒的誓言后，盛珉鸥展开了对他的询问。

"请问你的职业是货车司机吗？"

长相粗犷的男子点了点头："对。"

"你为你的货车购买过安起保险公司的保险吗？"

"买过，保额是两百万元。"

盛珉鸥拄着手杖，来到证人席前："你仔细看过保险条款吗？"

"我粗略看过。"

"你知道自己的车如果在超载情况下发生事故，哪怕超载一公斤，保险公司也有权不赔吗？"

李俊山一愣："我不太清楚。我们这行比较特殊，只要运货，很少有不超载的，你说一公斤都不能超，对我们来说也太严格了……"

被告律师骤然站起："反对……"他憋了半天才找到反对理由，"原告律师询问的情况不能套用本案！证人并非此案当事人，他的话不具备参考性。"

盛珉鸥似乎早有准备，看向法官，流畅道："他的确不是当事人之一，但他所说的每一句话，都代表了其中一名当事人所从事行业的普遍现象。通过了解这个行业的细节，我们可以更快梳理清楚这起案件的关键问题。"

法官思考片刻，道："反对无效。"

被告律师不甘不愿坐下。

这要不是严肃的庭审，我简直都要为盛珉鸥的强势表现欢呼鼓掌。

| 第三十六章 |

盛珉鸥的询问继续："你方才说超载在你们这行很常见，能不能告诉我们为什么？"

李俊山看了看在座众人，叹气道："因为我们这行，运费都是根据货物重量多少来计算的。装货越多，赚得也越多。如果一辆车能装 200 吨货物，每吨 10 元，单次我只能赚 2000 元，一个来回也不过 4000 元，扣除车辆保养费、路费、油费，差不多能剩下 1000 多元。拼死拼活一个月接 10 单，也就万把块，每个月我还要还车贷，还完这一辆，差不多又要买新车，不超载，怎么行？"

盛珉鸥握着手杖，半晌没声音，法官疑惑道："律师，你还有什么问题要问吗？没有的话对方律师将进行交叉询问。"

盛珉鸥凝视着证人，看起来不像是出神，更像是思考什么重要的问题。他的视线太过专注，甚至有些阴沉，叫李俊山忍不住缩了缩肩膀。

盛珉鸥毫无察觉，视线不偏不倚，缓缓道："是，我还有一个问题。所以在你们的行业，很少有人不超载？"

李俊山愣了一会儿才反应过来这是在问自己，伸出手摆了摆，用十分笃定的语气道："不敢把话说那么死，但九成九都超载，不然没法生存的。"

盛珉鸥颔首道："我没有话要问了。"

他坐回控方席位，接下去对方律师无论问证人什么，他都反对，哪怕是一句轻松的由浅入深的闲话，他也会以"问题与本案无关"为由反对。对方律师被反对得心浮气躁，完全叫他打乱了节奏，审判员和陪审员也因为频繁的打断而无法静下心好好听证人发言。

"你刚才说你粗略看过合同，也就是说你看过合同对吗？"

李俊山犹豫片刻，还是点了点头："是。"

"你也知道超载确实违法？"

"是。"

盛珉鸥在座位上举了举手杖，道："反对，证人超不超载和本案没有直接关系。"

对方律师气得脸都青了，直接向法官投诉："对方律师的行为已经严重影响到我行使对证人的询问权。"

法官警告意味浓重地扫了盛珉鸥一眼："原告律师，请合理应用'反对'。"

盛珉鸥脊背挺直，手杖撑在双腿间，礼貌地冲法官颔首："是。"

对于原告证人，被告律师有权利进行交叉询问，反之亦然。保险公司律师憋屈地询问完李俊山后，因为王有权是自我辩护，法官又问他有没有什么要问的，对方一脸懵懂地摇了摇头。

"他说的都是实话，我没啥要补充的了。"

此话一出，保险公司的律师与代表当即黑了脸，白眼都要翻到后脑勺。法官对着王有权张了张口，想说什么，又不知道从何说起，最终都化为一声叹息，宣布举证继续。

我十分明白法官的心情，这王有权，简直像是盛珉鸥买通来坑保险公司的细作。随便一句话，能抵证人十句话，也不知道他是怎么想的。

接下来，盛珉鸥呈上了一些照片证据，当这些照片被放大呈现在身后的巨大显示屏上时，在场所有人都愣住了，甚至有胆小的女性发出了惊恐的抽气声。

堆着高高货物的卡车下躺着一名血肉模糊的男子，半身被卷进了车轮里，灰色的水泥地面晕开一大摊血迹，深红的颜色刺激着在场所有人的神经。

杨女士迅速别开了脸，紧闭的双眼轻轻颤抖着，脸上无声滑下两行泪来。

我也是第一次看到这些照片，愣怔的同时，因为那过于凄惨的死状，又不可避免地想起有着同样死法的父亲。

我如杨女士一般别过眼，不再看那些可怕的照片，闭起眼平复心情。

"生命有时非常坚韧，有时又格外脆弱。一个女人失去了丈夫，一个孩子失去了父亲，这些悲剧全是因被告王有权造成。根据车祸后的笔录显示，他转弯速度过快，而且没有做足够预判，导致将正常穿越人行横道线的许勇撞倒，当场死亡。毫无疑问，这都是他的错。"

盛珉鸥冷静平稳的声音在耳边响起，冲击力十足。

"一个刚为六岁女儿买了生日礼物，兴冲冲赶回家的年轻父亲，如今成了墓穴中的一捧灰，王有权的许多行为叠加在一起造就了这一悲剧，但'超载'不在其中。安起保险用一份没有特别注明和提醒的格式合同里的格式条款来逃避赔偿问题，在我看来是十分没有职业道德的行为。在一个超载盛行的行业，一个将超载视为常态的行业，他们既希望司机能买他们的保险，又不希望对方发现，无论出什么意外事故，他们都不会做出任何赔偿。"

庭审进行了一下午，结束后，在法院门口与杨女士道别，我和盛珉鸥坐进一辆车里，打算跟着回律所旁听一下律师们对庭审的总结。

行车途中，盛珉鸥的副手——那位女律师突然好奇问道："老大，许勇死前刚给女儿买好生日礼物这事我怎么没在证词里看到过？杨女士单独告诉你的吗？"

我坐在副驾驶座，闻言悄悄朝后头看了一眼盛珉鸥。

他闭着眼，仰靠在座椅上，拇指不住摩挲拨弄着鹿角的顶端：

"我临时瞎编的。"

下了法庭，他那可怕的攻击性便全数收敛，再次藏进由西服、手杖装饰的华丽外表下。它们养精蓄锐，默默蛰伏，等下次开庭，又再次跃出，给予对方迎头痛击。

可能是感觉到我的盯视，盛珉鸥睁开眼，朝我这边冷冷看过来。

我心头一凛，被冻了个结实，抑制着浑身打哆嗦的冲动，连忙坐正身体看向前方。

盛珉鸥可能下午开庭时精力消耗过大，开会时总是出神，最后开到八点，他主动提出暂且告一段落，让律师们收拾东西各自回家。

我也打算回家，毕竟他已经不需要我开车送。

由于一下午都在认真旁听，晚上又喝了不少汤汤水水，就有些膀胱满满，走之前我打算先去排空。

律所有独立的男女厕所，但因为员工不算多，厕所也不大。

我一进去就看到盛珉鸥似乎是刚刚洗了脸，双手撑在洗手台上，脸上不断有水滴落，刘海与衣领都湿了大片。

他的状态看起来不太好，就像……在忍耐什么。

"你没事吧？"我怕他情绪受下午庭审影响，多嘴一问。

他抬眼从镜中看向我，没说话，表情是一贯的拒人于千里之外。

我连忙举手做投降状："行行行，一、二、三，我知道，我不问，我闭嘴。"

男厕里有小便池也有隔间，小便池正对洗手台，盛珉鸥透过镜子毫不费力便能看到我脱裤尿尿的全过程，有些不雅，于是我走向了一旁的隔间。

只是尿个尿，我也懒得锁门。

"生命有时非常坚韧，有时又格外脆弱……"

耳边极近的地方响起盛珉鸥低沉的轻笑，笑得我心下警铃大作，立时整个人被一股巨大的、仿佛食草动物遭遇凶猛野兽的恐惧感侵袭。

下一瞬，盛珉鸥大力捏住我的两腮，半点儿不留情。我差点儿以为自己腮帮子都要被捏裂了，发出一声痛苦的呜咽。

"哥……"我忍不住要求饶，哪怕并不知道自己做错了什么。

"陆枫，抓住我的把柄，拿捏我的感觉，是不是很爽？"

我一愣，就要反驳："我没有……"

脖子上的手逐渐收紧，让我不能呼吸，也不能再张口说话。

他并不想听我狡辩。

"你总是装出一副'只有我知道你的隐疾''只有我能帮助你拉你出泥坑'的无私模样，是不是很有成就感？"他的话语带着冰冷的杀意，仿佛只要轻轻一用力，就能掰断我的脖子，"坐个牢倒是把自己撇得干干净净了，以前你可不是这么为我着想的。"

"你记不记得，你曾经也是想将我拉入深渊的一员？"

我猛地瞪大眼，心脏遭受重击般升起一股鲜明的疼痛，叫我控制不住眼角落下一滴泪来。

| 第三十七章 |

十六岁那年，盛珉鸥单方面断了和我的来往。

他的回避让我沮丧不已，又十分不甘心。既然他不见我，也不接我电话，那我就当面去找他。

我骗我妈说自己病了，让她向学校请了一天假。她知道我学业重，压力大，正好我那阵成绩还不错，虽然看不出我有哪里不好，但她还是给我请了假。

我妈一走，我就去了盛珉鸥的学校，一路上都在为即将到来的见面欢欣雀跃。

可等我打听到他上课的教室，跑去找他时，现实却并不如想象中美好。

透过巨大的玻璃窗户，我一眼便看到盛珉鸥坐在教室中后方，他的身旁坐着齐阳。两人挨得极近，似乎正在说着什么悄悄话。

齐阳比起我，和盛珉鸥更像是血脉相连的一家人。他做到了我一直努力却无法达成的事。

我愣愣地站在走廊上，感到荒诞又有些无措，更多的是一点点漫上心间的嫉妒。

嫉妒像一团黑色的焰，几乎要将我的理智烧尽。

其间盛珉鸥似乎有所感知，往我这边看了一眼，我紧张地迎向他的目光，心中既是欢喜又是酸涩。可他只是随意一扫，很快便又收回视线，仿佛压根儿没有看到我，又或者看到了也只当我不存在。

他那样专注地注视着齐阳，与他说话，对他露出笑脸。齐阳说着话突然激动地握住盛珉鸥的手，盛珉鸥只是扫了一眼，却没有任何抵触的表现。

我咬着牙，狠狠地瞪着他们交握的手，难道真如齐阳所说，物以类聚，人以群分，盛珉鸥只愿意和同类在一起吗？

身后传来刻意压低的交谈声："那不是盛珉鸥和齐阳吗？"

我回头看去，两个男生正靠在身后栏杆上，可能通过窗户也看到了盛珉鸥他们，便八卦地闲聊起来。

"之前为了躲齐阳都搬到外面去了……"另一个男生摇了摇头，满脸厌恶，"简直有毛病了，盛珉鸥真是倒霉。"

"但你看盛珉鸥不是和他有说有笑吗？说不定人家精诚所至，金石为开，终于打动了大学霸呢？"

"不懂。我觉得齐阳这人不正常，特别阴森，要我被他缠上，还真不敢随便拒绝，感觉他分分钟就能和我同归于尽。"

"真的真的！"他的观点立马得到了另一个人的肯定，"齐阳的眼神跟那种朋友做不成就要杀你全家的人一模一样，我有时候都不敢跟盛珉鸥说话，就怕被神经病惦记上，万一背后捅一刀多不划算。"

四肢冰凉，胸口堵着一口气，郁结难舒。站在教室外，我给盛珉鸥拨了个电话。只是隔着一扇窗、一堵墙，我亲眼看到他掏出手机冷漠地看了一眼，随后按下一键，将手机翻过一面丢到旁边。同时，我的手机里传出所拨打的电话已关机的提示语音。

盛珉鸥讨厌一个人，就不会给对方任何机会，断绝一切联系，将态度摆在明面，决不拖泥带水……就像对我。

他不讨厌齐阳，却讨厌我。

我没有在盛珉鸥的学校待太久，失魂落魄地回到家，闷头倒在床上，不知怎么搞的，之后竟真的生了一场病。

我妈回家的时候，说我整个人都烧糊涂了，一边哭一边说自己疼。这些我醒后完全没有记忆，也不排除她夸大的可能，但那一病我足足在家躺了两天，瘦了一大圈。

再去上课，老师看到我，都说要是还没好全就再休息两天，不要勉强。那段时间照镜子，我都不敢想象一个人能在如此短的时间内变得那样人不人鬼不鬼。

我的情绪出现了不太好的倾向，烦闷、暴躁、情绪低落，无法入睡，身体却因为得不到足够的休息而疲惫不堪。我上网查了查，说有躁郁的倾向，同时跳出来的还有个防自杀热线。我盯着那串数字看了许久，最后也没记下。

自杀不至于，我有底。

我妈以为促使我如此憔悴的是学习，她哪里想到，造成我日渐消瘦的是——盛珉鸥。青春期的小孩子很容易就叛逆，别人叛逆不读书泡网吧，我叛逆可厉害了，心心念念的就是怎么挽回盛珉鸥，将他重新拉到我们家来。

白天，我是老师、同学眼里的好学生，我妈眼里的好儿子，我认真学习，天天向上，开朗得好似不存在任何阴霾。

晚上，我一遍遍打着盛珉鸥的电话，迎接我的却永远是冰冷的机械女声。我知道他不会接我的电话，可这就像个习惯，一个固定仪式，不打总觉得缺了点什么。

缺觉让人心情不佳，我脾气越来越差，有次在学校不小心撞到个高年级学生，我丢下句"对不起"就想走，对方却看不惯我踮了吧唧的态度，硬是要教教我如何当一名"合格"的后辈。

我也不跟他废话，一拳撂倒，吃了个警告处分。

好学生这种时候是很有优待的，没人觉得我也该负责，还给我找各种"学习压力大""出手也是为自保""对方经常欺负小学弟"之类的开脱理由，安慰我不要放在心上。

然而面对我一个不痛不痒的警告处分，那名吃了我一拳的高年级学生却心有不甘，很放在心上。几天后的放学，对方找了几个校外的小混混儿教训我，将我堵在巷子里。

　　双拳难敌四手，何况还是十只手。我被打得趴在泥泞的小巷里，起都起不来，那些人打够了，骂骂咧咧离去。

　　我歇了会儿自己爬起来，没去医院，没回家，凭着惊人的意志力摇摇晃晃去了盛珉鸥的出租屋。

　　事后想想我都觉得我是有病。

　　我等在他家门口，昏昏沉沉靠坐在门上，一直等到晚上，等回了他。

　　为什么要去找他，我那时候也没细想，后来有很长、很多的时间想了，那种心情却早已消散一空，抓不到头绪。

　　其实也不难猜，以一个小屁孩的心理，让重要的人看到自己一身惨状，难道是为了逞英雄吗？当然不是，那样委屈，那样窘迫，那样千里迢迢，不过是想看对方为自己心疼罢了。

　　哪怕从小到大，盛珉鸥都没有对我表现出任何这方面的情感。

　　脚步声由远及近，直到一双鞋停在我面前，我才迟缓地抬起头。

　　盛珉鸥垂眼俯视着我，眼里没有任何惊讶，当然也不存在我暗暗期待过的什么心疼。

　　我冲他咧嘴一笑，却因牵动嘴角的伤口，吃痛得皱紧了眉。

　　"哥，我被人打了，好疼啊……"

　　我去拉他裤腿，他不为所动，只是轻轻地说了一声："让开。"

　　我们两个月没见面，这是他见到我后说的第一句话。

　　坐了太久，我站起来时有些踉跄，扶着门才好不容易站稳。

　　"哥，无论我怎么惹你生气了我都道歉，你别这样。"我抿了抿唇，几乎哀求道，"别不理我。"

盛珉鸥看了我半晌，道："你没有惹我生气，我只是不想见你。回家去吧，再也不要来了。"

我没想到他会这样直白，直白到我一瞬间都没反应过来。

欲盖弥彰，包着火的纸他并不需要，他要的是连同这团麻烦又恼人的火一起，将所有的"不受控制"丢出他的世界。

见我不动，他索性将我扯到一边，再掏钥匙开锁，好像我就是个不知从哪里飘来的、挡路的垃圾，随便踢开就好，根本无须放在心上。

无论我怎么做，他都已经做好决定不要我了，那我又何苦再装好弟弟？

"你是不是觉得，我们都不配做你的家人？"我看到他开锁的动作一顿，心里没来由地升起一股快意，"我不配做你的弟弟？"

他对着房门完全静止了两秒，闭了闭眼，压着火气道："够了，滚回去，别再来了。"

要是平常，他叫我滚我就滚了，可那天我就像疯了一样，无所畏惧地挑衅着他忍耐的极限。

"你看不上我们，觉得我们都是你前进道路上的绊脚石，对吗？"

他握着门把手，最终放弃那把老旧生锈到难以打开的锁，转向我，露出凉薄又讽刺的笑容。

"你既然知道，就不应该说出来。"

心间猛地升起一道尖锐的刺痛，我定在那儿，心想完了，我可能打架打出毛病了，他们把我的心打坏了。

我此前一直以为"心疼"只是个形容词，可没想到有一天，它竟然真的在没有任何外力的作用下，产生了撕裂般的疼痛。

我缓了好一会儿，艰难道："是，我不应该说出来的，这样起码还能和你维持表面平静。现在你已经彻底不想看到我了，对吗？"

"我以为我的态度很明显。"盛珉鸥一副只要我能走，他不介意说得更难听点的模样。

我一晒："那为什么你能接受齐阳出现在你身边？是因为……他知道你的秘密？"

他眯了眯眼，过了片刻才问我："你说什么？"

声线更低，也更危险。

我在撩拨一头野兽的胡须，我知道我在找死，但我停不下来。

"齐阳能做的，我也能做。如果怪物只会亲近怪物，那我就做一只怪物……"

不等我说完，盛珉鸥冲上来就给了我一拳，重重将我的脸砸歪到一边。拳脚毫不留情砸在我身上，他就像一只被激怒的野兽，没了理智。

"哥……不要打了……"我开始求饶，恐惧萦绕着我的身心，让我没骨气地认了怂，"再打，要死了……"

我以为我可以承受，其实那不过是小孩子的天真想法。

"你不就想死吗？"他喘息着，憎恶万分地道，"想成为'怪物'？就凭你？你也配？"

"我错了……"我抱住头，整个人都晕晕乎乎，"我再也不敢了。"

盛珉鸥打了我一顿，要说我之前只是受初级皮肉伤，那他这一番拳脚下来，基本已经把我打成了残废。

打完我，他长长呼出一口气，站起身，似乎整个人松弛不少。

"滚回去。"

一阵纸张摩擦的窸窣声，片刻后，他往我衣襟里塞了一百块钱，让我自己打车去医院。

等满脑袋的小星星消退一些，我从地上爬起来，没去医院，到附近药店买了点纱布，止血后，打了个车一身伤地回了家。

回到家的时候，我妈正好晚班回来，差点儿把她吓得心脏病复发。她颤抖地检查我的伤势，追问我缘由。我把锅都推到了和我有仇怨的高年级学长头上，说都是被小混混儿打的。

我妈第二天杀到学校，一定要老师给个说法，没多久那高年级学生就被劝退了，之后再没见过。

那是场疯狂又无望的豪赌，我自以为是地认为，靠着探知到的那点细枝末节，就能得到盛珉鸥的认同。

太幼稚了，也太天真了。不怪齐阳说我是个没长大的小崽子，不怪……盛珉鸥那样生气。

我很后悔，不止一次后悔。

欲望是泉，少量可以活血化瘀、强身健体，多了则成灭顶之灾，将人拉入万劫不复的深渊。

人人都当欲望的阀门掌握在自己手里，想关就关，想开就开，不到最后一刻，永远以为高枕无忧，毫无危险逼近的自觉。

曾经那个才华横溢，画出惊艳画作的刘先生，盛珉鸥说他听从了心底的欲望，放纵了自己，沉迷于酒精带来的虚幻与快乐。我又何尝不是？我莽撞地听从了心底的声音，迷失了自我，失去了对事物的基本判断，犯下了无可挽回的错。

曾经那些要保护他，好好看顾他的话，成了虚伪的一纸空言。我还说自己和齐阳不一样，到头来，我还不如他。

被盛珉鸥打了一顿，反倒像是把我头脑打清楚了，疯狂与混乱在绝对暴力的镇压下得以平复，我开始反思，意识到自己是多么可笑。

那个学期剩下的时间，我都在试图联系盛珉鸥。不敢当面见他，也无颜当面见他，我只好给他打电话，发短信。每天一个电话是固定的，然后便是长长的短信，一些琐碎的日常，一些对他的关心，一些诚恳的认错，有时候也会加一些积极向上的正能量心灵鸡汤。

他从没有接听过我的电话，当然也没回过我任何短信，就这样过了两个月，学期结束，放暑假了。

那是一个寻常的夏日夜晚，我一如既往地拨打盛珉鸥的电话，等着我的却不再是冰冷的机械女声。

没有人说话，耳边只有轻浅的呼吸声，我激动地从床上一下子坐起身。

"哥……"我的声音都在颤抖。

盛珉鸥就像忘了我们上次的不愉快，让我第二天去见他，在我们小时候经常去的那座废弃的烂尾楼。

虽然地点有些奇怪，但我从不会质疑他的话，他让我去，我就按照约定的时间地点去了。

那里离我家并不远，我去得比约定时间早一些。可在那里我并没有见到盛珉鸥，反倒碰到了早已等候多时的齐阳……

| 第三十八章 |

膝弯一痛，我歪倒地扶住马桶跪倒在地，回过头去，正好看到盛珉鸥收回手里的鹿角杖。

他后背抵着门，嫌弃地看我。

"别假惺惺，也别装出一副处处为我着想的样子了。你看护不了我，我比你更清楚如何才能在这个世界生存。"杖尖慢慢下移，划过锁骨，点在心脏的位置，"你以为你能为我做什么？连开车你都开不好，还妄想成为我的指路明灯？你保护不了任何人，陆枫。"

我一动不动，静静注视着他："你说得对，我的确是假惺惺。"他眉梢微挑，我莞尔道："拿捏你的感觉，也确实很爽。"

盛珉鸥的表情变得有些恐怖，手杖点在胸口的力道也更大了几分。

"你这……"

我在他出口骂我之前，一把抓住手杖，猛地扯向自己。他一时不察叫我得手，失去平衡的身体往前倾了倾。

我们就像两头愤怒的野兽，彼此撕咬着，怒吼着，挣扎着。

我们在狭小的隔间内搏斗着，将对方用力撞到墙上，想尽一切办法伤害彼此。

盛珉鸥到底少一条腿，平衡差点儿，他激烈反抗，却难以在狭小的空间甩脱牛皮糖一样的我。

谁让他锁门了，活该。

我一度占了上风，后来盛珉鸥显然也被我激怒了，开始反击，回馈我更多疼痛与伤口。

一场械斗结束，停下时我俩都是气喘吁吁的。他唇角染着一点红，脸色青了又黑，黑了又青。

我也没好到哪里去，想摸摸伤口，手抬起了，猛然记起这是一双被尿滋过的手，又放下了。

"来，你随便骂。"我没脸没皮的模样，爬起来一屁股坐到马桶上，已经是死猪不怕开水烫了。

盛珉鸥拾起方才混乱中掉落的手杖，撑着站起身，还没来得及对我开骂，门外传来有人进来的动静，还不止一人。

盛珉鸥僵硬片刻，放轻了动作，我饶有兴味地看着他。

盛珉鸥瞪着我，目光阴冷恐怖。

"楼下那家茶餐厅不错，他们新出的菠萝包正点……"

"奶茶也不错，就是喝了容易睡不着。"

走进洗手间的两人闲聊起来，似乎并没有发现我和盛珉鸥的存在。

"香肠也好吃。"说到一半，那人回味似的咂了咂嘴，口水似乎都要流出来了。

"是哦，就是太烫了，当中还有芝士心，上次我咬了一口差点儿把我舌头都烫掉了。"

"对对对，还有他们家的撒尿牛肉丸，真的会撒尿，汁水淋漓，特别过瘾……"

能不能不要在厕所讨论香肠和牛肉丸讨论得这么激烈？搞得我都饿了。

外面的两个人一边继续讨论着茶餐厅的美味，一边洗了手慢悠悠离开了男厕。

男厕重新恢复我和盛珉鸥的二人世界，静默却依然延续。

仔细听倒也不光是寂静，还有些细碎的，水管漏水一样的声音不时泄出。

滴答，滴答……

又有一滴水珠滴落的同时，盛珉鸥松开我，抄了把自己的头发，整了整衣襟，转身开门走了出去。

我抽过一旁卷纸擦手，整理好衣物，随后也跟着离开了小隔间。

盛珉鸥盯着镜子里自己凌乱的衣襟，已经破皮红肿的唇角，脸色难看。

我占了另一个洗手池洗手，见他如此，不怎么走心地道了歉："不好意思啊，下手有点重。"

腰上隐隐作痛，不用看都知道青了一片。

我下手重，他也没轻到哪里去。

我抽了纸巾擦干手，完了不再理他，也不看他，转身出了门。

之后我也懒得再去律所，想着第二次庭审直接去旁听就好，第二天就回兴旺典当上了班。

一进门我就看到魏狮坐在我那位子上，柳悦嗑着瓜子与往常一样在追剧，不见沈小石。

"怎么是你啊？"我脱去外套丢到一边的沙发上，趴柜台上问，"我小石弟弟呢？"

魏狮从手机上抬起头，讶然道："你怎么回来了？你哥好全了？"

"你不知道他是超人吗？第二天就好全了。"

魏狮翻了个白眼，收拾东西起身将位子让还给我。

"我也是今天来顶班的，小石家里有事请假了。"

我一听，愣了愣，认识沈小石这么久，我还从来没听他提起家里的事。似乎他就是从石头缝里蹦出来的，无父无母无亲人，还没学会说话就先学会打架。

"我听到了，是个女的打电话给他的！"柳悦举手道。

我与魏狮对视一眼："不得了了，小石长大了！"

"我家有儿初长成，不容易啊不容易，晚上叫上大壮，去你家吃红豆饭。"魏狮开了铁门，走到我边上，颇为语重心长地一拍我肩膀，"咱家就剩你啦，你抓紧点。"

咸吃萝卜淡操心。

然而当晚魏狮联系沈小石，却没有联系上，打他电话都是关机状态，红豆饭只能泡汤。

接着第二天、第三天，没人联系得上沈小石，他就像人间蒸发了一样。

图书在版编目（ＣＩＰ）数据

飞鸥不下. 1 / 回南雀著. — 广州：广东旅游出版社，2022.12（2025.4 重印）
ISBN 978-7-5570-2862-6

Ⅰ.①飞… Ⅱ.①回… Ⅲ.①长篇小说－中国－当代 Ⅳ.① I247.5

中国版本图书馆 CIP 数据核字（2022）第 164091 号

飞鸥不下 . 1

FEI OU BU XIA .1

出 版 人：刘志松
责任编辑：梅哲坤
责任技编：冼志良
责任校对：李瑞苑

广东旅游出版社出版发行
地址：广州市荔湾区沙面北街 71 号首、二层
邮编：510130
电话：020-87347732（总编室） 020-87348887（销售热线）
投稿邮箱：2026542779@qq.com
印刷：三河市中晟雅豪印务有限公司
（地址：三河市泃阳镇错桥村）
开本：880 毫米 × 1230 毫米 1/32
字数：214 千字
印张：8.25
版次：2022 年 12 月第 1 版
印次：2025 年 4 月第 5 次印刷
定价：69.80 元（全 2 册）